KB099102

사상의 꽃들 13

반경환 명시감상 17

사상의 꽃들 13

반경환 명시감상 17

지혜

저자서문

시인은 꽃을 가져오는 사람이고, 철학자는 사상(정수精髓)을 가져오는 사람이다. 쇼펜하우어는 시와 철학의 상관관계를 매우 정확하게 알고 있었던 세계적인 사상가였다.

시인의 세계는 상상력의 세계이며, 그가 펼쳐 보이는 세계는 아름답고, 신비로우며, 환상적이다. 여기가 아닌 다른 곳, 그 다른 세계로 우리 인간들을 인도하며, 그의 시세계는 활짝 핀 꽃과도 같은 아름다움을 가져다가 준다.

어떤 시인은 살아 있어도 이미 죽은 것이지만, 어떤 시인은 이미 죽었어도 영원히 살아 있는 것이다.

사상은 시의 씨앗이고, 시는 사상의 꽃이다.

이 사상과 시가 있기 때문에 우리 인간들의 삶은 아름답고 행복한 것이다.

반경환은 무엇을 하는 사람인가? 그는 한국사회의 영원한 이단자이자 파렴치한에 불과하지만, 그러나 하늘을 감

동시키기 위하여 '명시감상'을 온몸으로 쓰는 철학예술가
이다. 철학을 예술의 차원으로 승화시키고, 예술을 철학의
차원으로 승화시킨다는 것은 그의 낙천주의 사상의 목표
이며, 반경환은 이 무거운 짐을 짊어짐으로써 우리 한국인
들을 고급문화인으로 인도하고자 했었던 것이다. 천년, 만
년, 영원히 식지 않는 그의 열정은 하늘을 감동시키고, 언
젠가, 어느 때는 그의 '명시감상'은 수많은 시들보다도 더
욱더 아름다운 사상으로 밤하늘의 별들처럼 빛나게 될 것
이다. 철학예술가라는 낙천주의 사상가, 그는 지혜를 사랑
하는 사람으로서 '나는 신성모독을 범한다, 고로 존재한다'
와 '세계는 나의 범죄의 표상이다, 고로 행복하다'라는 두
개의 명제를 그의 실천철학의 과제로 삼아왔던 것이다. 우
리 한국인들이 해마다 노벨상을 타고 전 인류의 스승들을
배출해낼 수 있는 그날을 위하여 자기 스스로 영원한 이단
자와 파렴치한이 되어야 하는 신성모독자의 삶을 마다하
지 않았던 것이다. 반경환은 자랑스러운 단군의 후예이고,
낙천주의 사상가인 최고급의 홍익인간이다.

『사상의 꽃들』 1, 2, 3, 4, 5, 6, 7, 8, 9, 10, 11, 12권에 이
어서 『사상의 꽃들』 13권을 탄생시켜준 정해영, 강정이, 이

서빈, 김소형, 김선태, 권기선, 이정옥, 임태래, 윤극영, 신명옥, 이창수, 최병근, 강기원, 전영숙, 박잎, 김기택, 장옥관, 박설하, 안정옥, 윤성택, 인은주, 백무산, 성윤석, 이병일, 김형식, 기혁, 송재학, 김륭, 김지민, 사공경현, 임덕기, 박정원, 임봄, 이희은, 함기석, 김정웅, 권혁재, 김 늘, 윤성관, 김영진, 박영, 남상진, 신혜진, 유계자, 이병연, 신대철, 조순희, 현순애, 이병국, 김외숙, 승한, 이순희, 천양희, 이선희, 허이서, 이혜숙, 윤경, 유영삼, 김다솜, 이승애, 이영식, 최윤경, 강익수 등 65명의 시인들과 그동안『반경환 명시감상』을 너무나도 뜨거운 마음으로 사랑해준 독자 여러분들에게 진심으로 감사를 드린다.

좀 더 정확하게 말한다면, 독자 여러분들은 이 책의 저자였고, 나는 독자 여러분들의 시심詩心을 받아 적은 필자에 불과했다.

나는 이『사상의 꽃들』13권을 쓰면서, 너무나도 행복했고, 또, 행복했었다.

2023년 여름, '애지愛知의 숲'을 거닐면서…….

목차

5   저자서문

1부

14   정 해 영   응시

20   강 정 이   유령상념

26   이 서 빈   한바탕 일기

32   김 소 형   여름, 먹히다

37   김 선 태   적중

44   권 기 선   별자리 안부

51   이 정 옥   점(·) 하나 왔다

55   임 태 래   돼지밥바라기별

61   윤 극 영   반달

67   신 명 옥   오프라인

74   이 창 수   횡천橫川

81   최 병 근   먼지

88   강 기 원   모린 호르 Morin khuur

93   전 영 숙   나팔꽃이 입을 다무는 때

99   박 잎   프란츠 카프카

105   김 기 택   강아지는 산책을 좋아한다

2부

112	장 옥 관	걷는다는 것
118	박 설 하	수정유리 계과장
123	안 정 옥	그러니까에 대한 반문
131	윤 성 태	슬픔 감별사
138	인 은 주	모르는 새
142	백 무 산	기본점유권
145	성 윤 석	붉은 달
150	이 병 일	호랑이
155	김 형 식	봄비
158	기 혁	노루잠
164	송 재 학	푸른 별
169	김 륭	비단잉어
173	김 지 민	현장으로부터
181	사 공 경 현	천사들의 궁전
187	임 덕 기	봄, 무대에 서다
190	박 정 원	별나라

3부

198	임 봄	풀
203	이 희 은	분청사기추상문편병
209	사 공 경 현	( )의 속성
216	함 기 석	서해에 와서
222	김 정 웅	북극 항로
228	권 혁 재	개마중
233	김 늘	Surfer
237	윤 성 관	아버지 생각
241	김 영 진	황태
245	강 정 이	개기일식 스캔들
251	박 영	도란도란
256	남 상 진	면사매듭
261	신 혜 진	A and B or doctor or today
267	유 계 자	밥
273	이 병 연	꽃의 말
278	신 대 철	기수역 풍경

4부

284	조 순 희	투명한 비명
292	현 순 애	철새 도래지, 화진포
299	이 병 국	함박
305	김 외 숙	압화
311	숭 한	173 폐쇄병동 - 상처
318	이 순 희	그래
322	천 양 희	수상한 시절
330	이 선 희	환생하는 꿈
337	허 이 서	욕 한 마리
343	이 혜 숙	석양
347	윤 경	첫사랑
349	유 영 삼	마렵다는 거
355	김 다 솜	저 우주적인 도둑을 잡다
361	이 승 애	둥근 방
368	이 영 식	꽃을 줄까 시를 줄까
372	최 윤 경	가시
376	강 익 수	호수의 책

1부

정해영 강정이 이서빈 김소형

김선태 권기선 이정옥 임태래

윤극영 신명옥 이창수 최병근

강기원 전영숙 박 잎 김기택

정 해 영

응시

바람이 분다

아늑한 실내 한 모퉁이
돌에 새긴
긴 머리카락이 날리고
있다

하루에도 수십 번
무지개가 뜬다는
빅토리아 폭포 구릉에서
자란 돌의 머리카락

정과 끌을 쥔
장인의 손에
치렁치렁 감겨

나왔는데

광폭한 생의 덩어리를
쪼개
하루하루를 디자인한
신의 손이 저럴까

무겁고 완강한 돌이
미풍에 날릴 때까지
두드리고 매만지고
쪼갠 흔적으로

예술인 줄 몰라
예술이 된 돌

헝클어진 머리카락을
슬쩍 쓸어 올리고 있다

📖

이 세상의 만물의 척도는 인간이고, 모든 가치평가는 인간의 「응시」에 달려 있다고 해도 과언이 아니다. 응시는 '바라봄'이지만, 단순한 바라봄이 아니라 어떤 일이나 대상을 아주 깊이 있게 살펴본다는 것이고, 따라서 응시는 어떤 일이나 대상의 가치를 평가한다는 것이다. 본다는 것은 최초의 대상을 인식한다는 것이고, 응시한다는 것은 그 대상을 인식함과 동시에, 그 대상에 대한 사유(가치평가)를 한다는 것이다. "우리의 마음은 인식의 두 근원에서 발생한다. 첫째 근원은 인상의 수용성, 즉, 대상을 받아들이는 능력이고, 둘째 근원은 개념의 자발성, 즉, 그 대상을 사유하는 능력"(칸트)이라고 할 수가 있다.

"바람이 분다// 아늑한 실내 한 모퉁이/ 돌에 새긴/ 긴 머리카락이 날리고/ 있다." "하루에도 수십 번/ 무지개가 뜬다는/ 빅토리아 폭포 구릉에서/ 자란 돌의 머리카락"은 "정과 끌을 쥔/ 장인의 손에/ 치렁치렁 감겨" 나왔던 것이다. 오스카 와일드, 아니, 헤겔의 말대로, 인간이 자연을 모방하는 것이 아니라, 자연이 인간을 모방하는 것이다. 인간이 자연을 모방할 때는 인간의 주체성이 사라지지만, 자연이 인간을 모방할 때는 인간은 천지창조주, 즉, 예술가가 되는 것이다. 모든 자연은 인간의 정신의 산물에 지나지 않으며, 바로 이것이 헤겔의 '정신현상학'에 기초를 둔 '미학의 기원'이라고 할 수가 있는 것이다.

정해영 시인의 「응시」의 주인공은 조각가이며, 그는 빅토리아 폭포 구릉에서 가져온 돌에 그 생명력을 부여한 바가 있다. 사시사철 바람이 불고, 아늑한 실내 한 모퉁이에서 그의 긴 머리카락이 날리고 있다. 그는 하루에도 수십 번씩 무지개가 뜬다는 빅토리아 폭포 출신이며, "정과 칼을 손에 쥔/ 장인의 손에/ 치렁치렁 감겨" 나왔던 것이다. 이때에 중요한 것은 빅토리아 폭포 출신의 조각품이 아니라, "정과 칼을 손에 쥔/ 장인의 손"이며, 이 장인의 손에 의하여 그 무정형의 돌이 예술작품으로 생명력을 얻게 된 것이다. 이 예술작품은 "광폭한 생의 덩어리를/ 쪼개/ 하루하루를 디자인한/ 신의 손이 저럴까"라는 시구에서처럼, 하나의 기적이며, 그 예술가의 승리라고 할 수가 있다.

예술가는 모방하는 것이 아니라 창조하는 것이고, 이것

이 모든 예술의 기원인 것이다. "무겁고 완강한 돌이/ 미풍에 날릴 때까지/ 두드리고 매만지고/ 쪼갠 흔적으로// 예술인 줄 몰라/ 예술이 된 돌"이 바로 그것이며, 돌은 인간이 되고, 이 인간은 만인의 마음을 사로잡는 이상적 인간이라고 할 수가 있다. 목수는 나무 속에서 인간을 꺼내고, 석공은 돌 속에서 인간을 꺼낸다. 따라서 그 나무 속의 인간, 돌 속의 인간에게 생명력을 불어넣고, 그 모든 산과 강과 들과 바람들마저도 살아 움직이게 한다. "예술인 줄 몰라/ 예술이 된 돌"은 돌의 놀라움이고, 돌의 경이이며, 돌의 존재가 인간 존재가 아닌 예술적 존재가 된 것이다. 가짜 예술은 인간의 정신이 결여되어 있지만, 진짜 예술은 인간의 정신으로 살아 움직인다.

돌이 놀라고, 돌이 너무나도 감격해 예술가에게 경의를 표하고 있는 「응시」, 예술인 줄 몰라 예술이 된 최고급의 예술작품은 그러나 돌의 조각품에 있는 것이 아니라, 그 조각품에 생명력을 부여한 정해영 시인의 「응시」에 있는 것이다. 정해영 시인의 응시에는 세 명의 주인공이 있는데, 첫 번째는 빅토리아 폭포 산 돌이고, 두 번째는 그 돌에 생명력을 부여한 조각가이고, 그리고, 마지막으로 세 번째는 그 수용미학적인 측면에서 그 조각작품에 새로운 생명력을 부여한 정해영 시인이라고 할 수가 있다.

하지만, 그러나 「응시」의 진짜 주인공은 돌도 아니고, 조각가도 아니다. 소설 속의 소설을 격자소설이라고 부르듯이, 「응시」의 진짜 주인공은 그 조각가에게 천재성을 부여한 시인인 것이며, 정해영 시인은 그 '응시'를 통해서 "예술인 줄 몰라/ 예술이 된 돌"처럼, "헝클어진 머리카락을/ 슬쩍 쓸어 올리고" 있는 것이다. 응시는 대상을 바라보는 힘이고, 응시는 대상을 사유하는 힘이며, 이 두 힘의 결합에 의하여 최고급의 「응시」가 탄생하게 된 것이다.

자연의 아름다움은 숭고하지 않고, 예술의 아름다움은 숭고하다. 자연의 아름다움에는 인간의 정신이 없고, 예술의 아름다움에는 인간의 정신이 각인되어 있기 때문이다. 우리 인간들은 자연 속에서 자연 그대로 살지 못하고, 자연을 자기 자신의 기호와 취미에 알맞게 인간화시킨다. 자연을 인간화시킨 것이 예술이며, 예술 속에는 우리 인간들의 행복과 그 모든 것이 다 들어 있다.

모든 문화는 예술의 꽃이며, 이 문화를 창출해내기 위해서는 천지창조주와도 같은 시인이 필요한 것이다.

강 정 이

유령상념

　나는 유령, 아니 유령의 집이다. 내 등 뒤엔 친정부모, 시부모, 처녀로 죽은 이모, 과부로 살다 간 이모, 사슴같은 외삼촌, 전쟁터의 아주버니, 내 꿈 속에서 울던 두 모자가 비둘기 떼처럼 앉아있다. 때리고 침 뱉는 욕설을 온전히 받으면 내 몸이 아프다. 유령의 집에는 억울하거나 슬퍼하거나 외로운 영혼이 산다. 내 몸은 그래서 넓어야 한다. 유령들은 제 몸의 불로 쓰나미 산불도 거뜬히 견딘다. 저 울타리가 넉넉한 대숲이어서 부자다. 아파트분양, 땅투기, 주식, 코인 등 세상을 몰라도 된다. 유령인 내 몸은 종잇장처럼 가볍다. 호젓할 땐 넋두리도 구수하다. 내가 달빛 같은 유령일 때, 시냇물 흐르는 풍경 속에 내 몸을 누이고 새소리 풀잎소리, 바람소리를 듣는다.

　사람들은 내가 유령인 줄 모르고 사람 취급한다
　그래서 나는 유령과의 유토피아를 쌓기 위해 소나무처럼 단단해야 한다

유령幽靈이란 무엇인가? 유령이란 죽은 사람의 영혼이나 망령을 뜻하지만, 유령들이란 죽은 사람들이 편안하게 잠들지 못하고 이 세상을 떠돌아 다니는 것을 말한다. 정원에서 잠을 자다가 독살을 당한 햄릿의 아버지와 햄릿에게 버림을 받은 오필리아의 유령이 나타나 햄릿을 괴롭히는 것이 그 대표적인 예일 것이다. 그 옛날 사람들은 영혼과 육체가 분리되어 있어 육체는 소멸해도 영혼은 죽지 않는다고 생각했으며, 따라서 이 세상에서 너무나도 억울하고 분하게 죽은 사람들은 반드시 나타나 그 복수를 한다고 생각했던 것이다. 아주 정중하고 엄숙한 장례의식은 망자의 한을 달래주는 것이었고, 제사나 추모기념식도 따지고 보면 망자의 한을 달래주는 진혼제였던 것이다.

　오늘날은 영혼과 육체는 하나이며, 육체가 소멸하면 영혼도 소멸한다는 무신론이 지배적이라고 할 수가 있다. 유령은 실체도 없고 존재하지도 않지만, 그러나 너무나도 억울하고 분하게 죽어간 사람들은 우리들의 마음 속에 남아서 끝끝내 괴롭힌다. 너무나도 억울하고 분하게 죽어간 사람들에 대한 가해의식, 너무나도 억울하고 분하게 죽어간 사람들의 실상을 외면했거나 방관했던 죄의식, 그들이 그렇게 살 수밖에 없었던 사회적 환경과 싸우지 못한 비겁한 자의 자책감 등이 모든 속죄제와 진혼제의 출발점이라고 할 수가 있을 것이다. 반성, 후회, 참회, 고해성사 등의 속죄제와 설득, 위로, 명복, 끊임없는 존경과 찬양의 진혼제는 사후복종이라는 예배의식의 진면목이라고 할 수가 있을 것이다. 왜냐하면 이 세상에서 너무나도 억울하고 분하게 죽어간 사람들의 영혼을 진정시키지 않는다면 우리들 모두가 불행하게 될 것이라는 두려움과 공포가 모든 종교의 출발점이기 때문이다.

인간 사회는 공동체 사회이며, 그 어떤 행위도 사회적일 수밖에 없다. 분업과 협업이 가장 아름다운 사회적 활동이 되고, 만인평등과 부의 공정한 분배는 공동체 사회의 근본 목표가 된다. 나 하나의 잘못은 우리 모두의 잘못이 되고, 나 하나의 영광은 우리 모두의 영광이 된다. 우리는 모두가 공동체 사회의 구성원이며, 이 사회적 동물로서의 번영과 행복을 위해 자기 자신의 인간성과 그 모든 자유를 반

납했던 것이다. 사회는 개인보다 더 크고, 그 넓은 옷자락으로 모든 구성원들의 자유와 평등과 행복을 보장해 준다. 따라서, 어느 한 사람이나 가족, 또는 어느 이웃이나 마을의 불행은 우리 모두의 잘못이며, 그들의 한과 영혼을 달래주지 않으면 우리들 모두는 너무나도 끔찍한 재앙이나 화를 당할지도 모른다는 두려움과 공포가 다양한 신앙과 종교들을 안출해냈던 것이다.

유령은 실체도 없고 존재하지도 않지만, 그러나 끊임없이 유령들은 나타나 우리들을 괴롭힌다. 나는 유령의 집에 불과하고, 이 유령의 집에는 "친정부모, 시부모, 처녀로 죽은 이모, 과부로 살다 간 이모, 사슴같은 외삼촌, 전쟁터의 아주버니, 내 꿈 속에서 울던 두 모자가 비둘기 떼처럼 앉아있다." 너무나도 한결같이 "억울하거나 슬퍼하거나 외로운 영혼"들이고, 그 유령들이 느닷없이 때리고 침을 뱉고 욕을 하면 너무나도 아프다. "유령들은 제 몸의 불로 쓰나미 산불도 거뜬히" 견디고, 내 몸은 그래서 넓어야 하고, "울타리가 넉넉한 대숲이어서 부자"라고 할 수가 있다. 나는 "아파트분양, 땅투기, 주식, 코인 등 세상을 몰라도" 되고, 그래서 "유령인 내 몸은 종잇장처럼 가볍다." 호젓할 때는 유령들의 넋두리도 구수하고, 내가 달빛같은 유령일 때는 "시냇물 흐르는 풍경 속에 내 몸을 누이고 새소리, 풀잎 소리, 바람소리를 듣는다." 사람들은 내가 유령인 줄도 모르고 나를 사람 취급하지만, 그러나 나는 유령과의 유토피아를 쌓기 위해 소나무처럼 가장 단단하고 울창해야 한다.

나는 유령의 집이고, 유령의 집인 내 몸은 더없이 관대하고 그 모든 사람들을 다 받아 들인다. 느닷없이 때리고 욕을 하는 사람들도 받아들이고, 느닷없이 쓰나미 산불처럼 타오르는 사람들도 받아들인다. 내 몸의 울타리는 늘 푸르고 넉넉한 대숲이고, 모든 욕망을 다 비우고, 어느 누구보다도 부자가 되었다. 내 몸은 종잇장처럼 가볍고, 그 어떤 넋두리도 다 받아 적을 수가 있다. 때때로 내가 달빛 같은 유령일 때는 시냇물 흐르는 풍경 속에 내 몸을 누이고, 새소리, 풀잎소리, 바람소리를 듣는다.

강정이 시인은 「유령상념」을 통해서 이 세상에서 가장 아름다운 유령의 집을 짓고, 이 유령의 집을 이상적인 천국으로 건축해 놓았다. 새 유령의 집의 건축사이자 유령천국의 창시자가 된 것이다. 유령은 몸이 없고, 몸이 없으니까 자유자재로운 변신이 가능하다. 유령의 집은 넓고 크고, 사시사철 늘 푸른 대나무 숲의 울타리를 두르고 있다. 유령은 종잇장처럼 가볍고, 유령은 달빛같이 떠오르고, 이

가벼움으로 이 세상에서 가장 단단하고 목재가 좋은 소나무처럼 자란다.

　우리는 모두가 죽게 되어 있고, 모든 행복이 약속되어 있다.

　유령의 집, 유령의 집—,

　그렇다. 강정이 시인의 '유령의 집'에서 우리들 모두는 가장 행복하게 살 수가 있는 것이다.

이 서 빈
한바탕 일기

한낮, 원두막이 걸음을 당겨 앉힌다
바람이 들락날락 땀 식혀주고 매미소리 장대비로 쏟아
져 강물로 출렁인다
휘파람새가 새털구름 한 조각 나무우듬지에 건다, 구름
그늘 당겨 잠을 이식한다

잠자리 한 마리
내 입술에 내려앉는다
저 빨강, 저 빨강궁둥일
내 입술에
닿았다떼었다

이 멀건 대낮에
기이한 몸짓으로 유혹한다
뭘 어쩌

어쩌라는 말인가

모르는 척 잠든 척
눈도 뜨지 못하고
잠자리와 잠자리를 한
무방비로 당한 하루

실눈 뜨고 고추밭을 본다, 햇빛물고기 파닥파닥 알몸으
로 뛰논다
바짝 약 오른 고추 빳빳이 발기한다
고추잠자리도 고추도 홀딱 벗고
그짓이 한창이다, 벌건 대낮에,

파랗게 우는 암고양이 울음에 감자꽃이 하얗게 진다

반쪽 비명이 한바탕 쓸고 간 고추밭
붉으락푸르락 하던 고추와 눈 뒤집힌 잠자리 고추가
일시에 새빨갛게 익는다
치명적 오후, 젊은 그늘이 축 늘어졌다

모든 욕망은 성욕이며, 이 성욕 앞에서는 물욕과 권력욕과 명예욕마저도 한낱 어릿광대의 망상에 지나지 않는다. 성욕은 종족의 명령이며, 물욕과 권력욕과 명예욕마저도 보다 나은 후손들을 남기기 위한 성욕의 다른 모습에 지나지 않는다. 에로스(종족의 신)는 언제, 어느 때나 영원한 청년의 얼굴을 하고 있으며, 이 세상에서 에로스보다 더 사나운 폭군은 없다. 에로스의 화살을 맞게 되면 연애, 결혼, 불륜, 배신, 사기, 강간, 매춘, 살인 등, 그 어떤 짓도 다 하게 되고, 그 주체자는 수치심이 없게 된다. 양귀비, 서희, 황진이, 클레오파트라, 헬렌, 진시황, 알렉산더 대왕, 나폴레옹 황제, 돈쥬앙, 파리스 등의 주색잡기는 전지전능한 신들마저도 용서를 하게 될 것이고, 이 선남선녀들이 바람을 피우지 않는다면 이 세상의 삶은 그 어떤 의미도 없게 될 것이다. 만일, 이 세상의 선남선녀들의 세기말적인 불륜이 없다면 영화, 연극, 드라마, 문학, 예술 등이 어떻게 가능하고, 또한, 이 세상의 선남선녀들의 세기말적인 불륜이 없다면 정치, 경제, 학문, 스포츠, 오락, 관광산업 등이 어떻게 가능하겠는가?

때는 한여름의 대낮이고, 원두막이 걸음을 당겨 앉으면 바람이 들락날락 땀을 식혀준다. 매미 소리가 장대비처럼 쏟아지면 강물이 출렁거리고, 휘파람새가 새털구름 한 조각을 나무우듬지에 걸면 구름그늘을 당겨 잠을 청한다. 이 서빈 시인의 「한바탕 일기」의 주제는 성의 향연이며, 그 무대는 원두막이고, 이 원두막에서 성의 향연의 주인공인 이 서빈 시인은 그의 입맛대로 일인다역의 모노드라마를 펼쳐 나간다. 관점은 전지적 관점이고, 이 전지적 관점에 따라 원두막과 바람과 매미소리와 그 모든 배우들이 살아 움직이게 된다.

잠자리 한 마리 내 입술에 내려 앉고, 그 빨간궁둥일 닿았다떼었다 한다. 잠자리는 성의 향연의 침대와도 같고, 이 세상에서 가장 아름답고 멋진 궁둥이를 지닌 잠자리는 '사람꽃'인 시인과 이종교배를 시도한다. 이 멀건 대낮에 그 기이한 몸짓으로 시인을 유혹하고, 너무나도 황홀하고 기분이 좋아진 시인은 "뭘 어쩌/ 어쩌라는 말인가"라고 은근슬쩍 시치미를 뗀다. "모르는 척 잠든 척/ 눈도 뜨지 못하고" 강간 아닌 화간을 즐기며, "잠자리와 잠자리를 한/ 무방비로 당한 하루"라고 능청을 떨어댄다.

이 세상에서 가장 아름답고 예쁜 얼굴은 꽃 핀 얼굴이며, 그 얼굴들은 최고급의 '성의 향연' 속에서 꽃 피어난다. 이 세상의 삶의 고통과 그 모든 어려움을 다 극복해낸 얼굴, 자기 자신의 행복과 종의 건강이 약속된 얼굴, 이 삶의 절정에서 이서빈 시인은 더욱더 과감하게 성의 향연, 즉, 「한바탕 일기」를 써나간다. 만족하면 이 세상의 모든 것이 약속되어 있듯이, 그 모든 것이 역동적이고 거침이 없다. 실눈 뜨고 고추밭을 보면 햇빛물고기 파닥파닥 알몸으로 뛰어놀고, 바짝 약이 오른 고추는 빳빳하게 발기한다. 한여름의 멀건 대낮에, "고추잠자리도 고추도 홀딱 벗고/ 그 짓이 한창"이고, "파랗게 우는 암고양이 울음에 감자꽃이 하얗게 진다."

동종과 이종, 인간과 바람, 매미와 장대비, 휘파람새와 새털구름, 시인과 고추잠자리, 고추와 햇빛물고기 등의 너무나도 거칠고 힘찬 비명이 한바탕 쓸고 간 고추밭, "붉으락푸르락 하던 고추와 눈 뒤집힌 잠자리 고추가/ 일시에 새빨갛게 익는다."

치명적 오후, 젊은 그늘이 축 늘어졌다. 성의 향연은 짧고, 이서빈 시인의 「한바탕 일기」의 대단원의 막이 내린다.

한바탕의 일기, 한바탕의 성의 향연(한바탕의 자연의 성교)—.

개체는 생멸을 거듭하지만, 종은 영원하다.

김 소 형

여름, 먹히다

껍질 벗은 그를 보고
사람들이 수근댔다

풍문에 그는 여름을 잡아먹으러 온 것
녹슨 쇠 쓰윽쓰윽 갈아 만든 몸통무기로

초록 커튼 볼모로 잡아두고
불시에 쏟아지는 함성, 학익진이다

그가 다시 입을 벌린 순간
여름이 꿀꺽 삼켜지는 것을 나는 보았다

추리소설이란 범죄 사건을 소재로 하여 그 사건의 실상을 추적하고 해결하는 과정을 묘사한 소설이라고 할 수가 있다. 대부분의 범죄가 반인륜적이고 부도덕한 만큼 그 충격이 크고 모든 사람들의 비상한 관심을 끌어 모을 수가 있는 것이다. 사건은 반전과 반전을 거듭하고, 그만큼 범죄자와 수사관, 또는 쫓기는 자와 쫓는 자의 동선을 따라서 더욱더 극적이고 흥미진진한 이야기를 전개시켜 나갈 수가 있는 것이다.

김소형 시인의 「여름, 먹히다」는 아주 짧은 단시 형태임에도 불구하고, 그 사건은 추리소설과도 같은 극적인 기법으로 전개된다. "껍질 벗은 그를 보고/ 사람들이 수군댔다"라는 것은 어떤 사건이 일어났고 그 사건을 둘러싸고 사람들이 수군대기 시작했다는 것을 말하고, "풍문에 그는 여름을 잡아먹으러 온 것/ 녹슨 쇠 쓰윽쓰윽 갈아 만든 몸통 무기로"라는 제2연의 시구는 그는 너무나도 기상천외하게

도 여름을 잡아먹으러 왔다는 것을 뜻한다. 도대체 그는 누구인데 발가벗은 듯 껍질을 벗고, "녹슨 쇠 쓰윽쓰윽 갈 아 만든 몸통무기로" "여름을 잡아먹으러 온 것"일까? 여름은 만인들의 공적인 원수가 되고, "녹슨 쇠 쓰윽쓰윽 갈 아 만든 몸통무기로" "여름을 잡아먹으러 온" 그는 정의사회를 구현하는 영웅이 된다. 이 범죄자와 수사관의 싸움에서 최종적인 승리를 거두는 것은 수사관이고, 그는 "초록커튼 볼모로 잡아두고/ 불시에 쏟아지는 함성", 즉, '학익진전법'으로 그를 꿀꺽 삼켜버린 것이다.

수박은 아프리카가 원산지이며, 우리 한국인들의 대표적인 여름과일이라고 할 수가 있다. 수분함량이 많고 단맛이 강해서 섭씨 8~9도에 냉장보관을 하면 한여름의 찜통더위를 가장 효과적으로 날려버릴 수도 있는 것이다. 수박은 매년 여름에 즐길 수 있는 저칼로리성의 과일이며, 단맛과 함께, 갈증 해소에 가장 효과적인 도움을 준다. 수분함량이 많아 아주 좋은 피부와 신진대사를 촉진시켜 주기도 하고, 항산화 물질이 풍부하여 심장병과 암의 위험성을 감소시켜 주기도 한다. 각종 성인병의 원인이 되는 염분을 아주 빠르게 배출시켜 주기도 하고, 혈액순환을 원활하게 하여 뇌졸중과도 같은 심혈관질환 예방에도 아주 좋다고 한다.

시인은 천하의 제일 가는 거짓말쟁이이며, 그는 거짓말을 해도 너무 많이 한다. 그는 거짓말로 밥을 먹고 거짓말로 숨을 쉬며, 진실보다도 더욱더 아름다운 거짓말을 한다. 이 세상에서 가장 큰 입을 가진 자도 시인이고, 이 세상에서 가장 큰 힘을 지닌 자도 시인이다. 말은 입을 통해서 나오고, 입은 말을 통해서 자양분을 얻는다. 말은 천변만화하는 변신술의 귀재이며, 이 말을 이리 저리 이끌고 조종하는 것은 시인이라고 할 수가 있다. 시인은 말을 사냥하고 말을 먹으며, 말을 생산하고 말을 소화하는 입을 가졌다. 시인의 권력은 천하의 제일 가는 권력이며, 이 권력의 힘은 김소형 시인의 「여름, 먹히다」에서 가장 웅변적으로 나타나고 있다고 할 수가 있다.

여름은 음식도 아니고, 사계절 중의 하나인 여름을 꿀꺽 삼킬 줄 아는 자는 시인일 수밖에 없다. 음식이 아닌 것을 먹자니 거짓말이 필요하고, 거짓말을 하자니까, "꿀꺽", '여름을 삼켰다'라는 과장법이 필요했던 것이다. "껍질 벗은 그를 보고/ 사람들이 수근댔다"에서의 그는 "녹슨 쇠 쓰윽 쓰윽 갈아 만든" 칼을 든 사람이고, 그 칼잡이는 큰산과도 같은 여름 수박을 가르며 그처럼 유명한 학익진 전법을 썼던 것이다. 요컨대, 초록 커튼 볼모, 즉, 그 큰 산과도 같은 수박을 쫘악 가르는 모습은 너무나도 대단하고 엄청나게 여름을 꿀컥 삼키는 것과도 같았던 것이다.

따지고 보면 껍질을 벗은 그는 수박이고, 수박은 이 세상에서 제일 무서운 찜통더위를 잡아먹으러 온 천하제일의 검객이다. "녹슨 쇠 쓰으쓰으 갈아 만든 몸통무기"는 수박의 검은줄무늬를 말하고, "초록 커튼 볼모로 잡아두고／불시에 쏟아지는 함성, 학익진이다"라는 시구는 단칼에 쫘악 갈라지는 수박의 특성을 학익진 전법으로 창출해낸 것이다. 따라서, 수박이 쫘악 갈라지는 순간, 여름이 꿀컥 삼켜지는 추리소설과도 같은 희극, 즉, 김소형 시인의 「여름, 먹히다」가 그 대미를 장식하게 되는 것이다.

수박을 인간화시켜 천하제일의 여름사냥꾼으로 탄생시킨 시인의 말, 이 시인의 말을 과장법과 반어법과 점층법, 또는 모든 수사학과 추리소설적인 기법과 학익진의 전법으로 장식시켜 천하제일의 「여름, 먹히다」를 완성해낸 것이다. 김소형 시인은 천하제일의 거짓말쟁이이며, 새로운 언어의 사제라고 할 수가 있다.

「여름, 먹히다」.

놀랍다, 경이롭다. 그 모든 것이 신비이고, 기적이다.

김 선 태
적중

지금껏 그의 화살은 세상의 한복판에 꽂히지 못했다
늘 조금씩 왼쪽으로 치우쳤다

화살은 꼬리가 긴 물고기와 같아서 바람의 저항을 받으며
직선이 아닌 곡선으로 과녁을 향해 헤엄쳐간다

과녁으로 가는 길은 좌충우돌이다

수많은 시행착오 끝에 그가 다시 활을 당긴다
이번에야말로 만파식적의 평정심이 필요하다

팽팽한 시위를 떠난 화살이 과녁의 정중앙을 꿰뚫으며
바르르 떤다
마침내 적중이다

\>

와, 모두의 환호성이 터진다

좌도 우도 위도 아래도 아닌 중심은 중도이고 정도이다
고요한 무풍지대 태풍의 눈이다

천재란 누구인가? "자연이 그를 주조하고 그 틀을 깨뜨려 버렸다"(아리오스트, 이탈리아 시인)라는 말도 있지만, 그러나 천재란 그처럼 선천적인 사람이 아니다. 천재란 태어나는 것이 아니라 느닷없이 출현한다. 천재란 만인들의 반대 방향에서, 그 모든 가치관을 전복시키기 위하여 자기 스스로 '고통의 지옥훈련과정'을 거친 사람이며, 대부분의 사람들은 이 제이의 천성을 이해하지 못하고, 제일의 천성만을 강조하게 된다. '사무사思無邪의 경지'를 외쳤던 공자는 그 얼마나 고통의 지옥훈련과정을 거쳐왔던 것이고, '무위자연無爲自然'을 외쳤던 노자는 그 얼마나 고통의 지옥훈련과정을 거쳐왔던 것인가? 이상국가의 꿈을 온몸으로 실천했던 플라톤은 그 얼마나 고통의 지옥훈련과정을 거쳐왔던 것이고, 비판철학을 주창했던 칸트는 그 얼마나 고통의 지옥훈련과정을 거쳤던 것인가? 천재란 모든 가치관을 파괴하고 새로운 가치관을 정립한 사상가이며, 이 최고급의 사상을 정립하기 위하여 수없이 되풀이 죽었다가 수없이 다시 태어났던 사람이라고 할 수가 있다. 동시대의 영원한 이단자이자 파렴치한이었던 범죄자가 전 인류의 구세주가 된다는 것은 선천적인 재능이 아니라, 후천적인 노력의 소산이라고 할 수가 있는 것이다. 이 세상에서 가장 슬픈 사람은 목표가 없는 사람이지만, 그러나 천재는 자기 자신의 단 하나뿐인 목표를 위하여 그 모든 고통을 충신忠 臣으로 삼을 수 있을 만큼 지혜와 용기와 성실함, 즉, '애지인愛知人'으로서의 덕목을 지녔던 것이다. 천재는 우회하거나 좌절하지 않으며, 그 어떠한 만고풍상 앞에서도 두 눈 하나 끄떡하지 않는 금강산 일만이천봉 같은 사람이라고 할 수가 있다.

반경환은 무엇을 하는 사람인가? 그는 한국사회의 영원한 이단자이자 파렴치한에 불과하지만, 그러나 하늘을 감동시키기 위하여 '명시감상'을 온몸으로 쓰는 철학예술가이다. 철학을 예술의 차원으로 승화시키고, 예술을 철학의 차원으로 승화시킨다는 것은 그의 낙천주의 사상의 목표이며, 반경환은 이 무거운 짐을 짊어짐으로써 우리 한국인들을 고급문화인으로 인도하고자 했었던 것이다. 천년, 만년, 영원히 식지 않는 그의 열정은 하늘을 감동시키고, 언젠가, 어느 때는 그의 '명시감상'은 수많은 시들보다도 더욱더 아름다운 사상으로 밤하늘의 별들처럼 빛나게 될 것이다. 철학예술가라는 낙천주의 사상가, 그는 지혜를 사랑하는 사람으로서 '나는 신성모독을 범한다, 고로 존재한다'와 '세계는 나의 범죄의 표상이다, 고로 행복하다'라는 두 개의 명제를 그의 실천철학의 과제로 삼아왔던 것이다. 우리 한국인들이 해마다 노벨상을 타고 전 인류의 스승들을 배출해낼 수 있는 그날을 위하여 자기 스스로 영원한 이단자와 파렴치한이 되어야 하는 신성모독자의 삶을 마다하지 않았던 것이다. 반경환은 자랑스러운 단군의 후예이고, 낙천주의 사상가인 최고급의 홍익인간이다.

  김선태 시인의 「적중」은 최고급의 명장을 위한 송가頌歌이며, 그 고통의 지옥훈련과정을 노래한 시라고 할 수가 있다. 깊이 있게 질문하고 잘 대답한다. 이 반성과 성찰, 즉, 이 피눈물 나는 탐구과정 끝에, 자기 스스로 고통의 지옥 속으로 걸어 들어가 고통과 싸우며, 그 고통을 굴복시키고, 드디어, 마침내 새로운 사상가로 탄생하게 된다. 쾌락은 부정적이고 비생산적이지만, 고통은 긍정적이고 무한한 생산성을 자랑한다. "지금껏 그의 화살은 세상의 한복판에 꽂히지 못했다/ 늘 조금씩 왼쪽으로 치우쳤다"도 그의 반성과 성찰의 소산이고, "화살은 꼬리가 긴 물고기와 같아서 바람의 저항을 받으며/ 직선이 아닌 곡선으로 과녁을 향해 헤엄쳐간다"도 그의 반성과 성찰의 소산이다. 그는 이 반성과 성찰 끝에, "그의 화살은 세상의 한복판에 꽂히지 못했다/ 늘 조금씩 왼쪽으로 치우쳤다"라는 것을 깨닫고, 또한, "화살은 꼬리가 긴 물고기와 같아서 바람의 저항을 받으며/ 직선이 아닌 곡선으로 과녁을 향해 헤엄쳐간다"라는 것을 깨닫는다. 그 결과, "좌충우돌"의 수많은 시행착오들을 극복하고, "만파식적의 평정심"으로 활을 당기게 된다.

만파식적이란 통일 신라시대 신문왕 때의 전설상의 피리이며, 이 피리를 불면 모든 걱정과 근심이 없어진다고 한다. 자기 자신과 모든 욕망들을 다 망각한 집중력과 그 황홀한 연주의 결과이며, 따라서 만파식적 피리는 최고급의 장인정신의 산물이라고 할 수가 있다. "팽팽한 시위를 떠난 화살이 과녁의 정중앙을 꿰뚫으며 바르르 떤다/ 마침내 적중이다// 와, 모두의 환호성이 터진다." 최고급의 지혜의 승리, 최고급의 용기의 승리, 최고급의 성실함의 승리—, 이 모든 승리는 이론과 실천이 하나로 결합된 최고급의 사상의 승리이며, 이제는 그 모든 낡은 세계가 사라지고 더욱더 새롭고 멋진 신세계가 탄생하게 된 것이다.

모든 황제들이 백전백승의 상승장군이었듯이, 모든 사상가들은 최고급의 인식의 제전의 황제라고 할 수가 있다. "좌도 우도 위도 아래도 아닌 중심"을 향해가고, 언제, 어느 때나 천하무적의 정도의 길을 걸어간다.

천재는 태풍의 눈이며, 이론과 실천의 완성자이며, 모든 천재는 태풍의 눈과도 같은 행복을 향유한다.

한국인들은 자그만 바람에도 이러저리 흩어지는 모래나 낙엽과도 같다. 사상과 종교와 역사와 전통도 모르고, 만고풍상을 다 받아들이면서도 더욱더 아름다운 금강산 일만이천봉을 모른다. 불교에 흔들리고, 유교에 흔들리고, 신사참배에 흔들리고, 예수 앞에서는 마냥 부서져 버린다.

표절자와 토착양키의 사대주의자와 뇌물 먹는 사들만이 애국자가 된다.

한국인은 단군처럼, 모래처럼, 낙엽처럼 흔적도 없다.

권 기 선
별자리 안부

대륙을 이동하던 그들은 밥보다 밤을 사랑했지 돌칼과
나무로 만든 창으로 무장하고 배를 불리고 살을 찌워 기르
는 부족의 힘도 밤 앞에선 무력한 일

보폭을 줄여 서로 가까이 뭉쳐야 해

누구를 더 사랑하는 일도 누구를 더 아끼는 일도 그들은
더 나은 땅이 있는 곳으로 가야만 하는 유랑민이기도 했지

사자나 곰의 포효도 지근거리의 하이에나 무리도 괜찮아
위협보다 위험한 건 공포심

아무것도 보이지 않는 밤으로부터 아무것도 보호받지
못하는 사방으로부터
그들은 동굴로 들어갔던 거야. 한 면만을 경계하면 되는

그곳으로, 들어갔던 거야

하지만 동굴이 없으면 어떻게 해?

그래서 그들은 밤을 사랑하기 시작했지 어두운 하늘에서도 밝게 빛나는 별을 사랑하는 방법을 익힌 거야 누구를 더 사랑하고 누구를 더 아끼는 일보다 우리는

같은 별과 같은 하늘 아래에서 살고 있다, 그런 의미

그렇게 대륙을 이동하던 그들은
그러다 다른 부족을 만나면 그들은

살고 있던 영역의 별자리를 설명하고 각자가 본 별자리에 관해 나누는 일 그런 일이 서로를 이해하는 일이었어

경계보다 소중한 건 환대

그러니까,
전학 온 그 친구에게 내일은 안부를 건네봐 친해질 수

있을 거야

삼촌

나 이제 졸려

권기선 시인의 「별자리 안부」는 대륙을 이동하던 원시 유랑민들의 공동체 사회를 노래한 시이며, "경계"보다는 "환대", 즉, "별자리 안부"를 통해 공동체의 의지를 확대해 나가고 있는 시라고 할 수가 있다. "대륙을 이동하던 그들은 밤보다 밤을" 더 사랑했는데, 왜냐하면 '밤'이라는 공포를 잠재우지 못하면 그들의 생활을 영위할 수가 없었기 때문이다. 눈에 보이는 적은 그 적을 물리치거나 그 위험에 대처할 수가 있지만, 눈에 보이지 않는 적은 다만, 그저, 속수무책으로 당할 수밖에 없었기 때문이다. 밤은 다만 김김한 어둠이며, 이 어둠의 공포 속에, 원시 유랑민들은 마냥 적나라하게 노출될 수밖에 없었던 것이다. "돌칼과 나무로 만든 창으로 무장하고 배를 불리고 살을 찌워"도 밤 앞에서는 너무나도 무력했고, 그리하여 "보폭을 줄여 서로 가까이" 뭉치지 않으면 안 되었다.

　　하지만, 그러나 "누구를 더 사랑하는 일도 누구를 더 아끼는 일"마저도 "그들은 더 나은 땅이 있는 곳으로 가야만 하는 유랑민"의 신세에 지나지 않았던 것이다. "사자나 곰의 포효도 지근거리의 하이에나 무리도" 무섭지 않았지만, 그러나 아무것도 보이지 않는 밤보다 더 무서운 것은 없었다. 이 밤의 공포로부터 은신처로 삼은 곳은 "한 면만을 경계하면 되는" 동굴이었지만, 그러나 동굴이 없을 때는 그들은 밥보다 밤을 더 사랑할 수밖에 없었던 것이다. "어두운 하늘에서도 밝게 빛나는 별을 사랑하는 방법을" 익히고, "누구를 더 사랑하고 누구를 더 아끼는 일보다 우리는/같은 별과 같은 하늘 아래에서 살고 있다"라는 공동체 의식을 더욱더 중요시 하게 되었던 것이다.

무조건 적으로부터 도망을 치고 적을 두려워하면 그 공포심이 사나운 파도처럼 덮쳐오지만, 그러나 사즉생死卽生의 각오로 적과 맞서 싸우면 적이 그 전의를 상실하고 도망을 치게 된다. 밤을 밥보다 더 사랑하고 밤과 함께 살면 쥐구멍에 별 뜨듯이 희망이 떠오르고, 그 희망의 별자리를 통해 "같은 별과 같은 하늘 아래에서 살고 있다"라는 공동체 의식이 싹트게 된다. 인간은 나약하지만, 사회적 동물로서의 인간은 더없이 강력하다. "살고 있던 영역의 별자리를 설명하고 각자가 본 별자리에 관해 나누는 일"은 공동체 구성원으로서의 민심과 국력을 결집시키는 최선의 방책이며, 모든 조국애의 기원이라고 할 수가 있다.

　권기선 시인의 「별자리 안부」는 공동체 사회의 구성과 조국애의 기원을 노래한 시이며, 삼촌이 조카에게 "경계보다 소중한 건 환대", 즉, '별자리 안부'를 가르쳐 주고 있는 시라고 할 수가 있다. 이주移住는 그가 살던 고향에서 뿌리를 뽑힌 것이고, 그 뿌리가 뽑힌 사람은 물설고 낯설은 타향 땅에서 새로운 뿌리를 내리기까지 너무나도 가혹하고 엄청난 텃세에 시달리게 된다. 권기선 시인은 조카를 통해 새로 전학 온 친구의 이야기를 듣고, 그 옛날의 유랑민들(선조들)의 이야기를 들려주며, "경계보다 소중한 건 환대"라는 사실을 가르쳐 주고 있는 것이다. 요컨대 조카와 전학 온 친구는 정주민과 이주민의 갈등을 초월하여 동일한 국가와 동일한 학교의 구성원이며, 미래의 조국을 이끌어 나갈 역군이라는 사실을 가르쳐 주고 있는 것이다.

　우리는 모두가 다같이 같은 별과 같은 하늘에서 살고 있고, 우리는 모두가 다같이 한 형제이며, 한 민족인 것이다. 권기선 시인의 「별자리 안부」는 더없이 따뜻하고 신선하며, 그 인문주의적인 사랑으로 만인들의 심금을 사로잡는다. 옛이야기는 「별자리 안부」처럼 따뜻하고, 이 따뜻한 이야기는 설화적인 문체로 그 모든 사람들의 경계를 허물어 버린다.

이 정 옥

점(·) 하나 왔다

점(·) 하나가 왔다

신기한 화색이다

공연히 웃음이 걸린다

자동차도 땀 흘리는 언덕 오르며

피식 미소가 새어 나왔다

자꾸 웃음이 튀어 나왔다

감추려 애써도 피식피식

단단한 감정의 껍질을 가지고 있다고

내심 자부하던 지갑 안에 감춘 감정이

하르르 하르르 사월 벚꽃처럼

입 벙글어진다

토론토에서 점(·) 하나 왔다

깡충 왔다

이정옥 시인의 「점(·) 하나 왔다」를 읽으며, 도대체 '점'이 무엇이길래 그처럼 즐겁고 기쁘게 토끼처럼 뛰고 있는 것일까를 생각해 봤다. 점이란 첫 번째로, 시험에서 80점, 90점, 100점 할 때의 단위를 나타낼 수도 있고, 두 번째로 여러 속성들, 즉, 좋은 점과 나쁜 점을 나타낼 수도 있다. 세 번째로 사람의 살갗이나 짐승의 털 위에 있는 얼룩을 가리킬 수도 있고, 네 번째로 물건이나 그림을 세는 단위를 나타낼 수도 있다.

하지만, 그러나 이정옥 시인의 「점(·) 하나 왔다」의 '점'은 토론토에서 온 점 하나이며, 그것은 물리학에서의 차원의 문제이며, 어떤 대상을 가리키는 상징의 문제라고 할 수가 있다. 차원에는 0차원, 1차원, 2차원, 3차원, 4차원 등이 있고, 0차원은 점 하나로 이루어져 있고, 그것은 아무 것도 존재하지 않는다는 것을 의미한다. 1차원은 점과 점 사이를 이어주는 선을 말하고, 2차원은 선과 선을 이어주는 면을 말한다. 3차원은 면과 면을 이어주는 입체를 말하고, 4차원은 이 입체가 움직이는 입방체를 말한다.

이정옥 시인의 「점(·) 하나 왔다」의 점은 공(0)의 차원이고, 이 공의 차원은 아무 것도 아닌 것이 아니라 모든 것이 존재하는 차원의 문제라고 할 수가 있다. 모든 존재는 점에서 태어났고, 점의 운명으로 살다가 점으로 돌아간다. 태양도, 북극성도, 십자성도 점으로 나타나고, 달도, 금성도, 지구도 점으로 나타난다. 코끼리도, 고래도, 기린도 점으로 나타나고, 인간도, 벌레도, 새들도 점으로 나타난다. 점은 만물의 기원인 원자와도 같고, 이 점과 점의 만남에서 수많은 생명체들이 탄생한다. 사랑도 점 하나로 이루어지고, 이별도 점 하나로 헤어지고, 죽음도 점 하나로 마침표를 찍는다. 점은 만물의 기원이고, 생명이고, 점은 집이고, 우주이다.

토론토에서 점 하나가 왔고, 그 점은 깡충 뛰면서 왔다. 아마도 이 점은 토론토에서 온 소식일 수도 있고, 그 소식 속의 어린 아이일 수도 있다. 아들과 며느리, 또는 딸과 사위도 점이고, 이 점과 점들이 만나 손자를 낳은 것인지도 모른다. 손자는 미래의 희망이고, 미래의 희망인 손자라는 점 하나가 깡충깡충 토끼처럼 뛰어 논다. 손자는 너무나도 예쁘고 귀엽고, 손자의 얼굴은 너무나도 신기한 화색이다. 공연히 웃음이 걸리고, 자동차도 땀 흘리는 언덕을 오르며, 자꾸만 웃음이 튀어 나온다.

너무나도 즐겁고 기쁘면, 제아무리 감추려고 애를 써도 그 표정을 감출 수가 없고, 그 단단한 감정의 껍질을 뚫고, 하르르 하르르 사월의 벚꽃처럼 웃음꽃이 핀다.

어린 아이는 미래의 희망이고, 어린 아이는 아버지의 아버지이다. 0차원의 0은 모든 것이고, 이 점의 차원에서 모든 삶의 기쁨과 행복이 만발한다. 점은 상징이고, 상징은 우주이고, 우리 인간들은 이 상징을 통해서 '사유하는 인간'이 되었다고 해도 과언이 아니다.

점(·) 하나가 토론토에서 왔고, 점(·) 하나가 아침 해처럼 떠오른다.

임 태 래
돼지밥바라기별

사람들에게
개밥바라기별이 있다고 한다면
나에게는
돼지밥바라기별이 있다

한여름 나를 낳은 엄마
돼지가 저녁밥 달라고
꿀꿀 보챌 때 태어난 나를
돼지처럼 잘 먹고 잘 살 거라고 하셨다

초저녁 별이 빛난다

돼지밥바라기별을 낳으신 어머니
동방박사들 보았던 샛별보다
더 반짝거렸을 것이다

\>

이 어려운 시기에도
밥술이나 뜰 수 있는 게
그 별 덕분 아닌가

엄마는
오늘 밤 저 별을 바라보고 계실까

개밥바라기별은 금성, 즉, 샛별의 다른 이름이고, 해가 진 후, 오후 6시에서 9시 사이에 볼 수 있는 별을 말한다. 하루종일 집을 지키느라고 수고한 개에게 저녁을 챙겨주며 서쪽 하늘을 쳐다보면 유난히 반짝이는 별을 볼 수 있었기 때문에, 순우리말인 '개밥바라기별'이라는 이름이 붙여진 것이다.

나는 개밥바라기별이라는 이름은 알고 있었지만, 돼지밥바라기별이라는 이름을 들어보지 못했고, 따라서 백과사전에서는 돼지밥바라기별이라는 이름을 찾아 볼 수가 없었다. 개밥을 줄 때에는 돼지밥을 줄 때이고, 돼지밥을 줄 때에는 개밥을 줄 때이다. 돼지와 개는 다같은 가축이고, 우리 인간들에게는 매우 소중한 동물이지만, 돼지밥그릇은 축사 안에 있고, 개밥그릇은 집 밖에 있기 때문에, 그런 별 이름, 즉, 개밥바라기별 이름의 영광이 돌아간 것이라고 할 수가 있다.

돼지가 더 소중한가, 개가 더 소중한 동물인가는 정말로 매우 어렵고 난해한 질문인데, 왜냐하면 돼지는 고기와 함께 부의 상징이 되고, 개는 가축몰이와 함께 도둑을 지켜주는 친근한 벗이 되고 있기 때문이다. 돼지가 더 소중한가, 개가 더 소중한 동물인가는 따질 수가 없지만, 그러나 개가 우리 인간들과 더 가깝고 더 많은 사랑을 받고 있다고 할 수가 있을 것이다.

돼지는 멧돼지과에 속한 짐승이고, 야생의 멧돼지를 길들인 가축이라고 할 수가 있다. 동남 아시아에서는 약 4,800년 전, 유럽에서는 3,800년 전부터 길렀다고 하며, 돼지는 고기와 기름 등을 얻기 위해 기르기도 하지만, 그러나 부와 행복의 상징이 되고 있다고 해도 틀린 말이 아니다. 돼지는 일년에, 7마리에서 13마리씩 두 번의 새끼를 낳을 수 있고, 아주 식성이 좋고 매우 빨리 건강하게 잘 자란다. 돼지고기는 햄, 소시지, 베이컨 등 이외에도 삼겹살, 목살, 갈비살, 족발, 돼지머리 등의 영양만점의 식품이며, 그만큼 너무나도 많은 폭발적인 수효를 자랑하기도 한다. 우리 한국인들의 꿈 중에서 가장 좋은 꿈이 돼지꿈이며, 이 '돼지꿈'은 크나큰 부와 행복을 가져다가 준다고 한다.

만일, 그렇다면 임태래 시인은 왜 개밥바라기별이 아닌

돼지밥바라기별을 노래하게 된 것일까? "사람들에게/ 개밥바라기별이 있다고 한다면/ 나에게는/ 돼지밥바라기별이 있다// 한여름 나를 낳은 엄마/ 돼지가 저녁밥 달라고/ 꿀꿀 보챌 때 태어난 나를/ 돼지처럼 잘 먹고 잘 살 거라고 하셨다"의 시구가 그 까닭을 말해준다. 그는 돼지해의 한여름에 돼지가 저녁밥을 달라고 꿀꿀 보챌 때 태어난 것이고, 이것이 개밥바라기별을 거부하고 돼지밥바라기별의 운명을 받아들인 까닭이기도 한 것이다.

기호는 사물을 지시하고, 상징은 인간의 정신을 지시한다. 태양은 아버지가 되고, 달은 어머니가 되고, 시인은 돼지밥바라기별이 된다. "돼지가 저녁밥 달라고/ 꿀꿀 보챌 때"에 돼지띠인 나를 낳으신 어머니는 시인의 운명을 동방박사의 샛별보다 더 거룩하게 보았을 것이고, 그 순간, 고귀하고 위대한 인간, 즉, 전 인류의 마음을 사로잡을 '돼지밥바라기별'의 운명이 결정되었던 것인지도 모른다. 초저녁별, 즉, 돼지밥바라기별은 시인의 운명이 되고, 임태래 시인은 영원히 지지 않는 샛별처럼 이 세상의 모든 기적을 다 연출해낸다.

모든 어머니는 성모가 되고, 모든 아들은 성자가 된다. 우리가 이처럼 어려운 시기에도 다 "밥술이나 뜰 수" 있게 된 것은 돼지밥바리기별 때문이고, 우리들의 어머니는 지금, 이 순간에도, 자나깨나 '돼지밥바라기별의 운명'을 축복해주고 있을 것이다. 임태래 시인의 「돼지밥바라기별」은 '무기교의 기교의 경지'에 있으며, 그의 운명과 삶의 진실을 일치시킨 데에서 그 깊은 감동이 솟아나온다. 일체의 장식이나 꾸밈이 없으면서도 엄마와 아들과 샛별이 하나가 되는 기적을 연출해낸다.

삶의 진실은 시가 되고, 시는 아름다운 세계가 된다. 우리 한국인들의 영원한 고향이자 이상낙원인 '돼지밥바라기별', 어제도, 오늘도, 내일도 이 '돼지밥바라기별'에서는 무한한 금은보화와 함께, 영원한 행복이 쏟아져 내릴 것이다.

윤극영

반달

푸른하늘 은하수 하얀 쪽배엔
계수나무 한 나무 토끼 한 마리
돛대도 아니 달고 삿대도 없이
가기도 잘도 간다 서쪽 나라로

계수나무는 계수나무과에 속하는 낙엽활엽교목이며, 중국과 일본이 원산지라고 한다. 키는 약 7m에서 14m까지 자라고 그 생김새가 넓은 타원형으로 아주 멋있기 때문에 관상용으로 널리 심는다고 한다. 나무껍질은 붉은 갈색이고, 가을의 단풍은 오색이며, 나무결이 좋고 비틀림이 적어서 가구와 합판과 악기용으로 쓰인다. 계수나무로는 금목서와 은목서가 있고, 금목서에서는 금색 꽃이 피고, 은목서에서는 하얀꽃이 피며, 그 향기가 천리, 만리 퍼져 나간다.

토끼는 토끼목에 속하는 포유동물이며, 굴토끼와 멧토끼와 우는 토끼가 있다. 굴토끼와 멧토끼의 귀는 길고 꼬리가 짧으며, 강력한 뒷다리로 깡충깡충 뛸 수가 있다. 우는 토끼는 귀가 짧고 꼬리가 거의 없으며, 뒷다리도 덜 발달되어 있다. 토끼는 꾀가 많고 귀여운 동물이지만, 달 속에서 방아를 찧는 토끼는 자비롭고 신성한 존재로 잘 알려져 있다. 바다 속의 용궁을 빠져나온 토끼는 지혜로운 동물을 말해주고, 달나라에서 떡방아를 찧는 토끼는 자비롭고 신성한 존재를 말해준다. 이밖에도 토끼는 매우 나약하고 겁 많은 동물의 대명사일 때도 있고, 천하에 제일 느림보인 거북이와의 경주에서 패배한 토끼는 오만방자한 동물일 때도 있다.

달에는 계수나무가 있고, 토끼가 떡방아를 찧고 있다는 전설은 아주 오래 전부터 있었고, 달은 지구를 한 바퀴 도는 공전주기와 스스로 한 바퀴 도는 자전주기가 같아서 우리 인간들에게는 항상 똑같은 모습만을 보여준다. 늘, 항상, 계수나무와 떡방아를 찧는 토끼의 모습이 똑같으니까, 정말 달나라에는 계수나무와 토끼가 살고 있는 것처럼 보였던 것이다.

하지만, 그러나 계수나무와 토끼의 실체는 운석이 날아와 충돌한 부분에서 생겨난 흔적이며, 이 흔적은 보름달이 뜰 때 더 쉽게 확인할 수가 있다. 위쪽에 어두운 타원형이 몇 개 이어져 나타나는 부분이 두 귀를 쫑긋 세운 토끼의 머리에 해당되고, 아래쪽 넓은 부분이 떡방아를 찧는 토끼의 몸통이며, 토끼의 반대쪽에서 밝게 빛나는 부분이 계수나무라고 할 수가 있다.

"푸른하늘 은하수 하얀 쪽배엔/ 계수나무 한 나무 토끼 한 마리/ 돛대도 아니 달고 삿대도 없이/ 가기도 잘도 간다 서쪽 나라로." 윤극영 선생의 작사, 작곡인 「반달」은 1924년에 발표된 창작동요의 효시이며, 이 「반달」은 8분의 6박자의 서정 동요라고 할 수가 있다. 윤극영 선생은 1923년 방정환 선생이 제청한 어린이 문화운동이 펼쳐지자 그 '색동회의 일원'으로서 이 「반달」을 작사, 작곡하게 되었고, 그 결과, 우리나라의 어린이들에게 무한한 꿈과 용기와 희망을 불어 넣어 줄 수가 있었던 것이다.

오늘날에는 물신物神이 그 모든 것을 지배하는 사회가 되었고, 자본가에게 고용된 자연과학자들이 모든 신화와 종교와 믿음을 대청소해버렸다. 예수도 없고, 부처도 없고, 마호메트도 없다. 브라만도 없고, 제우스도 없고, 시바도 없다. 컴퓨터와 인공지능과 스마트폰과 자동차 등이 더 소중하지, 그 옛날의 신화와 종교와 믿음 따위는 정말로 아무런 소용도 없게 되었다. 목사에게서, 신화학자에게서, 부모형제에게서 이 문명의 이기들을 빼앗아 버린다면, 그 모두가 지랄발광을 하고 미치광이가 되어버릴 것이다. 우리 인간들은 컴퓨터와 인공지능과 스마트폰과 자동차 등의 부속품이 되어버린 것이고, 두 눈에 보이지 않는 물신에 의해서 황금알을 낳는 노예가 되어버린 것이다.

아아, 그러나, 푸른하늘 은하수에는 하얀 쪽배가 떠 있고, 계수나무 한 그루와 토끼 한 마리가 떡방아를 찧고 있는 그 옛날이 얼마나 더욱더 아름답고 풍요로웠던 사회였단 말인가? 이 세상에서 가장 목재가 좋고 그 꽃의 향기가 천리, 만리 퍼져나가는 계수나무와 무한한 꿈과 용기와 희망의 상징인 듯, 그 자비롭고 인자한 떡방아를 찧고 있는 토끼 한 마리는 이 세상을 얼마나 더욱더 아름답고 풍요롭게 했단 말인가? 돛대도 아니 달고 삿대도 없이, 이 세상의 삶의 순리에 따라 가기도 잘도 가는 우리 인간들의 일생이 너무나도 그리운 것이다.

게오르그 루카치는 "천상의 별을 형제로 가질 수 있지만, 지상의 동반자를 가질 수 없다"라고 한탄을 했지만, 그러나 오늘날에는 천상의 별마저도 형제로 가질 수가 없게 되었다. 부모님의 뱃속에서 태어나자마자 돈을 요구하는 강도로 돌변해 버리고, 컴퓨터와 인공지능과 스마트폰과 자동차의 부속품이 되어 물신에게 조종을 당한다. 인간의 탐욕이 자본주의를 탄생시켰고, 자본주의는 인간에게 도덕과 윤리를 거세시켰다. 정자와 난자도 '돈의 유전자'로 변형되었고, 이 돈의 유전자가 모든 불행의 시작이 되었다. 시인도, 소설가도 없고, 철학자도 없다. 가수도 없고, 화가도 없고, 부모형제도 없다. 부모형제도, 친구관계도 다 무너졌고, 부부관계도, 이웃관계도 다 무너졌다. 일론 머스크, 제프 베조스, 마크 저커버그, 빌 케이츠, 워런 버핏, 레리 페이지, 이재용 등이 돈을 숭배하며, 돈의 노예로서 그 어떤 특효약도 없는 '돈의 바이러스'를 끊임없이 생산하고, 또, 생산해낸다.

돈의 바이러스가 예수가 되었고, 그 넓고 자비로운 전염력으로 모든 인간성을 다 말살해버린다.

돛대도 없이, 삿대도 없이, 계수나무도 없이, 토끼도 없이, 인간도 없이, 꿈과 희망과 용기도 없이, 가기도 잘도 간다.

만악의 소용돌이와 그 탐욕 속으로—.

신 명 옥
오프라인

화면에 접착된 눈동자

이어폰에 매달린 귓바퀴

지하철, 공원 벤치, 세상의 모든 의자를 타고

정보의 홍수 속을 헤엄치는 눈망울들

도로에는 유튜브에 실려 떠가는 행인

스마트폰과 중얼거리는 행인

좋아요를 클릭하는 내 머리를 치는 도토리가

높은 곳에서 내리는 죽비소리로 들렸지

눈과 귀를 안으로 모으라는 말씀에

폰을 접고 별똥별을 따라가 보았지

공원 숲에 널린 운석들

몇 바퀴 돌아야 눈에 익는 고요를

모으는 도중 나를 잊어버렸지

그동안 세계가 평화로웠어

더 이상 방울이 보이지 않을 때

내가 보이기 시작했지

우주를 떠도는 사이버 공간에서

나라는 깃발을 흔들고 있는 입자 하나

온라인이란 통신이 이어진 상태를 말하고, 오프라인이란 통신이 끊어진 상태를 말한다. 온라인이란 컴퓨터 시스템의 중앙처리장치와 연결되어 있어 그 모든 소통이 가능한 상태를 말하고, 오프라인이란 컴퓨터 시스템의 중앙처리장치와 연결되어 있지 않아 그 모든 소통이 가능하지 않은 상태를 말한다. 오늘날 21세기의 지구촌을 하나로 묶은 결정체는 컴퓨터이며, 이 컴퓨터는 철두철미하게 자본에 봉사하며, 자본주의적 신분제도와 그 질서를 생산해내고, 또, 생산해낸다. 인간과 인간을 끌어모아 실시간대로 상품을 파는 것도 컴퓨터이고, 오대양 육대주와 인종과 종교와 문화의 장벽을 초월하여 실시간대로 대화를 나누고 돈에 의해 차별제도를 만들어 내는 것도 컴퓨터이다. 이 컴퓨터를 지배하는 것은 모든 언론과 온라인 쇼핑몰과 플랫폼, 즉, 중앙통제장치를 지배하는 자본가이며, 이 자본가들의 권력은 그 어떤 전제군주나 전지전능한 신보다도 더 크다고 할 수가 있다. 신명옥 시인의 「오프라인」을 읽다보면, '오프라인'마저도 '온라인'에 종속되고, 그 모든 것이 가능한 '온라인 세계', 즉, "우주를 떠도는 사이버 공간에서/ 나라는 깃발을 흔들고 있는 입자 하나"마저도 이 세상의 어중이떠중이들의 운명에 지나지 않는다는 것을 알게 된다.

손오공이 뛰어봤자 부처님 손바닥 안이라는 말이 있듯이, 이 세상의 어중이떠중이들이 「오프라인」으로 뛰어가봤자, 우주를 떠도는 입자 하나에 지나지 않는다. "화면에 접착된 눈동자/ 이어폰에 매달린 귓바퀴/ 지하철, 공원 벤치, 세상의 모든 의자를 타고"가 보아도 "정보의 홍수 속을 헤엄치는 눈망울들" 뿐이고, "좋아요를 클릭하는 내 머리를 치는 도토리가/ 높은 곳에서 내리는 죽비소리로" 들릴지라도, "유튜브에 실려 떠가는 행인"들과 "스마트폰과 중얼거리는 행인"들만을 보게 되었을 뿐이었던 것이다. "눈과 귀를 안으로 모으라는 말씀에/ 폰을 접고 별똥별을 따라가" 보아도 "공원 숲에 널린 운석들"과 모든 사람들이 다 떠나간 뒤에도 "우주를 떠도는 사이버 공간에서/ 나라는 깃발을 흔들고 있는 입자 하나"가 있을 뿐이었던 것이다.

도토리란 참나무, 떡갈나무, 졸참나무, 갈참나무의 열매를 말하지만, 그러나 신명옥 시인의 「오프라인」에서의 도토리란 그 어떤 구별이나 차이도 없는 고만고만한 존재들을 말한다. 개인의 자유도 온라인의 감시망을 빠져나갈 수가 없고, 만인평등도 자본주의가 부여하는 계급질서를 빠져나갈 수가 없다. 인간의 자유도 없고, 만인평등도 없고, 오직 자본주의의 전면적인 관리와 감시체계만이 있을 뿐인 것이다. 오프라인은 없고 온라인만 있고, 인간은 없고 입자(개인)만이 있다.

오늘날의 우리 인간들은 자본이 부여한 계급질서 속에서 태어나 자본에 충성하며 그 푼돈을 받고 살다가 자본의 명령에 따라 죽어간다. 돈 많은 재벌은 대공원과도 같은 가족묘지로 가고, 최고의 권력자나 애국자들은 현충원으로 간다. 그 다음, 돈 많은 사람들은 선산이나 호화납골당으로 가고, 이 세상의 어중이떠중이들은 다만, 한 줌의 재가 되어 산산히 흩어져버린다. 할머니도, 할아버지도 자본의 노예가 되었고, 어머니도, 아버지도 자본의 노예가 되었다. 따지고 보면 진정한 인간인 나도 존재하지 않고 너도 존재하지 않으며, 실제보다 더 실제같은 사이버공간에서 먼지처럼, 또는 때처럼 나타났다가 사라져 간다. 모든 것이 온라인이고, 이 세상의 자본의 감시와 통제를 벗어난 「오프라인」은 없다.

신명옥 시인은 모든 「오프라인」마저도 온라인에 종속된 것을 주목하고, 실제보다도 더 실제같은 사이버 공간, 즉, 온라인 공간에서 더없이 작고 초라하게 원자화되어가고 있는 인간들을 노래한 것이라고 할 수가 있다. 인간은 도토리가 되고, 도토리는 별똥별이 되고, 별똥별은 공원숲에 널린 운석들이 된다. 부자도 도토리이고, 가난한 자도 도토리이고, 그 모든 것이 도토리 키재기에 지나지 않는다. "몇 바퀴 돌아야 눈에 익는 고요를/ 모으는 도중 나를 잊어버렸지/ 그동안 세계가 평화로웠어"라는 시구는 일종의 반어이며, 이 세상의 모든 「오프라인」이 종적을 감추고, 우리 인간들의 자유와 평화와 행복이 다 사라져 갔다는 것을 뜻할 뿐인 것이다.

　　시인도, 시도 도토리이고, 도토리 키재기이다. 신명옥 시인의 「오프라인」에 따르면 인간의 존재 근거는 온라인이고, 이 온라인 속에서 자본이 부여한 명령에 따라 먼지나 때처럼 살다가 죽어가게 될 것이다. 밤하늘을 밝혀주던 별들도 사라져 갔고, 미래의 희망인 태양도 떠오르지 않을 것이고, 이 지구촌은 자본의 탐욕에 의하여 대폭발을 하게 될 것이다. 컴퓨터는 악마(자본가)가 만든 걸작품이며, 이 컴퓨터가 이 세상의 그 모든 것을 다 파괴시킨 것이다.

드디어, 마침내, 온라인이 「오프라인」을 향해가고, 온라인은 가장 아름답고 멋진 대폭발의 종말론, 그 우주쇼를 연출해 내게 될 것이다.

이 창 수
횡천橫川

시냇물이 옆으로 흘렀네
마을에 식자가 있어 횡천이라 불렀네
시냇물 따라 버드나무가 심어졌고
버드나무는 새와 구름 불러왔네
냇가에 작은 술집도 생겼다네
술 취한 사람들이 옆으로 걸었네

횡천 거슬러 올라가면
푸른 학 날아다니는 청학동이 나온다네
시절이 하 수상해지면
순한 사람들이 청학동에 들어와 살았네
사나운 도적들이 찾아왔지만
나무꾼이 되거나 다시 돌아갔다네

횡천에 다리가 놓이고 시장이 섰네

길이 포장되고 자동차가 다니기 시작했네

사람들도 앞만 보고 걸었네

구불구불 길도 직선으로 바뀌고

논도 밭도 바둑판이 되었다네

사람들은 직선을 숭배했네

그러든 말든 횡천은 옆으로만 흘렀다네

횡천 가로질러 그물이 쳐 있었으나

아무것도 걸리지 않았다네

강물에 일월성진日月星辰 희미하게 보였지만

그건 아무나 잡을 수 없는 물고기라서

마을 사람들 본체만체 지나갔다네

横川은 경상남도 하동군 중부에 있는 면소재지이며, 대부분의 지역이 500m 이하의 산지로 되어 있다고 한다. 서북부의 청암면에서 흘러든 횡천강과 그 지류가 중앙으로 흐르고, 주요 농산물로는 쌀과 보리 이외에도 밤과 딸기와 파프리카가 생산된다고 한다.

　　지구도 둥글고, 달도 둥글고, 태양도 둥글고, 우주도 둥글다. 시간도 둥글게 흐르고, 사계절의 변화도 둥글게 흐르고, 모든 생명체들도 둥글게 원을 그리며 살다가 간다. 모든 것이 가고, 모든 것이 되돌아 온다. 모든 것이 죽고, 모든 것이 새롭게 꽃 피어나고, 존재의 해는 영원히 계속된다. 니체의 말대로, "중심은 곳곳에 있고, 영원의 오솔길은 곡선"이라고 할 수가 있다. 존재의 수레바퀴도 둥글고, 개체는 소멸하지만, 種은 영원히 계속된다.

　　횡천橫川. 가로횡橫, 내천川─. 이창수 시인은 그의 시, 「횡천」을 통해 무엇을 말하고 싶었던 것일까? 삶은 직선이 아니라 곡선이며, 이 자연의 곡선에 반하는 직선의 삶을 거부하며 현대문명사회를 고발하고 싶었던 것일까? "시냇물이 옆으로 흘렀네/ 마을에 식자가 있어 횡천이라 불렀네/ 시냇물 따라 버드나무가 심어졌고/ 버드나무는 새와 구름 불러왔네/ 냇가에 작은 술집도 생겼다네/ 술 취한 사람들이 옆으로 걸었네"라는 시구도 곡선의 삶을 말하고, "횡천 거슬러 올라가면/ 푸른 학 날아다니는 청학동이 나온다네/ 시절이 하 수상해지면/ 순한 사람들이 청학동에 들어와 살았네/ 사나운 도적들이 찾아왔지만/ 나무꾼이 되거나 다시 돌아갔다네"라는 시구도 곡선의 삶을 말한다. 시냇물이 옆으로 흐르고, 시냇물을 따라 버드나무가 심어졌고, 버드나무는 새와 구름을 불러들였다. 횡천을 거슬러 올라가면 푸른 학이 날아다니는 청학동이 나오고, 시절이 하 수상해지면 순한 사람들이 청학동에 들어와 살았다. 냇가에는 작은 술집도 생겼고, 술 취한 사람들도 횡천을 따라 옆으로, 옆으로 걸었다. 사나운 도적들이 청학동에 찾아왔지만, 곡선의 삶에 취한 사람들은 나무꾼의 삶을 살고, 그렇지 못한 도적들은 다시 직선의 삶으로 되돌아갔다.

자연의 삶은 곡선의 삶이며, 곡선의 삶은 아름다운 삶이다. 아름다운 삶은 모든 만물들을 다 불러들이는 조화의 삶이고, 조화의 삶은 자연의 이치를 거스르지 않는 삶이다. 시작도 없고, 끝도 없다. 중심은 곳곳에 있고, 시간은 느리게, 혹은 각자의 호흡에 맞춰 흐르며, 서로가 서로간에 이해타산을 따지지 않는다. 횡천은 부드러움이고, 곡선의 미학이며, 모든 만물들은 이 곡선의 미학을 통해서 가장 아름답고 행복한 삶을 살아갈 수가 있는 것이다.

하지만, 그러나 자연의 삶에 기초해 있던 횡천에 "다리가 놓이고 시장이" 생겨났다. 길이 포장되고 자동차가 다니기 시작했고, 사람들도 앞만 보고 걷기 시작했다. 구불구불 곡선의 미학을 자랑하던 길도 직선으로 바뀌고, 논과밭도 바둑판이 되었고, 모든 사람들이 다같이 직선을 숭배하게 되었다. 자본주의 삶은 직선의 삶이며, 직선의 삶은모든 자연에 대한 적대적인 삶을 뜻한다. 모든 천재지변의 진원지도 자연이고, 모든 금은보화를 숨기고 있는 것도자연이다. 따라서 자연을 다스리고, 모든 금은보화를 채굴해내지 않으면 안 된다는 것이 자본주의의 철학이라고 할수가 있다. 자연은 정복의 대상이 되었고, 금은보화는 우리 인간들의 행복의 상징이자 축적의 대상이 되었다. 시간과 공간마저도 수많은 단위로 분할하고, 모든 곡선을 직선으로 바꾸고, 끊임없는 이기주의와 탐욕을 지상최대의 가치로 삼게 되었다. 시간은 빠르게 흐르고, 원인 없는 결과 없듯이, 오직 성공만이 지상최대의 목표가 되었다. 시작도 있고, 끝도 있다. 강함이 부드러움을 이기고, 오직 자본을 중심으로 폭력적인 서열제도가 생겨났다. 직선의 삶은 자연파괴의 삶이며, 그 모든 관계를 적대적인 관계로 만들며, 끝끝내는 역사의 종말로 향해가고 있는 삶이라고 할 수가 있다.

　지구도 둥글고, 달도 둥글다. 태양도 둥글고, 우주도 둥글 듯이 이 세상에 직선의 삶은 없다. 돛이 보이고, 선체의 중앙이 보이고, 그 다음에 배의 밑바닥이 보인다. 수평선도 둥글고, 동쪽으로 가면 동쪽만 나오고, 서쪽으로 가면 서쪽만 나온다. 처음과 끝이 만나고, 봄, 여름, 가을, 겨울이 둥글게 돌아가고, 모든 것이 헤어지고, 모든 것이 다시 만난다. 횡천은 우리 인간들이 "직선을 숭배하든 말든" 옆으로 옆으로만 흐르고 있지만, 그러나 한 번 파괴된 자연은 좀처럼 회복되지를 않는다. "횡천 가로질러 그물이 쳐 있었으나/ 아무것도 걸리지 않았"고, "강물에 일월성진日月星辰이 희미하게 보였지만", 그것은 "아무나 잡을 수 있는 물고기"가 아니었다. 횡천에 그물이 쳐 있었으나 아무것도 걸리지 않았다는 것은 고기잡이로 돈이 되지 않는다는 것을 뜻하고, 강물에 해와 달과 별이 희미하게 보였지만, 그러나 지본주의 사회에서는 아무런 돈이 되지 않는 낭만적인 아름다움 따위는 관심조차도 없다는 것을 뜻한다.

횡천도 병들었고, 태양과 달과 별도 병들었다. 이 병듦의 깊이에 따라 모든 '곡선의 미학'이 사라지고, 모든 인간다운 삶도 사라졌다. 이창수 시인의 「횡천」은 병듦의 깊이이며, 더 이상 치유할 수 없는 절망의 노래이자 희미한 옛 사랑의 노래라고 할 수가 있다.

자연의 삶은 곡선의 삶이며, 곡선의 삶은 아름다운 삶이다.

그러나, 그러나 모든 것이 다 끝났다. 역사의 시곗바늘이 떨어지고, 인간의 삶도, 모든 생명체들의 삶도 다 끝났다.

최 병 근

먼지

어둠의 그늘에서 잠자던,

뿌리도 없이 자라난 너는

어디서 왔을까

저 침묵은 어느 전생인가

현생은 찰나의 빛이라고

아침마다 눈을 뜬다

창틈으로 새어든 햇살로 바라본다

내 이름 새긴 먼지 하나

모든 사상은 행복론이며, 낙천주의를 양식화시킨 것이다. 행복이란 모든 것이 가능하고 어느 것 하나 부족한 것이 없는 상태를 말하지만, 그러나 행복 중의 최고의 행복은 자기 자신의 단 하나뿐인 목숨을 걸고 자기 자신의 삶을 살아가는 것이라고 할 수가 있다. 어떤 사람은 물질적 풍요에 그 목표를 두고 돈벌레처럼 살다가 가고, 어떤 사람은 만인들 위에 군림하는 권력에 그 목표를 두고 살다가 가고, 어떤 사람은 끊임없는 존경과 찬양의 토대인 명예를 위해서 살다가 간다. 돈벌레는 타인들의 피와 땀을 송두리째 빨아먹는 흡혈귀처럼 살다가 가고, 권력자는 타인들의 끊임없는 음모와 중상모략에 끊임없이 시달리다가 죽어가고, 명예에 굶주린 자는 공연한 착각과 광기에 사로잡혀 죽어간다. 돈과 명예와 권력은 만인들이 다 부러워하고 있는 만큼 아주 소중한 것일 수도 있지만, 그러나 돈과 명예와 권력은 다 허망하고 부질없는 환상에 지나지 않는다.

지리숙支離叔과 골개숙滑介淑 두 사람이 옛날 황제가 놀았다는 곤륜崑崙의 황야 명백冥伯의 언덕을 찾아갔다.

갑자기 골개숙의 왼팔꿈치에 혹이 생겼다. 그는 깜짝 놀라 그것을 두려워했다.

그러자 지리숙이 물었다.

"그게 싫은가?"

"아니 이게 무엇이 싫겠는가? 무릇 생명이란 빌어 온 것이 아닌가? 생명이란 여러 가지를 빌어다가 빚어 놓은 것이거늘, 먼지나 때에 불과한 것. 우연히 바람에 날리어 이렇게 모여진 것이 아닌가? 생사는 주야가 저절로 바뀌듯이 변하는 하나의 순환인 것뿐이야!

그리고 자네나 나는 생사의 변화를 구경하러 왔거늘, 지금은 그 변화가 나에게 닥친 것뿐이야. 그런데 그 자연의 순환을 어쩌자고 싫어하겠는가?"

―『장자莊子』에서

소크라테스가 '너 자신을 알라'라는 한 마디의 말을 남기고 죽어갔다면, 스피노자는 '내일 지구의 종말이 올지라도 나는 한 그루의 사과나무를 심겠다'라는 한 마디의 말을 남기고 죽어갔다. 데카르트가 '나는 생각한다, 고로 존재한다'

라는 한 마디의 말을 남기고 죽어갔다면, 니체는 '나는 너희에게 초인을 가르친다. 인간은 초극되어야 할 그 무엇이다'라는 한 마디의 말을 남기고 죽어갔다. 소크라테스와 스피노자와 데카르트와 니체와 장자 등은 돈과 명예와 권력과는 정반대 방향에서 자기 자신의 행복을 연주했던 전 인류의 스승들이며, 그들의 짧고 비참했던 생애는 오히려, 거꾸로 전 인류의 행복의 모델이라고 할 수가 있는 것이다.

자기 자신을 안다는 것은 삶의 출발점이 되고, 그 앎, 즉, 그 자기 이해를 통해 어느 누구도 좌절시키거나 훼방할 수 없는 삶을 완성한다는 것, 바로 이것이 최고의 행복이라고 할 수가 있는 것이다. 성공과 실패도 부차적인 문제이고, 돈과 명예와 권력도 부차적인 문제이며, 오래오래 장수한다는 것은 그 어떤 문제도 되지를 못한다. 오직, 자기가 가장 좋아하고 가장 잘 할 수 있는 일을 하고, 그 과정 속에서 황홀하게 살아간다면 그의 행복은 최고의 경지, 즉, 신들의 행복으로도 승화될 수가 있는 것이다. 타인의 말과 타인의 사유는 하나의 모범이며 참고대상일 뿐, 그것이 나의 피와 생명이 될 수는 없다. 내가 숨쉬고, 내가 먹고 살아가고, 내가 가장 즐겁고 행복한 것은 나의 피와 땀으로 쓴 나의 사상일 뿐인 것이다.

'너 자신을 알라'라는 것, 즉, 나 자신을 안다는 것은 나의 생명이 먼지와 때에 불과하다는 것을 안다는 것이며, 우리는 모두가 다같이 먼지와 때로 이루어진 생명체들이며, 모든 생명체들은 생물학적으로나 화학적으로 한 가족이라고 할 수가 있는 것이다. 나무를 해부해도 물, 염분, 철, 칼슘, 인, 질소 등이 나올 것이고, 바위를 해부해도 물, 염분, 철, 칼슘, 인, 질소 등이 나올 것이고, 모든 생명체들을 해부해도 물, 염분, 철, 칼슘, 인, 질소 등이 나올 것이다. 모든 생명체들이 죽으면 그 생명체들을 구성하던 원자들이 산산이 분해되어 다른 생명체들의 토대가 된다. 사자가 사슴을 잡아먹어도 에너지의 총량은 변함이 없고, 사자의 시체를 구더기들이 다 파먹어도 에너지의 총량은 변함이 없다. 숲이 사라져도 에너지의 총량은 변함이 없고, 물고기가 사라져도 에너지의 총량은 변함이 없다. 왜냐하면 에너지는 형체만 바꿀 뿐, 그 총량에는 변함이 없기 때문이다. 이처럼, 만물이 동일한 원자로 구성된 생명체이며 한가족이라는 사실을 안다면 자기 자신의 생명체만 유지하면 될 뿐, 오늘날의 인간들처럼 너무나도 잔인하고 끔찍하게 돈과 명예와 권력에 대한 욕심을 부릴 필요가 없는 것이다.

오랜 기간 수도했다고

다 도승道僧은 아니다

짧은 도행道行에도 반질하고 곧게 길들여져

정정히 살아가는 수도자가 있다

한 마디 두 마디 쌓아 올린 빈 집 같은

—「대나무 수도승」 전문

그렇다. "오래 기간 수도했다고/ 다 도승은 아니다/ 짧은 도행道行에도 반질하고 곧게 길들여져/ 정정히 살아가는 수도자가 있다// 한 마디 두 마디 쌓아 올린 빈 집 같은"—. 자기 자신의 목숨이 먼지와 때에 불과하다는 것을 알게 되면, 부자에게 아첨할 일도 없고, 최고의 권력자에게 굴복할 일도 없으며, 어떤 미인들 앞에서도 음탕해질 이유가 없다. 짧고 곧고, 짧고 굵은 대나무같은 '도승의 시학' 속에 자기 자신의 사상과 이론으로 자기 자신만의 행복을 연주할 수가 있는 것이다.

최병근 시인은 2020년 『애지』로 등단했고, 『바람의 지휘자』와 『말의 활주로』의 시집을 출간했으며, 「먼지」는 그의 세 번째 시집의 표제시가 된다. "어둠의 그늘에서 잠자던/ 뿌리도 없이 자라난 너는/ 어디서 왔을까"는 그의 뿌리에 대한 물음이 되고, "현생은 찰나의 빛이라고/ 아침마다 눈을 뜬다"는 그 존재론적 성찰에 대한 답이 되고, 마침내, 그 존재론적 성찰 끝에 "내 이름 새긴 먼지 하나"를 창출해내게 된다. 최병근 시인은 언어의 사제로서 오랜 기간 동안 말과 말의 활주로를 비행해 왔던 것이며, 마침내, 그 비행 끝에 "내 이름 새긴 먼지 하나"를 창출해내게 되었던 것이다. 먼지 하나는 그의 혹이고 명예이며, 먼지 하나는 그의 인생이고 행복이다. 먼지 하나로 자기 자신을 불태우고, 먼지 하나로 자기 자신의 이름을 새기고, 먼지 하나로 모든 욕망을 다 비우고 돌아갈 것이다. 먼지 하나의 철학은 찰나의 빛이고, 이 찰나의 빛은 영원할 것이다.

먼지 하나의 철학은 짧고 곧고, 먼지 하나의 철학은 찰나의 빛이다.

최병근 시인의 '먼지 하나의 철학'은 그의 행복론이며, 낙천주의를 양식화시킨 것이다.

강 기 원

모린 호르 Morin khuur

죽은 말은 갈기로 운다

죽은 말이 달려온다

쉼 없이 달려가는 사얀산맥처럼

달려온다

지축이 울린다

죽음 속 싱싱한 울음처럼 울린다

생전에 서서 잤던 말은

잠 속에서도 달렸고

죽음 속에서도 달린다

모린 호르

모린 호르

\>

죽은 말은 갈기로 운다

달리고 달려와
밤의 허파 같은 달을 넘어
잠들지 못하는
죽지 못하는
네 귓속에 긴 숨을 불어넣는다
단내 나는 숨을

떼로 있어도
홀로였던 말

죽은 말이 한 사람을 껴안고
오래오래 달리고 있다
오래오래 울고 있다

마두금은 몽골의 전통현악기이며, 원어명칭을 따라서
'모린 호르Morin khuur'라고 부르기도 한다. 마두금은 몽골
문화에서 가장 중요한 역할을 하는 악기로서, 줄감개 끝에
말머리 장식이 있어 마두금이라고 한다. 몸통은 사각형,
육각형, 팔각형의 모양인데 양가죽이나 말가죽으로 싸여
있으며, 여기에 1m 길이의 띠를 세우고, 대의 위쪽 끝에
보통 2개의 줄감개가 달려 있다. 마두금은 몽골 유목민들
에게 행복을 전달해주는 악기이자 피로회복제이며, 몽골
인들의 삶의 애환을 달래주는 유네스코 선정 '인류 구전 및
무형유산의 걸작'이라고 한다.

슬플 애哀, 기쁠 환歡. 이 세상을 산다는 것은 슬픔과 기
쁨이 겹쳐져 있는 것이고, 이 슬픔과 기쁨을 변증법적으로
종합하여 자기 자신의 행복을 연주해나가는 것이라고 할
수가 있다. 상호대립적인 것의 통일은 조화이며, 헤겔의
말대로, 변증법은 이 세상의 삶의 운동법칙이라고 할 수가

있다. 슬픔은 이 세상의 삶이 장애를 만난 것을 말하고, 기쁨은 그 어떠한 장애물도 없는 상태를 말한다. 슬픔에도 크고 작은 수많은 슬픔들이 있고, 기쁨에도 크고 작은 수많은 기쁨들이 있다.

이 세상의 삶은 대부분이 슬픔(고통)이 많고, 기쁨이 짧다. 외부의 적과 천재지변, 내란과 전쟁, 가난과 질병, 수많은 음모와 질투와 시기 등, 우리 인간들은 슬픔의 함정에 빠져 있고, 대부분의 꿈은 이루어지지도 않는다. "의지는 현弦이고, 어긋남 내지 방해는 이 현의 진동이다. 인식은 공명반共鳴盤이고, 고통은 그 소리다"(쇼펜하우어). 전지전능한 신은 우리 인간들의 창조주가 아니라 이 세상을 지옥으로 만든 악마에 지나지 않는다. "떼로 있어도/ 홀로"였고, 그의 일생내내 "서서 잤던 말"이었다. "잠 속에서도 달렸고, 죽음 속에서도" 달리고 있다. 죽은 말이 달려오고, 죽은 말이 사얀산맥처럼 달려온다. "모린 호르/ 모린 호르", "죽은 말은 갈기로 운다."

사얀산맥처럼 크나큰 노역, 사얀산맥처럼 크나큰 험로, 사얀산맥처럼 크나큰 고통과 슬픔, 죽은 말이 "달리고 달려와/ 밤의 허파 같은 달을 넘어/ 잠들지 못하는/ 죽지 못하는/ 네 귓속에 긴 숨을 불어넣는다."

만물일여萬物一如. 시인과 말이 하나가 되어 오래오래 달리고 있다. 오래오래 울고 있다. 기쁨은 혼자 살고 싶어하고, 슬픔은 함께 살고 싶어 한다.

이 세상에서 가장 기쁜 것은 가장 슬플 때, 그 슬픔을 함께 할 친구를 만나는 것이다.

모린 호르, 모린 호르,

모든 말은 천리마이고, 이 세상의 모든 고통의 산맥들을 단숨에 뛰어 넘는다.

전 영 숙
나팔꽃이 입을 다무는 때

죽은 당신이
전화를 걸어 대뜸
오후 세시라 한다

무언가 다 놓친 느낌
빨래를 널기에도
외출을 하기에도
너무 늦은 시간

나팔꽃도 서서히
입을 다물어
침묵으로 들어가는데

당신처럼 돌이킬 수 없는 게 많아
남은 빛에 기댄 심정이

꽃 시절 다 보낸 나무 같아서

사랑하기에도 이별하기에도
영 늦은
꿈속보다 더 적막한
꿈 밖

이 세상에 없는
당신이 근심하는
그림자 긴
그 시간

프랑스 시민혁명은 자유와 평등과 사랑을 그 기치로 내걸고 봉건군주제를 붕괴시킨 자유주의의 모태라고 할 수가 있다. 모든 인간들이 자기 자신이 좋아하는 사상과 이념에 따라 살아갈 수 있는 것은 물론, 만인들이 평등하고 서로가 서로를 사랑하며, 모두가 다같이 잘 살 수 있는 이상사회를 건설하는 것이 프랑스 시민혁명의 목표라고 할 수가 있다.

　　하지만, 그러나 자유주의는 반사회적인 개인주의와 탐욕을 세계적인 대유행병으로 탄생시켰고, 그 결과, 우리 인간들은 저마다 고립된 채 '인간 소외'를 앓게 되었다. 개인주의는 역사와 전통을 다 붕괴시켰고, 탐욕은 모든 윤리를 다 붕괴시켰다. '사회적 동물'로서의 '우리'라는 공동체의식마저도 소멸되었고, 소수의 재벌들이 전제군주처럼 군림하게 되었다. '황금을 돌같이 보라'는 그 옛날의 성인군자들 역시도 시대착오적인 백치가 되었고, '견리사의見

利思義', 즉, '이익을 보면 의를 생각하라'는 공자 역시도 시대착오적인 백치가 되었다. 오늘날의 자본가들은 가정파괴범이자 공동체 사회를 붕괴시킨 대악당들이며, 그 어떤 불륜마저도 '로맨스'로 미화시킬 수 있는 분장술의 대가들이라고 할 수가 있다. 자유는 소수의 재벌들에 의하여 독재가 되었고, 만인평등은 불평등이 되었고, 사랑은 수많은 음모와 배신과 증오와 질투의 씨앗이 되었다. 탐욕은 지상 최대의 선이 되었고, 지상최대의 선은 자유주의자들의 근본 신앙이 되었다. 오늘날 이 자유주의 시대에 어느 누가 가장 아름다운 사랑의 주인공이 되었단 말인가? 그것은 두 말할 것도 없이 모든 사제들과 모든 정치인들과 모든 여성주의자들마저도 모조리 침묵하는 세계적인 섹스 스캔들의 주인공인 빌 케이츠와 조지 소로스와 이건희와도 같은 부자들이라고 할 수가 있다. '유전 로맨스/ 무전 불륜'의 신자유주의적인 사랑의 기술은 '인간이 인간을 혐오하는 반인간주의의 기초'가 되었다고 할 수가 있다.

인간은 개인이 되었고, 개인은 기생충이 되었고, 이 기생충들은 '소외된 인간들'의 몸통을 물어뜯으며 그 피를 빨아먹고 산다. '나 홀로족', 즉, 신자유주의의 희생양들이 미국, 일본, 중국, 영국, 프랑스, 한국 등에서 폭발적으로 분

열하고 증식하며 그 어떠한 인간들과의 사랑과 소통마저
도 거절하며 살아간다. 컴퓨터와 TV와 스마트폰과 인공지
능을 통하여 실시간대로 세계와 타인들과 의사소통을 하
고 있으면서도 현실보다도 더 현실적인 가상의 세계에서
너무나도 완벽하게 소외되어 있는 것이다. 나도 돈을 말하
고, 너도 돈을 말하고, 우리도 돈을 말한다. 돈으로 자유와
평등과 사랑을 사고 팔며, 돈으로 수많은 음모와 배신과
증오와 질투의 씨앗을 뿌려댄다. 전통적인 가족제도도 무
너졌고, '네 이웃을 내몸과 같이 사랑하라'는 공동체 사회
도 무너졌고, 우리는 모두가 다같이 대도시 속의 '고독사의
주인공'이 되어가고 있다.

신자유주의의 탐욕의 시대, 전영숙 시인의 「나팔꽃이 입
을 다무는 때」, "죽은 당신이/ 전화를 걸어 대뜸/ 오후 세시
라고 한다." 오후 3시는 중년의 시간이며, 크나큰 꿈과 희
망을 위하여 '역발산기개세力拔山氣蓋世'로 정진을 해야 하지
만, 그러나 그는 크나큰 상실감과 무력감 속에서 너무나도
완벽한 고독과 소외를 앓는다. 사랑하는 그는 너무나도 일
찍이 저 세상으로 떠나갔고, 그는 "꽃 시절 다 보낸 나무"
같이 그 고독과 소외감 속에서 울부짖는다. 빨래를 널기에
도 늦었고, 외출을 하기에도 늦었다. 사랑을 하기에도 늦

었고, 이별을 하기에도 영 늦었다. 모든 것이 가능한 신자유주의의 세계는 지옥이 되었고, 욕망은 사라지고 삶에의 의지도 종식되었다. 무엇을 해야 하고, 무슨 꿈과 희망을 가져야 하며, 도대체 그 어디로 가야 한단 말인가? 이 세상에 없는 당신이 근심하는 「나팔꽃이 입을 다무는 때」, 오후 3시, 기생충같은 잉여인간들이 그토록 무섭게 몸부림 치는 시간―.

이 세계를 지옥으로 만든 악마는 그 어느 누구이란 말인가? 자유와 평등과 사랑을 부르짖는 신자유주의자들이며, 그들은 개인의 이익을 앞세워 사회적인 모든 가치들을 파괴시켰다. 이타적이고 살신성인의 희생정신이 사라진 자리에 탐욕이라는 독초가 자라났고, 이 독초 앞에서는 모든 사제와 학자와 정치인들과, 그리고 우리 선량한 인간들마저도 백기투항을 하고 말았다.

오늘날의 자본가들은 신이 되었고, 이 전지전능한 힘으로 황금만능의 지옥을 연출해냈다.

인간은 죽었다. 자본가와 기생충들(돈벌레)만이 남아서 너무나도 잔인하고 끔찍하게 부모형제와 인류애의 피를 빨아먹고 있다.

박 잎
프란츠 카프카

붉다
카프카로 내려가는 계단길, 붉다
아득한 현기증
가파른 빛, 빛줄기

낯선 카페에서
해파리를 상상해
한없이 하늘거리는
무척추동물의 흐느적거림을

상자해파리
네모난 머리에서 뻗어 나가는
수십 개의 기인 다리들
숨겨진 맹독성

\>

코랄해 산호 속을 떠도는 꿈

푸르다

푸르스름하다

프란츠 카프카에는

수상한 환등기가 걸려 있어

📖

    이 세상에서 가장 행복했던 사람들은 언제, 어느 때나 자기 자신의 목표를 향하여 그 어떠한 방해와 훼방에도 불구하고 두 눈 하나 끄떡하지 않고 걸어갔던 사람들이라고 할 수가 있다. 타인의 말과 명령에 복종하지 않고 십자가에 못 박혀 죽거나 보들레르나 랭보처럼, 또는 반 고흐나 폴 고갱처럼 자기 자신의 말과 사유로 최고급의 작품을 남겼던 사람들이라고 할 수가 있다. 그들의 생애는 대부분이 짧고 비참했지만, 그들의 고귀하고 위대한 업적은 신들의 행복보다도 더 아름답고 소중한 행복이라고 할 수가 있다.

    프란츠 카프카는 체코 출신의 유태인이었으며, 그는 독일어에 맞서 소수자의 언어인 '이디시어'로 글을 쓴 작가로도 유명하다. 낮에는 보험회사 직원으로 동료들과 매우 즐겁고 유쾌하게 지냈지만, 그러나 밤에는 붉디 붉은 피로 글을 쓰는 소설가였다. 어느날 갑자기 한 마리의 애벌레로 변신한 영업사원 그레고리 잠자, 자기 자신이 애써 고안해낸 사형장치가 폐기될까봐 미치광이가 되어가는 유형지의 장교, 머리에서부터 뼛속까지 직업의 중요성을 깨닫고 굶어죽는 직업을 선택한 굶는 광대, 자기 자신의 이상적인 성을 찾아 헤매다가 끝끝내 발견해내지 못하는 『성城』의 주인공 K 등—. 프란츠 카프카의 우울과 고독과 소외는 끝끝내 그의 세계적인 명작인 「변신變身」의 그레고리 잠자로 나타난 것이다. 한 마리의 애벌레는 가장이자 영업사원이자 작가이자 영원한 이방인이었던 그의 초상이었고, 그것은 그의 우울과 고독과 소외가 빚어낸 참상이라고 할 수가 있다. 산다는 것은 생존경쟁의 싸움이고, 소위 흙수저 출신들에게는 악전고투의 연속이었고, 그 결과, 그의 짧은 생애로 나타났던 것이다. 프란츠 카프카의 생애는 비참했지만, 그러나 그의 문학적 영광은 영원했던 것이다.

박잎 시인의 「프란츠 카프카」는 프란츠 카프카의 생애의 변주이며, 자기 자신을 맹독성 상자해파리로 변신시킨 시라고 할 수가 있다. 시와 예술이란 자기 자신의 꿈을 추구하다가 생존의 비참함에 내몰린 자들의 절규이며, 그 절규가 진정성을 획득할 때 최고급의 예술성을 얻게 된다. 시는 삶이고, 삶은 기법이고, 고통은 그 삶의 내용이다. 참된 시인의 길, 정의의 길, 자유와 사랑과 평화의 길에서 끝끝내 절망하지 않으려는 자는 뼈가 녹고 사라지는 무척추동물이 되고, 그 결과, 온몸으로 온몸으로 맹독성의 독을 품게 된다. "붉다/ 카프카로 내려가는 계단길, 붉다/ 아득한 현기증/ 가파른 빛, 빛줄기"가 그것이 아니라면 무엇이고, "낯선 카페에서/ 해파리를 상상해/ 한없이 하늘거리는/ 무척추동물의 흐느적거림을// 상자해파리/ 네모난 머리에서 뻗어 나가는/ 수십 개의 기인 다리들/ 숨겨진 맹독성// 코랄해 산호 속을 떠도는 꿈"이 그것이 아니라면 무엇이란 말인가?

박잎 시인의 「프란츠 카프카」의 촉수는 수십 개의 기인 다리를 지닌 상자해파리가 되고, 이 무척추동물의 흐느적 거림은 아득한 현기증을 불러 일으킨다. 카프카로 내려가는 계단길이 붉고, 이 가파른 빛줄기가 방향감각을 상실하게 하고 모든 것을 붉게 물들인다. 천재는 앎(지혜)의 저주를 받은 사람이고, 이 앎의 저주로 인해 천기를 누설해버린 사람이라고 할 수가 있다. 앎은 무한한 학습의 산물이고, 앎은 상상력의 혁명을 불러 일으키고, 상상력의 혁명은 그 모든 것을 전도시킨다. 프란츠 카프카는 상자해파리가 되고, 상자해파리는 박잎 시인이 된다.

언어는 독이고, 맹독성의 독은 시의 총체이고, '카페 프란츠 카프카'는 무척추동물인 상자해파리가 흐느적거리는 코랄해이다. 푸르다. 푸르스름한 프란츠 카프카의 바다를 수상한 환등기가 비추고, 또 비추고 있다. "프란츠 카프카에는/ 수상한 환등기가 걸려 있"라는 시구는 프란츠 카프카의 짧은 생애와 그의 문학적 영광을 역사 철학적으로 되비춰 보는 환등기가 달려 있다는 것이고, 바로 이 지점에서 자기 자신의 저주받은 '시인의 운명'을 보게 되었던 것이다.

맹독성의 독을 품고 코랄해의 산호 속을 떠도는 꿈, 따라서 시인의 광기는 천재성의 보증수표가 되고, 그의 짧고 비참한 생애는 전 인류의 행복으로 승화된다.

코랄해는 이상적인 천국이 되고, 맹독성의 독은 천하제일의 명약이 된다.

김 기 택

강아지는 산책을 좋아한다

산책로 여기저기에 코를 들이대다가
수상한 구석과 풍부한 그늘을 콧구멍으로 낱낱이 핥다가
팔이 잡아끄는 목줄을 거스르며
냄새 속의 냄새 속의 냄새 속으로 빠져들다가
애기야, 어서 가자, 안 가면 코만 떼어놓고 간다
엄마가 사정해도 꿈쩍도 하지 않고 코를 박고 있다가

냄새에 붙들려 코가 빠져나오지 못하고 있다
목줄이 아무리 세게 목을 잡아당겨도
냄새에 깊이 박힌 코는 뽑혀 나오지 않는다

콧구멍으로 이어진 모든 길을 거칠게 휘젓는 냄새에
코가 꿰어 끌려들어 간다
수천수만의 코와 꼬리가 뛰어다닐 것 같은 곳으로
이름과 표정과 살아온 내력과 가계와 전생까지

한 냄새로 다 투시하는 코들이 있을 것 같은 곳으로

냄새를 향해 뻗어 내려간 뿌리들의 끝이 보일 것 같은 곳으로

네 발바닥 질질 끌리며 끌려들어 간다

냄새는 점점 커지고 사나워진다

좁은 틈으로 수축했다가 동굴처럼 늘어나는 기다란 구멍이

벌름거리는 콧구멍을 삼키고

콧구멍에 매달린 머리통과 몸통까지 다 삼켜버릴 기세다

어디까지 들어갔는지 몸통은 보이지 않고

남아 있는 꼬리만 풀잎 사이에서 살랑거리고 있다

도와주세요! 냄새에 물린 우리 애기 코 좀 빼주세요!

하늘을 나는 맹금류에게는 코보다는 눈이 더 중요할 것이고, 네 발 달린 개에게는 눈보다는 코가 더 중요할 것이며, 두 발 달린 우리 인간들에게는 코보다는 눈이 더 중요할 것이다. 냄새를 잘 맡지 못하는 인간들은 어느 정도 정상적으로 살아갈 수가 있지만, 앞 못 보는 장님들은 그럴 수가 없기 때문이다. 독수리와 매들은 상승기류를 타고 높이 높이 날아올라 그 천리안적인 눈으로 재빨리 먹이를 사냥하는 반면, 개들은 눈보다는 코로 냄새를 맡고 그 먹이감을 찾아 나서기 때문이다.

김기택 시인의 「강아지는 산책을 좋아한다」는 제법 여유롭고 한가하게 철학적 사색을 좋아하는 시인으로서 강아지를 아주 독특하고 유머러스하게 희화화시킨 시라고 할 수가 있다. 강아지는 어린 강아지이고, 스스로 홀로 설 수 없을 만큼 먹이사냥을 할 수가 없다. 이 세상은 새롭고 신기한 세상이고, "산책로 여기저기에 코를 들이대다가/ 수상한 구석과 풍부한 그늘을 콧구멍으로 낱낱이 핥다가" "팔이 잡아끄는 목줄을 거스르며/ 냄새 속의 냄새 속의 냄새 속으로 빠져들다가/ 애기야, 어서 가자, 안 가면 코만 떼어놓고 간다"라고 핀잔을 듣게 된다.

하지만, 그러나 강아지는 냄새에 붙들려 코가 빠져나오지 못하고, 목줄을 아무리 세게 잡아당겨도 냄새에 깊이 박힌 코는 뽑혀 나오지를 않는다. 강아지는 산책을 좋아하는 동물이 아니고, 냄새를 좋아하고, 냄새 속의 냄새에 동물적인 본능으로 중독된 것이다. 냄새는 먹이의 냄새이고, 자유와 평화와 행복의 냄새이다. 왜냐하면 산다는 것은 먹는다는 것이고, 먹는다는 것은 '쾌락 중의 쾌락'이고, 배가 부르다는 것은 근심과 걱정이 없다는 것이다. 동물은 현재에 살고, 현재에 죽으며, 배가 부르면 지난날의 고통이나 미래에 대한 근심과 걱정 따위는 아예 하지도 않는다. 우리 인간들은 동물처럼 행복하게 살지 못하는데, 왜냐하면 돈과 명예와 권력을 다 가지고 있으면서도 욕망에 대한 욕망을 부풀려 더욱더 불행하게 살아가고 있기 때문이다. 대부분의 동물들은 배가 부르면 잠을 자거나 뛰어놀고, 그 포만감으로 전 세계를 향유하며 더욱더 자기 자신의 '행복의 지수'를 끌어올린다. 동물은 인간처럼 저축을 모르고,

지난날의 고통과 슬픔을 되돌아보지도 않으며, 미래에 대한 근심과 걱정도 없다. 냄새는 행복의 기원이고, 먹이는 삶의 목표이자 그 모든 것이라고 할 수가 있다. 금강산 구경도 식후경이라는 말도 있지만, 그러나 배가 부르다는 것은 천하제일의 행복의 주인공이 되었다고 해도 지나친 말이 아니다.

강아지는 코로 냄새를 익히고 눈으로 먹이를 발견한다. 코로 존재하고 코로 냄새를 맡기 때문에, 머리와 몸통과 생식기까지도 코를 위해 존재한다. 강아지는 콧구멍으로 이어진 모든 길을 거칠게 휘젓는 냄새를 결코 포기할 수가 없고, 따라서 "이름과 표정과 살아온 내력과 가계와 전생까지/ 한 냄새로 다 투시하는 코"를 갖기를 원한다. 냄새는 점점 더 커지고 사나워지고, "좁은 틈으로 수축했다가 동굴처럼 늘어나는 기다란 구멍이/ 벌름거리는 콧구멍을 삼키고/ 콧구멍에 매달린 머리통과 몸통까지 다 삼켜버릴 기세"라고 할 수가 있다.

김기택 시인의 「강아지는 산책을 좋아한다」는 먹이냄새에 중독된 강아지를 희화화시키고, 그것을 극적인 드라마로 연출해낸 시이지만, 달리 생각해보면 돈의 노예로 살아가는 우리 인간들을 강아지로 희화화시킨 시라고 할 수가 있기 때문이다. 왜냐하면 냄새 속의 냄새에 중독된 강아지가 거꾸로 우리 인간들을 인도하고 있기 때문이다. 강아지의 코는 돈만을 생각하고 더많은 돈에 중독된 우리 인간들의 두뇌에 해당되고, 이 돈에 중독된 우리 인간들에게 그 강아지는 이렇게 꾸짖고 있는 것인지도 모른다.

'이 불행한 인간아! 내가 돈에 중독된 너의 두뇌를 반드시 제거해 주겠다.'

김기택 시인은 의인화, 의물화의 대가이자 풍자와 해학의 대가이고, 어떤 사건과 사물의 본질을 꿰뚫어 볼 줄 아는 대한민국 최고의 시인이라고 할 수가 있다. 그의 언어는 가장 날카롭고 예리한 칼이고, 그의 언어는 가장 감미롭고 따뜻한 노래라고 할 수가 있다. 그의 언어는 무기와 악기의 역할을 다같이 맡아하지만, 그러나 그의 언어는 노래로써 그 모든 강함의 숨통을 끊어버린다. 웃음이 적의의 숨통을 끊어버리고, 더없이 감미롭고 따뜻한 노래가 천하제일의 명검을 굴복시킨다.

타인의 말과 사유는 가짜 진리에 불과하며, 자기 자신의 말과 사유에서만이 최고급의 진리인 '사상의 꽃'이 피어난다. '사상의 꽃'은 노래가 되고, 이 노래는 모든 무사들을 다 굴복시킨다.

2부

장옥관 박설하 안정옥 윤성택

인은주 백무산 성윤석 이병일

김형식 기 혁 송재학 김 륭

김지민 사공경현 임덕기 박정원

장 옥 관

걷는다는 것

길에도 등뼈가 있었구나

차도로 다닐 때는 몰랐던
길의 등뼈

인도 한가운데 우둘투둘 뼈마디
샛노랗게 뻗어 있다

등뼈를 밟고
저기 저 사람 더듬더듬 걸음을 만들어내고 있다
밑창이 들릴 때마다 나타나는
생고무 헛바닥

거기까지 가기 위해선
남김없이 일일이 다 핥아야 한다

>

비칠, 대낮의 허리가 시큰거린다

온몸으로 핥아야 할 시린 뼈마디

내 등짝에도 숨어 있다

등뼈란 무엇인가? 등뼈란 인체해부학에서 척추의 중간 부위를 차지하며, 목뼈와 허리뼈 사이에 있다고 할 수가 있다. 허리란 무엇인가? 허리란 윗몸과 아랫몸 사이의 잘록한 부분을 말하고, 사물과 공간에서 중간되는 부분을 말한다.

이 세상에서 가장 무거운 짐이란 무엇인가? '시는 사상의 꽃이고, 사상은 시의 열매이다.' 이 말에는 우리 한국 시인들의 인생 전체가 담겨 있고, 이 말은 우리 한국 시인들이 이 세상에서 짊어져야 할 가장 무거운 짐이라고 할 수가 있다. 왜냐하면 한국어의 아름다움으로 사상의 꽃을 피우고, 이 사상의 꽃으로 전 인류의 이상낙원인 대한민국을 창출해 내야 하기 때문이다.

아직도, 여전히 입시지옥─학원지옥에서 빠져나오지 못하고 있는 등뼈, '무전유죄─유전무죄'의 구조적 모순에서 헤어 나오지 못하고 있는 등뼈, 저출산 고령화와 고용 없는 성장에 신음하고 있는 등뼈, 표절과 뇌물과 부정부패의 늪에서 빠져나오지 못한 채 남북분단에 신음하고 있는 등뼈, 자유와 평등과 사랑보다는 돈을 더욱더 사랑하는 물신주의에 신음하고 있는 등뼈ㅡ. 시에게도 등뼈가 있고, 시인에게도 등뼈가 있다. 어린 아기에게도 등뼈가 있고, 대학생에게도 등뼈가 있다. 국가에게도 등뼈가 있고, 길에게도 등뼈가 있다. 만일, 이 등뼈가 없다면 그 어떠한 짐도 짊어질 수가 없고, 그 어떠한 꿈과 희망도 달성할 수가 없을 것이다.

장옥관 시인은 인간이 걷는 행위를 등뼈를 밟고 가는 것이라고 말하고, "길에도 등뼈가 있었구나// 차도로 다닐 때는 몰랐던/ 길의 등뼈// 인도 한가운데 우둘투둘 뼈마디/ 샛노랗게 뻗어 있다"라는 시구를 통해 등뼈에 대한 무한한 존경과 안타까운 마음을 드러낸다. 길의 등뼈를 밟고 밑창이 드러나도록 걷는 행위를 오히려, 거꾸로 '생고무 헛바닥'으로 등뼈를 핥아주는 것이라고 말한다. 어미소가 송아지를 핥아주듯, 핥아준다는 것은 최고급의 애정의 표현이자 이 세상의 등뼈에 대한 무한한 경의의 표시라고 할 수가 있다. 그는 등뼈를 밟고 더듬더듬 걷는 것이 아니라 오체투지를 하듯 등뼈를 핥고, 또, 핥는다. 장옥관 시인에게 걷는다는 것은 앓는다는 것이고, 앓는다는 것은 자기 자신의 두뇌와 심장을 쥐어짜듯 모국어로 시를 쓰는 것이다.

시인의 등뼈는 모국어이고, 모국어는 장옥관 시인이 짊어지고 가야할 꿈과 희망의 길이다. 언어를 출산하고 언어를 가꾸는 작업, 언어의 꽃을 피우고 언어의 열매를 맺는 작업, 그토록 거칠고 사나운 말들을 잠재우고 더없이 거룩하고 순결한 말로 만인들의 마음을 감동시키는 작업—, 이 세상에서 시인의 길이란 참으로 무겁고 힘든 길일 수밖에 없다. 대부분의 시인들은 자기 자신의 수명을 다 살지 못하고 비명횡사를 하지만, 진정한 시인은 고귀하고 위대한 순교자의 길을 가며, 끝끝내 자기 자신의 온몸으로 하늘을 감동시키고 '사상의 꽃'을 피운다. 이 세상에서 가장 아름답고 찬란한 것은 '사상의 꽃'이고, '사상의 꽃'을 피운 시인만이 전 인류의 스승이 될 수가 있다.

'악의 꽃'이라는 보들레르의 짐, '지옥에서 보낸 한 철'이라는 랭보의 짐, '오감도烏瞰圖'라는 이상의 짐, '산유화'라는 소월의 짐, '등뼈'라는 장옥관의 짐, '아는 것이 힘이다'라는 프란시스 베이컨의 짐, '에밀 교육론'이라는 장 자크 루소의 짐, '비판철학'이라는 칸트의 짐, '유물사관'이라는 마르크스의 짐, '정신현상학'이라는 헤겔의 짐, 자기 자신의 온몸으로 인도주의를 실천하고 행려병자로 죽은 톨스토이의 짐 등—. "대낮의 허리가 시큰거"리고, "온몸으로 핥아야 할 시린 뼈마디"가 우리들의 "등짝에도 숨어 있다."

　이 세상의 삶은 회의하거나 부정하기 이전에 향유되지 않으면 안 된다. 걷는다는 것은 핥는다는 것이고, 핥는다는 것은 '사상의 꽃'을 피우는 낙천주의자의 첫걸음이라고 할 수가 있다.

박 설 하

수정유리 계과장

나를 그을 수 있는 건 없다. 해고수당을 올릴 수 있다면 잔업쯤은 밀어부칠 거다. 이주노동자 노라와 사장의 불법 사생활을 움켜쥐고 컨테이너 휴게실에서 쩝쩝 샌드백을 간 보는 나는 계과장. 기세등등한 공장장의 배짱을 벤치마킹하지. 근면한 밴딩 벨트를 노려보며 내부고발! 중지를 날린다. 아무도 못 쓰는 월차를 쓰고 야근 따윈 뒷전이다. 하하하. 목청을 뚫고 들어오는 경고는 짧고 굵게, 내일 뱉을 독설을 예고한다.

나는 들개. 허기는 참을 수 없다. 세치 혀로 김대리의 새가슴을 교란 작전에 끌어들인다. 달군 강화로에 손자국 없는 뒷담화를 굽는다. 유리가루 덮인 불법을 들먹이고 하극상을 대리한다. 현장을 휘젓는 나를 제압할 수 없다. 독설은 나직할수록 먹힌다. 파유리를 쥔 손바닥에서 흐르는 피를 놓치지 않을 거다. 묵은 작업복을 갈굴 때까지.

국가란 전투체제로 편성된 강도집단이며, 언제, 어디서 나 수많은 전쟁과 침략과 약탈을 자행할 수가 있다. 국민 은 이 국가의 전투대원이며, 수많은 전략과 전술을 숙지하 고 있다. 이 세상의 삶은 빼앗고 빼앗기는 싸움이며, 이 싸 움에서 승리한 자만이 돈과 명예와 권력을 움켜쥘 수가 있 다. 상승장군이라는 대통령은 더없이 자비롭고 친절한 미 소로 그 선거전쟁에서의 피비린내를 은폐하고, 문어발식 기업확장의 대재벌들은 겨우 푼돈에 불과한 기부금으로 수많은 영세상인들을 잡아먹은 피비린내를 은폐한다. 하 나님의 자손이라는 사제는 인간의 불안심리를 이용하여 그 신도들의 재산을 가로채 가고, 인재육성이라는 특권을 움켜쥔 학자들은 소위 학부모들의 피를 빨아 먹는다. 이 세상은 수많은 전략과 전술이 부딪치는 싸움터이며, 소위 승자가 모든 영광을 독식하는 세상이라고 할 수가 있다.

박설하 시인의 「수정유리 계과장」은 악마 중의 악마인

야수성이 폭발한 시이며, 그것은 「수정유리 계과장」의 전략과 전술로 나타난다. "나는 들개. 허기는 참을 수 없다"라는 시구에서처럼 그 싸움의 목적(전략)은 사장과의 싸움에서 승리를 이끌어 내는 것이고, 그 전술은 "사장의 불법 사생활"과 "유리가루로 덮인 불법을 들먹이며" 너무나도 잔인하고 타락한 사장과의 싸움에서 승리를 하는 것이다. 사장의 불법 사생활과 유리가루로 덮인 불법이라는 내부 고발의 카드를 쥐고 있는 이상, "나를 그을 수 있는 건" 없는 것이다. "기세등등한 공장장의 배짱을 벤치마킹"하고, "아무도 못 쓰는 월차를 쓰고 야근 따윈 뒷전이다." 나는 피에 굶주린 들개이고, 나의 허기는 참을 수가 없다. "세 치 혀로 김대리의 새가슴을 교란 작전에 끌어" 들이고, "달군 강화로에 손자국 없는 뒷담화를 굽는다."

이 지구촌의 모든 생물들은 자연의 이치에 따라 먹고 사는 것에 문제가 없으면 대부분이 놀이를 하거나 잠을 자며, 그 평화로운 삶을 즐긴다. 하지만, 그러나, 우리 인간들은 먹고 사는 것에 아무런 문제가 없는데도 더 많은 돈을 벌지 못해 환장을 하며, 타인들의 목숨을 빼앗고 지구촌의 모든 천연자원들을 다 고갈시킨다. 오늘날의 문명의 이기들은 대부분이 인간의 생존과는 무관한 사치품들이며, 이 사치품들의 이익을 둘러싸고 경제전쟁을 벌이고 있는 것은 물론, 승마, 도박, 골프, 운동, 낚시, 여행, 음악, 영화 등의 문화산업을 위해서 수많은 생명체들의 목숨을 유린한다.

박설하 시인의 「수정유리 계과장」은 무서운 잔혹극의 최정에 전사이며, 그의 세 치 혀의 독설에 굴복하지 않을 자가 없다. 악마를 물리치기 위한 악마의 전략과 전술, 더 큰 악마의 전략과 전술을 물리치기 위한 더 큰 악마의 전략과 전술, 모든 인간은 악마이고, 이 악마들에게 따뜻한 말과 부드러운 말과 사랑스러운 말 따위는 필요조차도 없다. 인문주의, 평화주의, 천사주의, 이상주의 등, 모든 최고급의 지혜는 다 가져다가 버리고, 일년내내, 사시사철 타인들의 목숨을 비틀어 버릴 독설을 준비하지 않으면 안 된다. 내가 살면 네가 죽고, 네가 살면 내가 죽는다. 모든 인간들은 나의 적이고, 나는 이 '만인 대 만인의 싸움'에서 승리하기 위하여 천하무적의 독설을 준비하지 않으면 안 된다.

'유비무한有備無患'은 「수정유리 계과장」의 전투정신이며, 그의 독설, 즉 '내부고발'은 천하무적의 대량살상무기이다.

무섭다. 끔찍하다. 탐욕이 최고의 미덕이 되는 자본주의 사회는 인류의 역사상, 가장 무섭고 끔찍한 사회라고 할 수가 있다. 이제는 금욕주의와 근검절약이 미덕이 되고,

자연을 숭배하며 살던 지난날의 역사와 전통은 그 흔적조차도 찾아볼 수가 없게 되어 있는 것이다.

시는 노래이고, 노래는 인간의 마음을 정화시키고, 모든 싸움을 종식시킨다. 하루바삐 수정유리의 사장과 계과장, 고용자와 피고용자, 부자와 가난한 자들의 대립 갈등을 종식시키고, 진정한 자유와 평화와 행복의 날들을 기원하는 마음으로 박설하 시인은 이 시를 썼을 것이다.

오오, 우리 인간들의 시여, 노래여!

안 정 옥

그러니까에 대한 반문

그러니까 내 뜻 없이 이 사람과 저 사람이
합해 내가 되었으니 나는 혼합물인 셈이지
나는 나인 줄 알았는데 나인 것은 하나도 없었어
그러니까 이 혼합물과 저 혼합물에 부대낀다는 것
그건 비애였지
이곳에서 멀리 도망친 날들을 손꼽아봐,
그곳에서 엄청나게 푸근한 다름이 펼쳐질 줄 알았지
그러니까 터벅터벅, 다시 혼합물의 세상으로
돌아와야 한다는 것 그건 비정함이지
그토록 애쓰며 살아야 겨우 산다하는 이곳,
그러니까 한풀 꺾여 그렇게 한풀, 한풀,
풀이 거의 죽은 뒤에야 끔찍한 나로 돌아오지
사람들은 그 후에야 사람답다고 말해주지

나는 내 자신을 말해야 될 때

그러니까를 앞세워, 모든 일은 중간쯤에 막히는지 몰라

생각할 시간을 좀 더 많이 벌기 위해

반듯이 그러니까를 쓰고 있어

무언가를 알아듣게 부연해줘야 하는 게 지겨워

여전히 도망치고만 싶은 여기 혼합물의,

그러니까 아직도 나는 그러니까에 근접해 있어

그래서 지금도 중간쯤에 멈춰,

생각할 시간을 좀 더 벌기 위해

그러니까를 아직도 내 앞에 세우고 있긴 해

맹모삼천지교孟母三遷之敎라는 말이 있듯이, 사랑하는 아들을 위해 세 번씩이나 이사를 하며 맹자를 전 인류의 스승으로 길러낸 어머니, 문화와 인종과 종교와 출신성분을 따지지 않고 남녀의 사랑을 주재하는 에로스, 영생불사의 삶을 거절하고 전지전능한 신들과 맞서 우리 인간들의 삶을 옹호했던 호머, 자기 자신의 단 하나뿐인 목숨을 걸고 영원한 이상국가를 창출해냈던 플라톤, 인간의 자기 발견을 이룩해 내고 근대철학의 아버지가 된 데카르트, 전 인류의 모델인 홍익인간을 창출해 내고 조선을 건국했던 단군, 한자문화(중화사상)에 맞서 이 세계에서 가장 훌륭한 한글을 창출해낸 세종대왕 등은 이 세상에서 가장 독창적이고 훌륭한 '나'로서 우뚝 선 인간들이라고 할 수가 있다. 이때의 '나'는 대중 속의 '나'가 아닌 전 인류의 스승이며, 오직 자기 자신의 이름으로만 존재하는 '나'라고 할 수가 있다. 타인의 말과 사유를 따라가는 것은 이 세상의 어중이떠중이들일 뿐인데, 왜냐하면 전 인류의 스승이 된다는 것은 그 모든 것을 자기 자신의 언어로 명명하고 그 언어의 힘으로 살아가야 하기 때문이다. 타인의 말과 사유, 즉, 타인의 사상과 이론은 그의 진리이지, 나의 진리가 아니며, 따라서 나는 나의 사상과 이론으로 진리의 꽃을 피워나가지 않으면 안 된다. 이 세상의 어중이떠중이들은 고귀하고 위대한 인물들을 찬양하며 살아가는 사람들이지, 자기 자신으로서 우뚝 설 수 있는 사람이 아니다. 독창적인 말과 독창적인 명명의 힘, 즉, 자기 자신의 언어로 말하고 사유하며, 자기 자신의 언어로 살아 숨쉬며, 자기 자신의 이상세계로 수많은 사람들을 인도해 나갈 수 있을 때, 바로 그때에는 그는 진정으로 고귀하고 위대한 인물로 우뚝 설 수가 있는 것이다.

하지만, 그러나 그 어느 누구나 맹자의 어머니가 되고, 에로스가 되고, 호머가 되고, 플라톤이 될 수 있는 것이 아니다. 또한, 그 어느 누구나 데카르트가 되고, 단군이 되고, 세종대왕이 될 수 있는 것도 아니다. 자기 자신의 언어로 말하고, 자기 자신의 언어로 그 모든 사건과 사물들의 이름을 명명하지 못하면 그는 안정옥 시인의 말대로 이 세상의 혼합물(어중이떠중이)이 될 수밖에 없는 것이다. "그러니까 내 뜻 없이 이 사람과 저 사람이/ 합해 내가 되었으니 나는 혼합물인 셈이지"라는 시구는 그 어떤 개성과 독창적인 인물이 될 수 없는 사람을 말하고, "나는 나인 줄 알았는데 나인 것은 하나도 없었어/ 그러니까 이 혼합물과 저 혼합물에 부대낀다는 것/ 그건 비애였지"라는 시구는 이 세상의 어중이떠중이들로 살며, 그 대중성(익명성)에 파묻혀 죽어갈 수밖에 없는 '비애'를 말한다.

　나는 부모의 딸이지만 수많은 딸들과 조금도 다르지 않고, 나는 한 사람의 아내이지만 수많은 아내들과 조금도 다르지 않다. 나는 아이들의 엄마이지만 수많은 엄마들과 똑같고, 나는 한 사람의 시인이지만 수많은 시인들과 똑같다. 그러니까 이 혼합물과 혼합물에 대한 '비애' 때문에 이곳이 아닌 다른 곳으로 도망을 가보았지만, 그러나 그곳에서도 엄청나게 다른 세상은 펼쳐지지도 않았다. 개성과 독창성, 즉, 진정한 시인의 길은 장소와 위치의 문제가 아니라 타인들과는 전혀 다른, 자기 혁신의 문제라고 할 수가 있다. 세계의 혁명보다는 인식의 혁명이 먼저이고, 인식의 혁명보다는 자기 자신의 혁명(혁신)이 먼저라고 할 수가 있다. 언어는 원자이고, 사상은 원자폭탄이고, 원자폭탄은 아주 멋진 신세계이다. 자기 자신의 혁명이 없다는 것, 인식의 혁명이 없다는 것, 세계의 혁명이 없다는 것, "그러니까 한풀 꺾여" "터벅터벅, 다시 혼합물의 세상으로/ 돌아와야 한다는 것"은 쓰디쓴 비애일 수밖에 없는 것이다.

안정옥 시인의 「그러니까에 대한 반문」은 그의 쓰디쓴 자기 반성과 성찰의 시이며, 그 쓰디쓴 비애로써 제일급의 시인으로 올라선 시라고 할 수가 있다. "나는 내 자신을 말해야 될 때/ 그러니까를 앞세워, 모든 일은 중간쯤에 막히는지 몰라/ 생각할 시간을 좀 더 많이 벌기 위해/ 반듯이 그러니까를 쓰고 있어"가 그것이고, "여전히 도망치고만 싶은 여기 혼합물의,/ 그러니까 아직도 나는 그러니까에 근접해 있어"가 그것이다. 그러니까는 앞내용이 뒷내용의 이유나 근거가 될 때 앞뒤의 문장을 이어주는 '부사'라고 할 수가 있다. 하지만, 그러나, 안정옥 시인의 그러니까는 진정한 시인이 되지 못한 보충설명이자 궁색한 자기 변명이라고 할 수가 있다. 그러니, 그러니까, 이 혼합물, 이 어중이떠중이들의 삶에 대한 보충설명과 궁색한 자기 변명이 "그러니까 한풀 꺾여 그렇게 한풀, 한풀/ 풀이 거의 죽은 뒤에야 끔찍한 나로 돌아오지"라는 시구에서처럼 그 진정성을 얻게 되고, 바로 이 지점에서 자기 자신의 혁명과 인식의 혁명과 세계의 혁명이 일어나고 있는 것이다.

안정옥 시인의 '그러니까의 시학'은 그의 존재철학이 되고, 그의 존재철학은 '사상의 꽃'(「그러니까에 대한 반문」)으로 활짝 피어난다. 깊이 있게 질문하고, 잘 대답한다. 그러니까의 지겨움, 그러니까의 지루함, 그러니까의 보충설명, 그러니까의 궁색한 자기 변명 등이 그러니까의 자기반성과 자기 성찰 끝에, 그러니까의 끔찍함으로 이어지고, 이 고통의 지옥훈련과정의 토대 위에서 이 세상에서 가장 아름다운 사상의 꽃이 피어난 것이다.

  그러니까의 맹자, 그러니까의 에로스, 그러니까의 호머, 그러니까의 플라톤, 그러니까의 데카르트, 그러니까의 단군, 그러니까의 세종대왕 등은 '그러니까의 시학'의 대가들이라고 할 수가 있다.

  이 세상에 전지전능한 인간이 존재할 수 없듯이, 그러니까는 되어감이고 과정이고, 미완의 목적이며, 그 모든 것이라고 할 수가 있다. 그러니까는 아주 평범하고 아주 흔한 말에 지나지 않지만, 안정옥 시인의 그러니까는 너무나도 새롭고 너무나도 아름다운 '사상의 꽃'이라고 할 수가 있다.

  초, 중고등학교 때부터 '인생이라는 학교'에서 전 인류의 스승들의 책을 읽고, 산책을 하고, 글을 쓰고, 불우이웃돕기와 봉사활동을 하는 것이 '주입식 백치교육'에서 벗어난 최고급의 천재교육이라고 할 수가 있다. 이 인생이라는 학교에서의 천재교육만이 전 인류의 스승들이 탄생할 수가 있고, 그 사상의 꽃이 활짝 피어날 수가 있는 것이다.

언어는 원자이고, 사상은 원자폭탄이고, 원자폭탄은 아주 멋진 신세계이다.

윤 성 택
슬픔 감별사

우울 무렵 전망대에 올라 도시를 내려다본다
사각 케이지 속에서 각기 빛나는 불빛,
철제 닭장에 갇힌 병아리들 같다

슬픔에도 암수가 있다
내 안에서 밖으로 나간 슬픔이 암컷,
밖에서 내 안으로 들어온 슬픔이 수컷이다

암컷은 세상의 산란용이고
수컷은 내 안의 폐기용이다

둥근달이 전깃불처럼 켜졌으므로
감별대에 올려진 것처럼 아뜩해졌다

슬픔은 내게 어떤 쓸모가 있을까

믹서기로 갈 듯 분쇄시켜야 할지
슬픔을 낳고 낳아 기쁨의 유통을 도와야 할지
감별의 밤,

바람이 머리카락을 헤쳐 비비고
달빛이 정수리의 돌기를 들여다본다
검은 상자 너머

부숭부숭한 노랑이
유리창마다 연약하게 번지고 있다

부처의 눈에는 부처만 보이고, 돼지의 눈에는 돼지만 보인다. 슬픈 사람은 슬픈 것만을 바라보고, 기쁜 사람은 기쁜 것만을 바라본다. 이 고정관념은 심리적인 편견으로 고착되고, 그의 사고방식은 좀처럼 변하지 않게 된다. 부자들은 가난한 자들을 욕하고, 가난한 자들은 부자들을 욕한다. 적과 동지, 한국인과 일본인, 공산주의 대 자본주의의 이념 대립은 서로가 서로를 인정하지 않으려는 고정관념에 불과하며, 이 대결과 투쟁방식은 사생결단식의 싸움으로 이어지게 된다.

슬픔은 그의 꿈과 희망이 좌절된 것을 말하지만, 슬픈 사람은 그 모든 것을 슬픔으로 색칠해 놓게 된다. 해 뜰 무렵이나 해 질 무렵은 일상의 시간대를 말하지만, 윤성택 시인의 「슬픔 감별사」의 '우울 무렵'은 우울(슬픔)의 시간대를 말한다. 슬픔이 찾아오는 시간대도 없고, 우울이 찾아오는 시간대도 없다. 기쁨이 찾아오는 시간대도 없고, 외로움이 찾아오는 시간대도 없다. 왜냐하면 슬픔과 우울과 기쁨과 외로움은 심리적인 감정의 상태를 말하며, 이 심리적인 감정들은 예고 없이 불쑥 찾아와 우리 인간들의 존재의 근거를 흔들어 놓고 떠나 가기 때문이다. 아마도 윤성택 시인에게는 하루의 일과가 끝나고 집으로 돌아갈 시간이 가장 우울하고 슬픈 시간대일는지도 모른다. 그 외롭고 슬픈 '우울 무렵'에 전망대에 올라가 도시를 바라보면 "사각 케이지 속에서 각기 빛나는 불빛이/ 철제 닭장에 갇힌 병아리들"과도 같아 보인다. 자연의 터전에서 뛰어놀며 어미닭의 보살핌을 받지 못하고, 철제 닭장에 갇힌 병아리들에게 그 어떠한 꿈과 희망이 있을 수가 있단 말인가? 태어남 자체가 죄가 되고 천형의 형벌이 된 운명, 시시때때로 전방위적인 감시와 통제 속에 산란계가 되거나 우리 인간들의 먹잇감이 되어야만 하는 병아리들의 운명, 이 운명은 모든 생명체들의 운명과도 똑같다고 하지 않을 수가 없다.

꿈도 없고, 희망도 없고, 탈출구도 없다. 오직 있다면 슬픔의 암수가 되어 슬픔을 낳고, 슬픔을 기르며, 슬픔 속에서 죽어가는 길 뿐이다. 내 안에서 밖으로 나간 슬픔은 암컷이 되어야 하니까 끊임없이 슬픔을 낳아야 하고, 밖에서 내 안으로 들어온 슬픔은 수컷이 되어야 하니까, 오직 내 안에서 폐기처분하지 않으면 안 된다. 내 몸은 슬픔의 암수가 들고 나는 플랫폼이며, 나는 슬픔을 낳고(살려주고), 슬픔을 폐기처분하는 슬픔의 감별사에 지나지 않는다. "둥근달이 전깃불처럼 켜졌으므로/ 감별대에 올려진 것처럼 아뜩해졌다"는 것은 공포 자체이며, 이 인간망나니와도 같은 천역을 통해서 슬픔을 "믹서기로 갈 듯 분쇄시켜야 할지/ 슬픔을 낳고 낳아 기쁨의 유통을 도와야 할지"를 감별해 내지 않으면 안 된다. 슬픔은 과연 내게 어떤 쓸모가 있는 것일까? 슬픔을 참고 견디면 모든 슬픔이 사라지고, 그어떤 누구와도 싸우지 않는 그런 행복한 날들이 과연 오기는 온단 말일까?

너무나도 어린 나이에 부모형제를 잃어버린 슬픔, 그토록 소망했던 대서사시인의 꿈을 이루지 못한 슬픔, 너무나도 때 이르게 처자식을 잃어버린 슬픔, 전 재산을 다 잃어버리고 그 바보같은 짓 때문에 치를 떨어야 하는 슬픔, 그토록 믿고 사랑했던 친구로부터 배신을 당한 슬픔, 너무나도 뜻밖에 교통사고를 당하고 중증 장애인으로 살아야만하는 슬픔, 오직 돈만을 아는 고용주로부터 '고비용─저효율의 대상'으로 낙인을 찍힌 슬픔 등, 이 세상의 슬픔은 너무나도 많고, 대부분의 우리 인간들은 이 슬픔의 우주 속에서 비명횡사를 당하고 있는 것인지도 모른다.

　기쁨은 짧고, 슬픔은 영원하다. 행복은 손에 잡힐 듯 손에 잡히지 않고, 불행은 우리 인간들을 슬픔의 우주 속으로 둥둥 띄워 보낸다. "바람이 머리카락을 헤쳐 비비고/ 달빛이 정수리의 돌기를 들여다" 보는 밤, "검은 상자 너머", 즉, '철제 닭장 너머' "부숭부숭한 노랑이/ 유리창마다 연약하게 번지고 있다." 부숭부숭한 노랑은 창백한 달빛이 되고, 이 창백한 달빛은 철제 닭장에 갇힌 병아리가 된다.

　윤성택 시인의 「슬픔 감별사」는 회의주의자의 시이자 허무주의자의 시라고 할 수가 있다. 그는 '슬픔의 감별사'를 자처하면서도 슬픔의 생산성과 기쁨을 부정하고, 이 세상의 모든 인간들의 삶을 "철제 닭장에 갇힌 병아리들"의 삶으로만 이해한다. 따라서, 오히려, 거꾸로, 그의 회의주의와 허무주의가 마주쳐 슬픔의 생산성과 그 슬픔의 주인공을 너무나도 슬프고 아름답게 창출해낸다.

　슬픔에도 암수가 있다. 내 안에서 밖으로 나간 슬픔은 암컷이고, 밖에서 내 안으로 들어온 슬픔은 수컷이다. "암컷은 세상의 산란용이고/ 수컷은 내 안의 폐기용이다"라는 이 아름답고 뛰어난 시구들은 그의 최고급의 인식의 제전의 승리라고 할 수가 있다.

대부분의 생명체들은 자기 수명을 다 살지 못하고 비명 횡사를 하게 된다. 풀의 씨앗, 나무의 씨앗, 거북이와 악어의 새끼들이 그렇고, 호랑이와 사자와 코끼리와 개미의 새끼들도 그렇다. 예전에는 우리 인간들도 예외가 아니었지만, 오늘날의 우리 문화인들은 너무나도 오래 사는 반자연적인 삶을 살고 있다고 할 수가 있다. 슬픔은 꿈과 희망이 없어지고, 삶에의 의지가 무너진 것을 말한다.

이 세상이 지옥이고, 우리 인간들의 삶은 이 지옥 속의 형벌에 지나지 않는다.

슬픔의 바다, 슬픔의 우주─, 그 어떤 구원의 손길도 끊긴 우울 무렵─, 이 우울이 슬픔을 낳고, 이 슬픔이 '슬픔의 감별사'에게 오히려, 거꾸로, 너무나도 아름답고 슬픈 존재의 정당성을 부여한다.

자연과학은 최고급의 명품을 만들고, 인문과학은 전 인류를 감동시킨다. 스티브 잡스는 전 인류의 마음을 사로잡는 명품(애플 iPhone)을 창출해냈다.

독서, 철학을 공부하지 않으면 전 인류를 감동시키지 못한다.

나는 최고급의 낙천주의 사상을 창출해 냈다.

인은주
모르는 새

통유리 창문 앞에 아기 새가 죽어있다 겹벚꽃 흩날리는 찬란한 봄날 아침

모르는 새가 죽었을 뿐 죽은 새는 가벼웠다

두 사람의 화가가 서로 누가 더 그림을 잘 그릴 수 있나 내기를 했다. 한 사람의 화가는 나무를 그렸고, 다른 한 사람의 화가는 커튼을 그렸다. 나무를 그린 화가가 커튼을 열고 그림을 선보이자 새들이 날아왔고, 그 결과, 그는 자기 자신의 승리를 확신한 듯, "이제 커튼을 열고 당신의 그림을 봅시다"라고 말했다. 하지만, 그러나, 지극히 불행하게도 상대방의 커튼은 단순한 커튼이 아니라 그 화가의 그림이었던 것이다. 삶의 기쁨이란 잠시잠깐 동안의 착각일 뿐, 고통이 이 세상의 삶의 본질이라고 할 수가 있다.

오늘날 대도시의 빌딩들은 통유리로 되어 있는 곳이 많고, 수많은 새들이 이 통유리 속의 하늘이 진짜 하늘인 줄 착각을 하고 그 속도를 죽이지 않고 날아 가다가 자기 자신의 짧은 생애를 마감하곤 한다. 인은주 시인의 「모르는 새」는 아기 새이고, 통유리 창문 앞에서 그 짧은 생애를 마감했다. 겹벚꽃이 흩날리는 찬란한 봄날 아침, 더욱더 아름다운 세상으로 날아가다가 그 기쁨 속에서 비명횡사를 하고 말았던 것이다.

인간은 본디 무자비하게 이기적이고 냉소적인 동물일 뿐, 자기 자신의 불행이 아니면 수천만 명이 죽어 나가도 그것을 매우 즐겁고 기쁘게 구경거리로 삼게 된다. 쓰나미와 통가지역의 해저화산폭발, 내전과 민족분단의 재앙, 대형항공기의 추락과 세월호의 침몰 등은 천하제일의 구경거리이며, 대축제와도 같은 삶의 기쁨과 즐거움을 가져다가 준다. 울면서도 웃고, 너무나도 안타까워 발을 동동거리면서도 그 모든 근심과 걱정을 다 잊어버린다. TV와 신문과 인터넷 매체들은 두 눈에 불을 켜고 특종보도를 쏟아내고 수많은 재앙들을 더없이 즐겁고 기쁜 돈벌이의 수단으로 삼게 된다.

타인의 불행은 나의 행복이 되고, 강 건너 불구경은 삶의 기쁨이 된다. 아기 새의 비명횡사는 아기 새의 운명일 뿐, 나와는 아무런 상관도 없는 일일 뿐이었던 것이다. 인은주 시인의 「모르는 새」는 내가 알지 못하는 아기 새라는 뜻도 가지고 있지만, 다른 한편으로는 어떤 때로부터 다른 어떤 때까지의 그 사이를 가리키고 있다고 할 수가 있다. 내가 모르는 사이, 모르는 새가 통유리 창문에 부딪혀 죽었고, 그 아기 새는 무척이나 가벼웠다.

이 세상에 갓 태어난 아기 새는 비명횡사를 했지만, 겹 벚꽃 흩날리는 봄날 아침은 찬란했고, 우리 인간들의 기쁨과 즐거움이란, 우리도 모르는 사이에, 순식간에 사라져 가버린다.

백 무 산

기본점유권

멧돼지 어린 것도 자유롭게 자연에 살 권리가 있어
저를 좁은 우리에 가두는 사람은 처벌받는다
원래 땅의 자식이었고 동물보호법도 엄연하고

우리가 땅을 가진 것이 아니라 땅이 우리를 소유하고 있
으니까

어느 법에 있나 몰라도 가난한 사람 새끼도
이 땅에 발 뻗고 살 권리가 아마도 있을 것이다
그래서 어린 것을 단칸 셋방이 집어넣으면 처벌받는다

그 아이가 처벌받는다

모두가 다같은 인간이고, 모두가 다같이 잘 살아야 한다. 이 만인평등과 부의 공정한 분배는 만인들의 마음을 사로잡는 사상이기는 하지만, 그러나 그것은 자연의 법칙을 거스르는 반자연적인 행위라고 할 수가 있다. 백무산 시인의 「기본점유권」은 "멧돼지 어린 것도 자유롭게 자연에 살 권리가" 있고, 멧돼지를 "좁은 우리에 가두는 사람은 처벌받는다." "원래 땅의 자식이었고 동물보호법도 엄연하고// 우리가 땅을 가진 것이 아니라 땅이 우리를 소유하고" 있는 것이다.

하지만, 그러나 모두가 다같이 잘 살고, 모두가 다같이 오래 산다면 이 지구촌은 대폭발해버릴 것이다. 자연의 법칙은 먹이사슬의 법칙이고, 이 먹이사슬의 법칙을 벗어나 모든 종들이 늘어난다면 더 이상 멧돼지도, 인간도 소멸을 하게 될 것이다.

"어느 법"이 아닌 만국의 시민법은 "가난한 사람 새끼도/

이 땅에 발 뻗고 살 권리가" 있으며, 그 "어린 것을 단칸 셋방에" "집어넣으면" 그 더럽고 추한 사회가 처벌받는다. 그 어떤 잘못도 없고, 그 어떤 생활 능력도 없는 그 어린 아이를 가르치고 보호해주는 것은 우리 어른들의 몫이지만, 그러나 소위 인간답지 않은 인간들을 제거하는 것도 우리 어른들의 몫이다.

소위 부의 대물림으로 공동체 사회의 부의 흐름을 막는 자들과, 자기 자신의 이익만을 위하여 온갖 부정부패와 불법을 다 연출하는 자들과, 더 이상 먹고 살 권리가 없는 자들을 원래의 대자연으로 되돌려 보내야 할 것이다.

인간의 능력과 권리는 불평등하지만, 법 앞에는 만인이 평등해야 한다.

성 윤 석

붉은 달

모서리가 많은 집에 살고 싶다고 했던가 네가 말한 게
붉은 달 아래에서 불쑥 생각이 났다

이탈리아 상인이 먼저 시작했다는, 부서버린 좌판을 뜯
어 와
수협공판장 바다 앞에서 불을 피우는
중국 어부들과 마주쳤는데

무슨 말을 할 것인가
바다 앞 아파트로 이사 온 것뿐

작은 방에 큰 아이
작은 방에 작은 아이가 잠들어 있고

모서리를 지나면 다시 모서리가 나오고

모서리는 계속되는데

공포는 산 자들의 것이지
삭아버린 좌판을 부서 버리고 사라지고
다시 좌판을 부서버리고

모서리 속에서 붉은 달을 본다

월경이라, 시작한 곳이 없는
달의 좌판

붉은 달 붉은 천들이 계속해서 나오던
너의 입술 속

모서리란 무엇인가? 모서리란 물체나 모가 진 가장자리를 말할 수도 있고, 다면체에서 각면의 경계를 이루는 선분을 말할 수도 있다. 왜, 그는 모서리가 많은 집에서 살고 싶다고 했을까? 왜, 하필이면 성윤석 시인은 모서리가 많은 집에서 살고 싶다고 말했던 그를 "붉은 달 아래에서 불쑥 생각"하게 되었던 것일까?

　하지만, 그러나 성윤석 시인의 「붉은 달」의 모서리는 이 세상의 삶의 장애물이고, 공포이며, 부숴버린 좌판에 지나지 않는다. "이탈리아 상인이 먼저 시작했다는, 부서버린 좌판"은 그 좌판대의 주인이 파산했다는 것을 뜻하고, 그 "부서버린 좌판을 뜯어 와/ 수협공판장 바다 앞에서 불을 피우는/ 중국 어부들" 역시도 이미 이 세상의 삶에서 파산선고를 받았다는 것을 뜻한다. 좌판도 모서리뿐이고, 아파트도 모서리뿐이다. 작은 방도 모서리뿐이고, 붉은 달도 모서리뿐이다. 작은 방에는 큰 아이가 잠들어 있고, 작은 방에는 작은 아이가 잠들어 있다. 모서리를 지나면 모서리가 나오고, 모서리를 지나면 또 모서리가 나온다.

풍년이 들면 세상의 인심이 후해지고, 흉년이 들면 세상의 인심이 사나워진다. 힘찬 일터가 있다면 자기 자신의 꿈과 희망이 세계의 역사와 함께 하게 되고, 힘찬 일터가 없으면 꿈과 희망은커녕, 자기 자신의 존재의 근거를 상실하게 된다. 가난은 죄가 아니지만, 가난은 공포 자체라고 할 수가 있다. 꿈도 없고, 희망도 없다. 존재의 근거가 삭아버린 좌판이고, 그 모서리 속에서 「붉은 달」을 바라보면 "월경이라, 시작한 곳"도 없다. 월경越境이란 인간 한계의 초월을 뜻할 수도 있지만, 그러나 이때의 월경月經은 영원한 불임의 뜻인 생리현상을 뜻한다.

어디로 가야 할 것인가? 무엇을 해야 이 가난한 삶을 벗어날 수가 있을까? 원인 없는 결과 없듯이, 힘찬 일터가 없는 삶이 꿈과 희망을 생산해낼 수가 없다. 「붉은 달」은 좌판이고, 모서리이다. 「붉은 달」은 아파트이고, 작은 방이다. 바닷가의 아파트로 이사 와 마주치는 풍경은 이미 생산기능, 즉, 항구기능을 상실한 살풍경들일 뿐이다.

실천적 유기체의 가난 ─. 태어남 자체가 축복이 아닌 죄악이며, 타인은 동료가 아닌 사생결단식의 경쟁자일 뿐이다. 무섭다, 두렵다. 삶은 바다이고, 공포이며, 너와 나의 꿈과 희망은 "붉은 달 붉은 천들이 계속해서 나오던/ 너의 입술 속"처럼, 다만 부질없고 공허할 뿐이다.

이 세상에서 가장 무서운 싸움은 밥그릇 싸움이고, 이 밥그릇 싸움에서 패배를 하면 그 모든 가능성을 잃어버린다. 모서리가 많은 집에서 살고 싶다던 그는 자포자기를 했었던 자에 불과하고, 성윤석 시인의 「붉은 달」은 사르트르가 말한 대로, '우주의 내적 출혈'을 말한다.

이 세상은 지옥이고, 우리 인간들의 일생은 지옥 속의 불쏘시개에 지나지 않는다.

이 병 일
호랑이

호랑이, 어슬렁어슬렁 꼬리 흔들면서 꽃나무 속으로 들
어간다,
  아니 꽃나무를 찢고 나온다
  심심치 않게 얼룩무늬 들고 일어서는 호랑이,
  아가리를 벌리고 간헐적으로 잔기침을 뱉는다

  호랑이의 뻣뻣한 수염이 잠들면, 꽃잎이 벌렁벌렁 공중
에 드러눕고 만다
  그러나 낮잠에서 깬 호랑이는 더 깊숙이 봄산 속으로 들
어간다

  후미진 꽃나무에게 흘깃흘깃 들키는 호랑이,
  제 피가 비치는 살을 씻고 봄산 구석구석에 호랑이 눈동
자를 박는다

>

큰 산모퉁이와 작은 산모퉁이를 친친 감은 호랑이,

양미간에 꽃물인지 핏물인지 뒤범벅일 때,

호랑이는 어디로 흩어져 갈까? 빽빽해지는 꽃눈이 녹
는다,

꽃눈이 떨어진다

시인이란 언어의 천재이자 상상력의 천재이고, 시인이란 새로운 이상세계의 창조자라고 할 수가 있다. 시인의 언어는 그의 앎의 깊이를 말해주고, 상상력은 그의 앎을 통하여 새로운 세계를 꿈꾸고, 그의 시 한 편은 아름답고 멋진 신세계를 보여준다. 시를 읽는다는 것은 시인의 앎의 깊이를 배우고, 그의 상상력 속으로 걸어 들어가, 그 아름답고 멋진 이상세계의 원주민이 되는 것이라고 할 수가 있다.

이병일 시인의 「호랑이」는 백수의 왕인 호랑이를 봄산의 꽃나무로 미화시켰는데, 왜냐하면 호피의 아름다움이 꽃나무와도 같았기 때문이다. 또한 그는 "호랑이가 어슬렁어슬렁 꼬리를 흔들면서 꽃나무 속으로 들어"가, "꽃나무를 찢고 나온다"고 했는데, 왜냐하면 꽃나무가 꽃을 피운다는 것은 꽃 중의 꽃, 즉, 백수의 왕인 호랑이를 낳는 행위와도 같았기 때문이다.

꽃나무를 찢고 나온 호랑이는 아가리를 벌리고 간헐적

으로 잔기침을 뱉고, 호랑이의 뻣뻣한 수염이 잠들면, 꽃
잎도 벌렁벌렁 공중에 드러눕고 만다. 낮잠에서 깬 호랑이
는 더 깊숙이 봄산으로 들어가고, 이 산, 저 산, 너무나도
아름답고 황홀하게 핀 꽃나무 속에서 호랑이는 그 몸을 숨
길 수가 없다. 제 피가 비치는 샅을 씻고 봄산 구석구석에
호랑이 눈동자를 박고, 큰 산모퉁이와 작은 산모퉁이마저
도 친친 감는다. 호랑이의 양미간에 꽃물인지 핏물인지 뒤
범벅일 때, 꽃눈이 녹고, 꽃눈이 진다.

　이병일 시인은 봄산의 꽃이 피고 지는 행위를 호랑이의
삶으로 미화시키고, 이 호랑이의 삶을 꽃이 피고 지는 행
위로 미화시킨다. 꽃나무에게 호랑이의 삶을 부여하고, 호
랑이에게 꽃나무의 삶을 부여한 것이다.

　호랑이가 봄산의 꽃나무가 되고, 봄산의 꽃나무가 호랑
이가 된다. 시 속에는 그림이 있고, 그림 속에는 시가 있
다. 이 시서화詩書畵의 일치는 모든 미학의 근본원리이며,
예술의 아름다움을 통해서 이 세계는 날이면 날마다 새롭
게 탄생을 하게 된다.

　꽃은 꽃나무가 피우는 것이 아니다. 백수의 왕인 호랑이
가 어슬렁어슬렁 꼬리를 흔들면서 꽃나무 속으로 들어가,
꽃나무를 찢고 나오는 것이다. 꽃은 호랑이의 피이며, 호

랑이의 상처는 너무나도 아름답고 처절한 산고의 증거라고 할 수가 있다.

언어의 혁명, 상상력의 혁명, 세계의 혁명은 모든 시인들의 한결같은 꿈이며, 이 시인들의 꿈이 없으면 이 세상의 봄꽃은 피어날 수가 없다.

김 형 식

봄비

곡우穀雨댁이

밭둑에 앉아

젖을 물리고 있다

보채는

봄순이

파랗게 옹알이한다

📖

　봄의 여신은 만물의 어머니이며, 우리 인간들은 봄의 여신인 곡우댁의 젖을 먹고 자란다. 곡우댁의 젖가슴은 우주만큼 크고, 그 시원한 젖줄기는 모든 얼어붙은 마음을 다 녹인다. 적의와 분노와 살기와 증오와 질투 등을 다 녹이고, 사랑과 용서와 화해와 믿음과 우정 등을 가르쳐 준다.

　곡우댁의 젖가슴에서 쏟아지는 봄비는 모든 샘물과 강물의 기원이 되고, 우리는 모두가 다같이 이 봄비 앞에서 어린 아기가 된다.

　"봄순이/ 파랗게 옹알이한다."

　봄비같은 정치, 봄비같은 경제, 봄비같은 자유, 봄비같은 지혜로 사는 전 인류의 낙원은 이렇게 탄생한다.

　봄의 여신은 곡우댁이고, 곡우댁은 김형식 시인의 창작품이다. "곡우穀雨댁이/ 밭둑에 앉아/ 젖을 물리고 있다"라는 아주 멋지고 탁월한 시구가 만물의 부활을 뜻하는 봄비를 쏟아지게 하고, 수많은 봄순이들이 '봄비축제'를 열게

하고 있는 것이다.

김형식 시인은 대자연의 열광적인 찬양자이자 '봄비 축제의 설계자'라고 할 수가 있다.

삼성, 현대, LG, SK, 포항제철 등의 세계적인 대기업과 한류문화는 대한민국의 오천 년 역사 속의 자랑이자 민족 번영의 신호탄이라고 할 수가 있다. 이제 우리 정치인들부터 먼저 '무보수 명예직'으로 봉사할 것을 선언하고, 정치 권력과 행정부의 권력과 그 모든 권력을 관리－감독할 수 있는 옴부즈맨 제도를 즉시 도입하지 않으면 안 된다. 이것이 대한민국의 길이고, 문화선진국의 길이다. 일본처럼 몰락하고 쇠퇴하지 않으려면 제발 정신을 똑바로 차리지 않으면 안 된다.

기 혁

노루잠

초식동물을 쫓는 포수의 간절함으로

핏자국을 따라 여기까지 왔다

치명상에도 아랑곳없이

몸을 일으킨 짐승은 달리기를 멈추지 않는다

모든 걸 잊어버리고

맹렬히 떠나는 일을 생명으로 여기는 짐승

마지막 총알을 장전한 포수의 눈에

시뻘건 핏자국으로 갈겨쓴 고통의 문자가 보인다

고통을 끝낼 총알이 급소를 향하는 순간

문득 자리에 멈춰선 사랑

가슴에 초원을 들이고서야 알았다

사람이 머물던 자리마다 풀이 돋는다는 것을

밟아도 죽지 않는 고독이 주검을 거름 삼고

제 키보다 큰 뿌리를 키울 때

스치는 새벽바람에도 눈물이 난다

초원 깊은 곳까지 들어간 포수가

매일 밤 자신을 닮은 덫을 만들고 있다

📖

늑대가 양을 사랑하고 호랑이가 멧돼지를 사랑한다고 해서 양이 늑대를 사랑하고 멧돼지가 호랑이를 사랑할 수는 없다. 늑대는 양을 사랑하지 양을 미워하지 않는다. 호랑이도 멧돼지를 사랑하지 멧돼지를 미워하지 않는다. 이 사랑과 미움(적의)의 관계는 먹이사슬의 관계이며, 그것은 자연의 법칙이 모든 생명체들에게 부과한 명령이라고 할 수가 있다.

서양인들은 식민지인들을 무자비하게 학살하고 그들의 재산을 약탈해 갔으며, 그리고 그 무자비한 만행마저도 기독교적인 사랑으로 미화시켰다고 할 수가 있다. 우리는 모두가 다같은 하나님의 자손이고, 우리는 당신들을 문명과 문화의 옷을 입혀서 천국으로 인도해가는 천사라고 말했던 것이다. 이 식민 지배를 받는 아시아, 아프리카, 남미, 북미의 원주민들은 그러나 그 식민주의자(제국주의자)들의 명령에 복종하면 복종할수록 더욱더 가난하고 헐벗고,

굶주린 삶을 면할 수가 없었던 것이다. 식민주의자들은 포식자와도 같고, 원주민들은 초식동물과도 같다.

　기혁 시인의 「노루잠」은 포수의 양심고백이며, 그 양심의 가책 때문에 포수가 아닌 '노루의 잠'을 자는 자기 희생양과도 같다. "초식동물을 쫓는 포수의 간절함으로/ 핏자국을 따라 여기까지" 왔으면서도, "고통을 끝낼 총알이 급소를 향하는 순간" 노루에 대한 연민과 죄책감으로 그를 더 이상 포수일 수 없게 만든다. 과연, 어느 누가 저 "치명상에도 아랑곳없이" 달리기를 멈추지 않는 저 선하고 착한 노루의 목숨을 빼앗을 수가 있단 말인가? 따라서 노루를 더없이 사랑하고 노루를 불쌍히 여기는 이 마음은 더 이상 포수이기를 포기한 '먹이사슬의 경쟁'에서 이탈한 자의 양심고백일 수밖에 없는 것이다. "문득 자리에 멈춰선 사랑/ 가슴에 초원을 들이고서야 알았다"라는 것은 포수가 자기 자신을 노루로 변모시켰다는 것을 뜻하고, "사람이 머물던 자리마다 풀이 돋는다는 것"은 "밟아도 죽지 않는 고독이 주검을 거름 삼고"라는 시구에서처럼, 포수가 노루의 씨를 말릴 수가 없다는 것을 뜻한다. 기혁 시인의 「노루잠」은 "초원 깊은 곳까지 들어간 포수가/ 매일 밤 자신을 닮은 덫을 만들고 있다"라는 시구에서처럼, 반인간주의의 시이며,

인간의 잔인성 때문에 부들부들 떨면서 노루의 잠을 자고 있는 시라고 할 수가 있다. 포수는 사냥감을 발견하고 환호성을 지르며 좋아하지만, 노루는 사냥꾼의 그림자만 보아도 혼비백산으로 달아난다. 총을 맞지 않아도 달아나고, 총을 맞아도 달아나고, 사냥꾼의 손에 의해 푸른 초원을 달리던 육체와 그 꿈이 갈갈이 찢겨져도 달아난다.

포수는 만물의 영장이고, 만물의 영장인 포수는 파시스트와도 같다. 파시스트는 의회주의와 입헌주의를 부정하고 자유주의와 공산주의마저도 배격했듯이, 일당 독재를 위한 결사단체를 선호한다. 그들은 깊이 있게 공부하기 이전에 열광하고, 또한, 그들은 깊이 있게 질문하기 이전에 찬양한다. 그들은 개인의 사상과 자유와 성격의 차이를 인정하기 이전에 하나가 되고, 이에 반하는 모든 인간들을 적대자로 가차없이 처벌해버린다. '우리와 함께 하지 않으면 모두가 적이다'라는 레닌과 스탈린식의 파시즘은 그러나 이미 서양의 기독교와 제국주의에 그 뿌리를 두고 있던 것이다. 기독교의 사유체계도 '유일신'이라는 파시즘이고, 제국주의의 사유체계도 '선민사상'이라는 파시즘이다. 이미, 앞에서 시사한 바가 있듯이, 아시아, 아프리카, 남미, 북미의 원주민들의 목숨을 무차별적으로 살해하고 그들의 조국과 전 재산을 약탈해갔으면서도 그것을 신의 은총으로 미화시키고, 그리고, 또한, 그 원주민들을 노예화시켰으면서도 그것을 천국으로의 인도라고 강변하고 있는 것이다.

노루를 사냥하지 못하는 포수가 포수일 수 있을까? 초원 깊숙이 들어간 포수가 노루의 잠을 자며 부들부들 떨고 있는 삶이 과연 노루의 삶일 수 있을까? 그는 포수도 아니고, 노루도 아니며, 다만 생존경쟁에서 탈락한 인간일 뿐이었던 것이다.

"초원 깊은 곳까지 들어간 포수가/ 매일 밤 자신을 닮은 덫을 만들고" 있는 삶―. 만물은 평등하지만, 만물의 평화는 존재하지 않는다.

먹고 먹히고, 먹히고 먹는 자연의 법칙―. 모든 비극은 이 먹이사슬 위에 군림하려는 인간의 파시즘에 기초해 있다.

송 재 학

푸른 별

내가 돌아가야 하는

푸른 별*은

누군가의 눈물 한 방울

그림자가 그림자를 포옹하는 곳

위태롭고 지루하지만

중력이 떠받치는 꽃잎이

가끔 공중에 멈추는 곳

버스표에 프린트된

장미와 네온사인,

눈시울 붉히는 초록별을 다독이러

돌아가려 한다네

흰색에서 출발한 푸른 별의 삽화

일출의 지도를 기억한다네

별까지의 거리는 백 킬로미터쯤인데

정오의 태양은 붉은 우체통을

자꾸 설치하고 있어

일몰까지의 거리를 호주머니에 넣었던

글썽이는 우울증까지 나를 떠미네

너의 별로 되돌아가라고

* 우주에서 지구라는 별을 바라볼 때의 명칭.

송재학 시인에게 이 세상의 삶은 푸른 별에서 출발하여 우주여행을 하며 살다가 푸른 별로 되돌아가는 것이라고 할 수가 있다. 출발 – 우주여행 – 귀향의 원형적이고 순환적인 도식은 어느 누구도 거역할 수 없는 삶이며, 그 삶의 내용이 얼마나 아름답고 풍요로웠던가로 평가할 수가 있을 것이다. 부모님의 품을 떠나 시를 쓰고, 환자들을 치료하며, 처와 자식들을 먹여 살린다는 것은 송재학 시인의 우주여행일 수도 있으며, 이 우주여행 중에서는 수많은 시련과 함께, 하늘을 찌를 듯한 환희에의 기쁨도 있었을 것이다. 시를 쓴다는 것은 그의 상상력으로 우주비행선을 탄다는 것이며, "흰색에서 출발한 푸른 별의 삽화"와 "일출의 지도를 기억"하며, 그 고향에 대한 그리움으로 시를 쓴다는 것이다.

인생 70, 이제는 우주비행선의 연료도 다 떨어져 가고, 이 우주여행을 마감할 때가 된 것이다. 삶의 연료가 다 떨어져 간다는 것은 그가 태어났던 푸른 별로 되돌아가야 한다는 것이며, 그것은 매우 안타깝고 쓸쓸한 일이라고 할수가 있을 것이다. "내가 돌아가야 하는/ 푸른 별은/ 누군가의 눈물 한 방울/ 그림자가 그림자를 포용하는 곳"이지만, 그러나 "위태롭고 지루하지만/ 중력이 떠받치는 꽃잎이/ 가끔 공중에 멈추는" 그런 곳이기도 한 것이다. "버스표에 프린트된/ 장미와 네온사인"을 바라보며, "눈시울 붉히는 초록별을 다독"이는 것은 그의 임무가 되고, 푸른 "별까지의 거리는 백 킬로미터쯤인데/ 정오의 태양은 붉은 우체통을/ 자꾸 설치하고 있어"라는 시구는 푸른 별(지구)로 되돌아 갈 나에게 내가 쓰는 편지라고 할 수가 있다.

이제는 일몰의 시간, 그토록 아름답고 풍요로웠던 우주여행을 끝내고, 푸른 별로 되돌아가야 한다는 것은 매우 안타깝고 쓸쓸한 일이라고 할 수가 있다. 인생 70은 한순간이고, 우주여행을 떠나자마자 우주여행이 끝나 버리는 그런 순간이라고 할 수가 있다.

너의 별로 되돌아가라고 등 떠밀리는 일몰의 시간―, 생떽쥐페리의 어린 왕자가 그토록 아름답고 풍요로운 지구여행을 끝내고 그의 별인 소행성 B 612호로 되돌아갔듯이, 송재학 시인의 「푸른 별」은 매우 아름답고 슬픈 서정시라고 할 수가 있다.

　　　정오의 태양은 붉은 우체통을

　　　자꾸 설치하고 있어

　　　일몰까지의 거리를 호주머니에 넣었던

　　　글썽이는 우울증까지 나를 떠미네

　　　너의 별로 되돌아가라고

　　"사람들은 불멸하기 위해서는 비싼 대가를 치러야 한
　　다. 사람들은 불멸하기 위해 여러 번 죽어야 한다."(니체)

　그렇다.

　송재학 시인에게는 이 푸른 별의 인간들을 위해 더욱더
아름답고 뛰어난 서정을 쓸 시간이 남아 있는 것이다.

김 륭
비단잉어

비단잉어에게 비단을 빌려

당신에게 간다 바람이 불고 있다 그러나

바람은 글을 쓸 수 없어서 못다 한

인생에 피와 살을 더할 수 없고

당신은 누워 있다 요양병원 침상에 누워만 있다

떠날 수 있게 하려면 물에 젖지 않는

종이가 필요하다 나는 지금

죽어서도 뛰게 할 당신의 심장을

고민하고 있고, 당신은 아주 잠깐 동안이지만

반짝인다 비단잉어에게 빌린

비단을 들고 서 있는 나를 쳐다보고 있다

허공에 고양이 수염을 붙여 주러 온

미친 비행기인 양,

내가 낳았지만 더 이상은

어쩔 수 없다는 듯

\>

걱정 마, 엄마는

지금 엄마 뱃속에

있으니까

비단잉어란 잉어과의 물고기이지만, 그 모습의 화려함으로 인하여 비단잉어에 대한 다양한 꿈이 있고, 그 해석이 있다고 한다. 비단잉어를 낚는 꿈은 금전운과 재물이 상승한다는 것을 뜻하고, 황금잉어의 꿈은 사회적 지위가 상승하거나 사업이 번창하는 것을 뜻한다. 비단잉어의 꿈의 주인공이 임산부라면 훌륭한 아이가 태어난다는 것을 뜻하고, 비단잉어를 잡았다가 놓치는 꿈은 사업이나 그밖의 일이 어려울 수도 있다는 것을 뜻한다.

김룡 시인은 왜, 비단잉어에게 비단을 빌려 요양병원 침상에 누워있는 어머니에게 가고 있는 것일까? 그는 왜, 요양병원 침상에 누워있는 엄마를 떠날 수 있게 하려면 "물에 젖지 않는/ 종이가 필요하다"고 말하고 있는 것일까? 비단은 최고급의 옷감이며, 이 비단옷의 주인공은 더없이 소중하고 고귀한 인물일 수밖에 없다. 모든 어머니는 성모이고, 모든 아들은 성모를 모시는 광신도일 수밖에 없다.

따라서 비단잉어에게 비단을 빌려 어머니에게 간다는 것은 엄마를 제대로 모시지 못하는 불효자식의 비단같은 마음을 뜻하고, 어머니를 떠날 수 있게 하려면 "물에 젖지 않는/ 종이가 필요하다"는 것은 그 비단같은 마음의 사모곡思母曲을 쓰고 싶다는 것을 뜻한다. 이승에서 어머니의 생명은 촌각을 다투고 있지만, "나는 지금/ 죽어서도 뛰게 할 당신의 심장을/ 고민하고" 있는 것이다. 비록, 어머니의 육체는 소멸하지만, 그 어머니를 비단옷을 입혀 보내 드리고 싶은 것이고, 이 효심이 「비단잉어」의 가장 핵심적인 전언이라고 할 수가 있는 것이다.

비단잉어에게 빌린 비단을 들고 서 있는 나를 쳐다보고 있는 어머니에게, 아니, "허공에 고양이 수염을 붙여 주러 온/ 미친 비행기인 양/ 내가 낳았지만 더 이상은/ 어쩔 수 없다는 듯"한 어머니에게, "걱정 마, 엄마는/ 지금 엄마 뱃속에/ 있으니까"라는 효심이 그 비단잉어로 탄생하게 된 것이다. 어머니는 사라지지만, 어머니는 영원히 존재한다. 김륭 시인의 지혜는 비단잉어의 꿈으로 이어지고, 효심은 영원불멸의 사모곡을 부르며, 우리들의 어머니를 영원히 살아 있게 만든다.

어머니, 어머니가 있는 한, 부와 행복의 상징인 비단잉어는 영원히 살아 움직인다.

김 지 민

현장으로부터

가벽 너머에는 공사가 한창이다

이따금 무언가 와르르 쏟아지거나 우지끈 무너지는 소리 그러나 가벽은 잘 서 있고

가벽을 따라 걷는다

사시사철 울창한 녹음과 픽셀이 깨진 석양과 때가 탄 바다와 공중에서 한없이 유예되는 폭포가

가벽을 따라 나란히 인쇄되어 있다

임시적인 풍경을 따라 걷는다

참새는 가벽 위에 비스듬히 앉아 있다가 가까운 나뭇가지로 훌쩍 내려앉는다

현장이 파헤쳐지는 동안에도

가벽은 높고 잠잠해
나는 마음껏 생각에 잠길 수 있고

현장으로부터 가려진다

가벽을 따라 현수막과 가로수의 치밀한 그림자가 되풀
이 되고 어제와 오늘 사이의 접힌 자국을 발견하고
실감 없이 살아 있다

무언가 와르르 쏟아지거나 우지끈 부서지는 소리

가벽 위로 솟아 있는 타워 크레인이 천천히 선회하고
가벽 위에 난 문이 열리자
흙먼지를 뒤집어쓴 인부가 걸어 나온다

그 곁을 지나는 나는
잘 닦여 있다

우리 정치인들이 정치란 '무보수―명예직'이라는 말의
참뜻을 이해하고 그것을 실천했다면 우리 한국인들은 벌
써 모든 부정부패를 대청소하고 일등국가의 일등국민이
되었을 것이다. 국회의원 세비는 연간 5,000만원이면 충분
하고, 손수 자동차를 운전하는 것은 물론, 중앙당과 지역
구 사무실을 없애고 날이면 날마다 국회로 출근하지 않으
면 안 된다. 국회의원 사무실은 50여 명씩 칸막이 합동사
무실로 정하고, 전국의 지역구의 민원과 대한민국 국회의
상임위원회의 정책을 연구하는 보좌관을 두면 될 것이다.
우리 정치인들은 그 연구 보좌관들과 함께 민원을 검토하
고 수많은 정책을 연구하며, 그 어떠한 표절밥과 뇌물밥과
부패밥도 거절하면 모든 공직사회는 저절로 맑고 투명하
게 될 것이다.

　　이를테면 서울대학교는 광주로 옮겨가 세계적인 연구중
심대학교로 육성하고 대법원과 헌법재판소는 대구로 옮겨

가 사법정의를 실현하고, 남해에는 K-POP, 즉, 한류문화의 본고장을 만들어 해마다 수천만 명씩 외국인 관광객들이 찾아오게 하면 된다. 청와대와 국회는 즉시 세종시로 옮겨가고, 독서중심 글쓰기 교육으로 사교육비가 하나도 안 들게 하는 것은 물론, 대학원까지 무상으로 가르치면 해마다 노벨상 수상자가 나오고 전 인류의 모범국가가 될 것이다. 모든 부동산 투기와 부의 대물림을 매우 엄격하게 제한하면 '저출산―고령화의 문제'도 순식간에 해결되고, 모든 주택과 도시들은 천년, 만년 미래의 문화유산으로 건설하게 될 것이다.

우리 정치인들이 가장 두려워하는 것은 '무보수―명예직'이라는 말인데, 왜냐하면 뇌물밥과 표절밥과 부패밥을 삼대 진미로 삼고 있기 때문이다. 왜, 정치를 하시는지요? 뇌물밥을 좋아하기 때문이지요! 왜, 공부를 하셨나요? 표절밥을 좋아하기 때문이지요! 대한민국이 왜, 살기 좋은 나라인지요? 부패밥을 먹고 천국에 갈 수 있기 때문이지요!

가벽 너머에는 공사가 한창이고, 이따금 무언가 와르르 쏟아지거나 우지끈 무너지는 소리가 들려온다. 그러나 가벽은 잘 서 있고, 가벽을 따라 걷다가 보면 "사시사철 울창한 녹음과 픽셀이 깨진 석양과 때가 탄 바다와 공중에서 한없이 유예되는 폭포가/ 가벽을 따라 나란히 인쇄되어 있다." "참새는 가벽 위에 비스듬히 앉아 있다가 가까운 나뭇가지로 훌쩍 내려"앉고, "현장이 파헤쳐지는 동안에도/ 가벽은 높고 잠잠해/ 나는 마음껏 생각에 잠길 수" 있다. "가벽을 따라 현수막과 가로수의 치밀한 그림자가 되풀이 되고 어제와 오늘 사이의 접힌 자국을 발견"하면, 현장으로부터 너무나도 완벽하게 가려진 현실을 실감 없이 살아 왔다는 생각을 하지 않을 수가 없다.

　김지민 시인의 「현장으로부터」는 문명비판의 시이며, "무언가 와르르 쏟아지거나 우지끈 부서지는 소리// 가벽 위로 솟아 있는 타워 크레인이 천천히 선회하고/ 가벽 위에 난 문이 열리자/ 흙먼지를 뒤집어쓴 인부가 걸어 나온다"라는 시구에서처럼, 가벽 속에 살고 있는 현대인의 비애를 노래한 시라고 할 수가 있다. 가벽은 더럽고 추하고 지저분한 현장을 은폐하기 위한 가림막이며, 그 지옥같은 현장의 실상을 은폐하기 위한 장치에 지나지 않는다. 가벽 속은 아비규환의 지옥이고, 가벽 밖은 젖과 꿀이 흐르는 이상낙원이다. 가벽 속은 최저 임금의 빈곤이 지배하고, 가벽 밖은 자본주의 사회의 풍부함이 지배한다. 가벽은 '픽셀의 공간', 즉, 가상우주의 '메타버스 공간'이며, 그 가벽에는 사시사철 울창한 녹음과 시원한 폭포와 더없이 넓고 깨끗한 바다가 펼쳐져 있다. 요컨대 가벽은 이상낙원의 입구가 되고, 이 가벽이 걷히면 사시사철 젖과 꿀이 흐르고, 너와 내가 다같이 손에 손을 잡고 자유와 평화와 행복을 향유하게 된다.

독일과 오스트리아와 스위스 등, 제2차 세계대전의 참상으로 그 엄청난 피해를 입은 국가들은 오늘날의 알프스 산과 가장 잘 어울리는 집을 짓고 그 옛날의 아름다운 마을을 너무나도 완벽하게 재현해냈다. 돌담과 축대를 쌓고 집을 지으며, 창문 하나를 내는 것도 마을 전체 회의를 거쳐 오랜 시간을 두고 완성해 냈는데, 왜냐하면 천년, 만년, 그 아름다운 문화유산을 후손들에게 물려주고자 했기 때문이다. 아름다운 산수와 자연은 인류의 공동자산이며, 이전 인류의 공동자산을 함부로 훼손한다는 것은 도저히 있을 수가 없는 것이다. 손을 다치거나 발을 다쳐도 불구자가 되고, 얼굴을 다치거나 머리를 다쳐도 불구자가 된다. 불구자는 장애인을 말하고, 장애인은 영원히 회복될 수 없는 몸으로 타인에게 혐오감을 주거나 피해를 입히게 된다.

땅을 파고 산을 깎고 댐을 막는 것도 자연을 훼손하는 것이고, 집을 짓고 도시를 건설하고 우주선을 띄우는 것도 자연을 훼손하는 것이다. 문명과 문화는 자연의 터전 위에 기초해 있지, 자연의 파괴 위에 기초해 있는 것이 아니다. 산과 강과 들과 바다를 함부로 훼손하거나 오염시키면 이것은 반드시 전체 인류의 재앙으로 나타나게 된다. 인간이 자연의 창작품이지, 자연이 인간의 창작품인 것은 아니다.

인간은 본래 자유로운 몸으로 태어난 것이 아니라 수많은 쇠사슬에 묶여 태어났던 것이다. 가정과 학교와 직장과 군대와 사회조직 속의 쇠사슬이 그것이며, 이 쇠사슬은 전통과 역사와 도덕과 법률이라는 천국 속의 그림으로 포장되어 있다. 픽셀, 즉, 메타버스의 현장에서 전통과 역사와 도덕과 법률을 쇠사슬이 아닌 자유의 조건으로 인식하게 되면 그는 문명과 문화인이 되어 "잘 닦여"지게 되는 것이다. 자연과 문화는 대립적이지만, 그러나 이 자연과 문화를 잘 조화시키는 것만이 그 자연 속에 순응하는 문화를 꽃 피우는 일일 것이다. 풀 한 포기를 뽑아도, 나무 한 그루를 베어도 자연의 신음 소리가 들려오고, 산을 파헤치고 강물을 막아도 자연의 신음 소리가 들려온다. 엘리뇨와 라니냐, 수많은 화산의 폭발과 대지진도 자연의 신음 소리이고, 사나운 비바람과 눈보라, 남극과 북극의 해빙도 자연의 신음 소리이다. 수많은 뱀이 죽고, 참새가 죽는다. 수많은 꿀벌이 사라지고 울창한 나무가 죽어간다. 흙먼지를 뒤집어쓴 인부가 이상낙원을 파괴하는 폭도로 돌변할 수가 있듯이, 땅을 파고 강물을 막고 집을 지을 때에도 자연의 신음 소리를 생각하며, 그 고마움의 속죄제를 지내지 않으면 안 된다.

과연, 과연 인간이 자연의 고마움을 이해하고, 자연 속의 인간으로 살아갈 수가 있을까?

탐욕, 탐욕, 이 만악의 근원인 탐욕을 미화시킨 '픽셀문화', 즉, '메타버스 문화'는 전체 우주의 대재앙이 될 것이다.

사 공 경 현
천사들의 궁전

화사한 미소 속에 숨은
꽃의 눈물을 보지 못하거나
꽃을 보고 아프지 않은 사람은 환자다

나르키소스가 죽어 수선화가 되고
이룰 수 없는 사랑이 죽어 상사화가 되었다
애타는 그리움이 멍들어 동백꽃이 되고
애달픈 한이 맺혀 능소화가 되었다

고운 이 죽어 꽃이 되고
아기가 죽어 영롱한 별이 되고
엄마가 죽어 하늘이 되었다
꽃은 천사들의 궁전이다

외로움이 죽고 행복이 죽고

환희가 죽고 희망이 죽어

저마다 꽃이 되었다

꽃은 외로움의 무덤이다

머나먼 별을 지나

하늘을 넘어

꽃으로 다가온 그리움

새벽마다 반짝이는 초롱한 은방울

수수만년 맺힌 눈물이므로

꽃을 보고 아프지 않은 사람은 환자다

시인은 가장 자유로운 개인이며, 자유로운 개인에게는 적어도 세 가지의 덕목이 있어야 한다. 의사의 자율성과 행위의 자기결정권과 그 행위에 대한 책임이 그것이며, 따라서 시인은 자기 자신의 말과 사유로 모든 것을 명명하고 그 모든 가치들을 창출해 내지 않으면 안 된다. 시인이란 언어의 기원을 소유한 종족창시자와도 같은 사람을 말하고, 지배와 복종, 또는 주인과 노예의 관계 속에서 그 모든 사람들을 지배하고 복종시킬 수 있는 사람을 말한다. 시인의 개성과 독창성은 언어에 의해서 결정되는데, 왜냐하면 자기 자신의 사상과 이론 속에서만 진리의 꽃이 피어나기 때문이다. 타인의 사상과 이론이란 이민족의 진리에 지나지 않으며, 이민족의 진리는 하나의 참고사항일 뿐, 자기 자신이 온몸으로, 온몸으로 창출해낸 진리의 꽃이 아니기 때문이다.

사공경현 시인의 「천사들의 궁전」은 시인으로서의 입문

과 상관없이 대단히 뛰어난 언어사용능력과 그 명명의 힘의 진수를 보여준다. "나르키소스가 죽어 수선화가 되고/ 이룰 수 없는 사랑이 죽어 상사화가 되었다/ 애타는 그리움이 멍들어 동백꽃이 되고/ 애달픈 한이 맺혀 능소화가 되었다"라는 시구에서처럼, 그 꽃들의 신화에 대한 지식에도 정통하고, "고운 이 죽어 꽃이 되고/ 아기가 죽어 영롱한 별이 되고/ 엄마가 죽어 하늘이 되었다/ 꽃은 천사들의 궁전이다"라는 시구에서처럼, 천사들의 궁전인 우주탄생의 비밀에도 정통하다. 꽃은 눈물이고, 꽃은 애달픈 한이고, 꽃은 외로운 무덤이고, 꽃은 상처이다.

사공경현 시인의 앎은 지혜가 되고, 이 지혜는 그 깊이를 얻어 역사철학적인 이야기로 이어진다. "나르키소스가 죽어 수선화가 되고/ 이룰 수 없는 사랑이 죽어 상사화가 되었다/ 애타는 그리움이 멍들어 동백꽃이 되고/ 애달픈 한이 맺혀 능소화가 되었다"라는 신화와 "고운 이 죽어 꽃이 되고/ 아기가 죽어 영롱한 별이 되고/ 엄마가 죽어 하늘이 되었다/ 꽃은 천사들의 궁전이다"라는 우주탄생의 비밀과, 그리고, "외로움이 죽고 행복이 죽고/ 환희가 죽고 희망이 죽어/ 저마다 꽃이 되었다/ 꽃은 외로움의 무덤이다"라는 전언이 바로 그것이고, 이 이야기와 이야기를 엮어

나가는 지혜와 그 서사적인 힘이 제일급의 시인의 명명의 힘으로 승화된다. 꽃은 천사들의 궁전이지만, 꽃은 외로움의 무덤이고, 꽃을 보고 아프지 않은 사람은 환자에 지나지 않는다.

나르키소스의 수선화가 핀 천사들의 궁전, 이룰 수 없는 사랑이 죽어 상사화로 핀 천사들의 궁전, 애타는 그리움이 멍들어 동백꽃이 된 천사들의 궁전, 엄마가 죽어 하늘이 된 천사들의 궁전, "외로움이 죽고 행복이 죽고/ 환희가 죽고 희망이 죽어/ 저마다 꽃"이 된 천사들의 궁전—. 한 알의 씨앗이 죽지 않으면 싹을 틔울 수가 없듯이, 이 세상의 삶은 상처이고 고통이며, 이 고통으로 피우는 꽃에 지나지 않는다. "머나먼 별을 지나/ 하늘을 넘어/ 꽃으로 다가온 그리움", "새벽마다 반짝이는 초롱한 은방울/ 수수만년 맺힌 눈물이므로/ 꽃을 보고 아프지 않은 사람은 환자다."

그렇다. 꽃을 보고 아프지 않은 사람은 외계의 침입자이거나 로봇이며, 꽃을 보고 아프지 않은 사람은 타인의 재산과 생명을 빼앗고 유린하는 수전노와 돈벌레들일 뿐인 것이다.

시인은 사람과 동물과 사물과 천하와 자기 자신을 일치시키고, 그 붉디 붉은 진리의 힘으로 수천 년을 찍어 누르듯이 시를 쓴다. 꽃은 천사들의 궁전이다. 모든 시의 최종적인 형태는 잠언과 경구이며, 잠언과 경구를 자유자재롭게 쓸 수 있는 시인만이 천년, 만년 살아 남는다.

임 덕 기

봄, 무대에 서다

봄 무대 커튼을 활짝 열어 제친다
산수유, 매화가 까치발로 들어온다

개나리 우중충한 무대 배경에
강렬한 노랑을 덧칠한다

시간을 제대로 맞추지 못한 목련
깜짝 초대장을 여기저기 뿌리며 하얗게 웃는다

자지러지게 웃던 벚꽃
엊저녁 내린 봄비에
풀이 죽어 시무룩한 낯빛이다

쑥, 개망초가 도착하기 전에
냉이, 제비꽃, 꽃다지가 종종걸음으로 들어온다

무대 위에는 봄을 위한 연출이 막 시작된다

봄 무대는 세계적인 대사건이며, 모든 만물은 이 봄 무대의 축복 속에 태어난다. 시냇물도 기쁜 듯이 흐르고, 강물도 저절로 어깨춤을 춘다. 풀들도, 나무들도 춤을 추고, 벌들도, 나비들도 춤을 춘다. 양도, 사슴도 노래를 부르고, 다람쥐도, 곰도 노래를 부른다. 적과 동지도 없고, 질투도, 시기도 없고, 우리는 모두가 다같이 봄꽃 축제의 주인공이 된다.

봄 무대는 우리들의 영원한 고향이자 우리들의 미래의 이상이다. 봄 무대의 꽃, 봄 무대의 희망, 봄 무대의 결실, 봄 무대의 그 아름답고 달콤한 사랑과 황홀함―, 너는 너의 꽃으로서 참여하고, 나는 나의 꽃으로서 참여하고, 우리들은 우리들의 꽃으로서 참여한다.

임덕기 시인은 「봄, 무대에 서다」를 통해서 이 세상에서 가장 크고 아름다운 봄 무대의 주인공이 되었다. 그의 「봄, 무대에 서다」는 세계의 평화이고, 세계의 축제이며, 모든 만물이 다 참여하는 무대라고 할 수가 있다.

시인은 언제, 어느 때나 이 세상을 찬양하는 낙천주의자이며, 시인은 언제, 어느 때나 그의 언어로서 이 세상에서 가장 아름답고 찬란한 축제를 주재한다.

시의 꽃밭은 언어의 꽃밭이고, 이 언어의 꽃밭은 끝끝내 기나긴 겨울을 물리치고 만물이 부활하는 봄을 초대한다. 봄 무대는 언어의 꽃밭이고, 이 언어의 꽃밭에서 봄은 시인들에게 너무나도 즐겁고 기쁘게 시의 월계관을 씌워준다.

박 정 원
별나라

그쪽은 별일 없느냐
요즘 같으면 너희 물속나라 백성이고 싶구나

먹고 먹히는 사슬을 한통속에 쟁여 대왕고래 편에 심해
한가운데 부려놓고 대왕이 임명한 재판관에게 심판을 받
게 하고 싶구나

반만년 누렸던 오만과 편견을 집중적으로 캐야지
배심관 딱총새우에게 화약을 재워 올곧은 선비가 외치
는 붓끝으로 쏘게 할 거야
물을 흐리는 이유에 대하여 숨는 자의 비굴함에 대하여
연신 남발하는 대중영합주의에 대하여 찬찬히 따져보게
할 거야

속기록에도 남지 않을 오판이 있다면 그건 분명 이 땅

위의 썩은 진실이자 방관이지

　분노란 분노를 단단히 벼려 단칼에 베어야하는데 역사에
거슬리는 허울에선 오롯이 졸개만이 먹이가 될 뿐이구나

　하나같이 역신 맞아 황천길에 접어들지 않나
　인간이 바이러스라 말 잘하는 입을 틀어막고 다니질 않나
　기세등등한 위선의 변이는 앗기는 공납만 불어날 뿐
　서로의 불신만 키워갈 뿐

　언제쯤 너희나라 일원이 될 수 있을까
　반목과 질시가 통용되지 않고 꿈과 이상이 단 한 번에
클릭되는 메타버스
　더 이상 나의 아바타가 볼모로 잡히지 않는 별의별 나라

박정원 시인의 「별나라」는 대왕고래가 사는 이상세계이며, 그는 그 우화 속에서 이상세계에 살며, 한국의 현실을 심판한다. 그의 삶의 철학은 도덕철학이 되고, 그의 도덕철학은 자기 자신의 '아바타'를 별나라의 대왕고래로 분장시킨다. 대왕고래(시인)는 별나라의 아버지이자 스승이고, 또한 별나라의 재판관이라고 할 수가 있다. 일찍이 소크라테스가 철학자가 통치하는 이상국가를 역설한 바가 있듯이, 한 나라의 아버지이자 스승이고 재판관일 수 있는 자만이 전 인류의 모델인 이상국가를 통치할 수가 있는 것이다.

한국 사회는 선진국가와는 매우 다르게, 이 세계에서 가장 부패한 나라이며, 너나 할 것 없이 표절밥과 뇌물밥과 부패밥을 삼대 진미로 삼고 있는 나라이다. 우리 정치인들과 우리 학자들과 우리 법조인들은 조국애와 시민의식은 손톱만큼도 없는 건달일 뿐더러 오직 자나깨나 자기 자신들의 이익만을 챙긴다. 우리 정치인들은 돈 많이 드는 선거와 대형국책사업 등에서 뇌물을 챙기기에 바쁘고, 우리 학자들은 표절교육을 통하여 전국민을 백치로 만들기에 바쁘고, 우리 법조인들은 전관예우의 변호사들과 함께, '대형 소송전 찬가'를 부르기에 바쁘다. 우리 재벌들은 부의 대물림과 함께 부실공사를 무척이나 좋아하고, 우리 관리들은 각종 인, 허가권을 통하여 국민들 위에 군림하고, 우리 한국인들은 이 부정부패의 구조 속에서 오직 자기 자신의 이익만을 챙기기에 바쁘다. 대한민국은 부정부패의 공화국이고, 우리 한국인들이 애국가를 부를 때마다 뇌물비가 황금처럼 쏟아진다.

박정원 시인은 그의 아바타인 대왕고래의 탈을 쓰고, "먹고 먹히는 사슬을 한통속에 쟁여" "대왕이 임명한 재판관에게 심판을 받게 하고 싶구나"라고, 그 도덕철학의 칼날을 휘두른다. "반만년 누렸던 오만과 편견을 집중적으로" 캐고, 입에 발린 거짓말로 물을 흐리고, 걸핏하면 대중 속으로 숨는 우리 한국인들에게 "올곧은 선비가 외치는 붓끝으로" 심판을 하게 한다. 딱총새우는 도덕철학의 포수가 되고, 대왕고래는 정사곡직正邪曲直의 심판관이 되고, 시인은 그의 도덕왕국, 즉, 별나라의 통치자가 된다. 속기록에도 남아 있지 않을 오판이 있다면 그것을 바로 잡아야 하고, 모든 대형사건의 책임을 오롯이 졸개들에게만 돌리는 위선자들의 목은 단칼에 베어버려야 하고, "더 이상 나의 아바타가 볼모로 잡히지 않는 별의별 나라"를 세우지 않으면 안 된다.

수많은 샘물과 강물이 있듯이, 도덕은 한 국가의 생명의 젖줄이 되고, 철학은 그 생명의 강의 파수꾼이 된다. 도덕이 없는 국가는 국가가 아닌데, 왜냐하면 상호간의 이전투구와 함께 부정부패만이 번성하게 되기 때문이다. 철학이 없는 국가도 국가가 아닌데, 왜냐하면 그 국가의 목표와 함께 그 어떤 정책도 실현할 수가 없기 때문이다. 박정원 시인은 도덕철학자이며, "하나같이 역신 맞아 황천길에 접어들지 않나/ 인간이 바이러스라 말 잘하는 입을 틀어막고 다니질 않나/ 기세등등한 위선의 변이는 앗기는 공납만 불어날 뿐/ 서로의 불신만 키워갈 뿐"이라는 시구에서처럼, 우리 한국인들을 그의 「별나라」로 인도해가는 대왕고래라고 할 수가 있다.

시인은 별나라를 건국하고, 그의 도덕철학으로 그 별나라의 아름다움을 창출해낸다. 시인은 별나라의 국민을 사랑하고, 별나라의 국민을 존경한다. "언제쯤 너희나라 일

원이 될 수 있을까/ 반목과 질시가 통용되지 않고 꿈과 이
상이 단 한 번에 클릭되는 메타버스/ 더 이상 나의 아바타
가 볼모로 잡히지 않는 별의별 나라—."

　　별나라는 박정원 시인의 이상국가이다. 그는 그의 상상
속의 세계에 살며, 그의 도덕철학으로 그 모든 아름다움을
주재한다.

　　아름다움은 시의 아름다움이며, 그 어떤 아름다움보다
도 더욱더 아름다운 별나라의 진수라고 할 수가 있다.

3부

임 봄 이희은 사공경현 함기석

김정웅 권혁재 김 늘 윤성관

김영진 강정이 박 영 남상진

신혜진 유계자 이병연 신대철

임 봄

풀

마당에 호랑이가 산다

드러낸 송곳니 휘날리는 갈기
완벽하게 전투태세를 갖춘
굶주린 초록의 호랑이들

보호색으로 위장하고
낮게 몸을 웅크려
은밀하게 눈알을 굴리다

구름에서 스미는 피 냄새에
두 팔 벌려 뛰어오르며
포효하는 소리

사방 들썩이는 땅에

화단에 모인 꽃들

일시에 숨을 멈춘다

봄은 만물이 소생하는 부활의 계절이고, 이 봄을 주재하는 것은 가장 작고 가장 나약한 풀이라고 할 수가 있다. 풀은 가장 작고 나약하지만, 이 풀이 자라지 못하는 곳은 사하라 사막과 시베리아 등의 극북지방이라고 할 수가 있다. 꽃도 풀이고, 약초도 풀이고, 오곡백과도 풀이고, 울창한 나무들도 풀이 진화한 형태에 지나지 않는다. 풀이 가장 끈질긴 생명력을 지녔고, 가장 작고 가장 나약한 풀이 모든 생명체들을 먹여 살린다. 봄은 풀의 계절이고, 이 풀의 기운이 백수의 왕인 호랑이처럼 퍼져나간다.

마당에는 호랑이가 산다. "드러낸 송곳니 휘날리는 갈기/ 완벽하게 전투태세를 갖춘/ 굶주린 초록의 호랑이들"이 살고, "보호색으로" 자기 자신을 위장하고, "낮게 몸을 웅크려/ 은밀하게 눈알을" 굴린다. 모든 생명체들의 젖줄인 비구름 속에서 피 냄새를 맡고, 두 팔 벌려 뛰어오르며 포효를 하면 사방 들썩이는 그 포효 소리에 "화단에 모인 꽃들"이 "일시에 숨을 멈춘다."

　이 세상에서 가장 힘이 센 것은 상상력이고, 이 상상력의 힘은 언제, 어느 때나 모든 사물들을 새롭게 탄생시키고, 그 역할들을 새롭게 부여한다. 풀은 호랑이가 되고, 호랑이는 천하무적의 백수의 왕이 된다. 으르렁 으르렁 송곳니를 드러내며 그 늠름한 갈기를 휘날리는 호랑이, 언제, 어느 때나 주도면밀하게 보호색으로 위장하고 먹이를 노리는 호랑이, 비구름 속에서 피냄새를 맡으며, 모든 꽃들을 제압하는 호랑이—.

　모든 시인은 상상력의 대가이며, 이 상상력의 혁명은 날이면 날마다 새롭게 일어난다. 잠을 자는 것은 자기를 파괴하는 것이고, 눈을 뜨는 것은 새롭게 태어나는 것이다. 들숨은 자기를 파괴하는 것이고, 날숨은 자기를 새롭게 태어나게 하는 것이다. 잠을 자고 깨어나는 것도 혁명이고, 숨을 들이마시고 내뱉는 것도 혁명이다. 늘, 책을 읽고 시를 쓰는 자는 혁명가이며, 그는 이 상상력의 혁명 속에서 그 모든 것이 될 수 있다. "마당에는 호랑이가 산다"라는 말 한마디로 '풀의 공화국'은 '호랑이의 공화국'이 되고, 이 호랑이의 야수성과 생명력을 통하여, 그의 언어들은 천둥번개처럼 봄비를 뿌리게 된다.

모든 생명체들의 젖줄인 봄비는 그냥 저절로 쏟아지는 봄비가 아니다. 임봄 시인의 언어가 풀들의 잠을 깨우며 "마당에는 호랑이가 산다"라고 울부짖으니까, 하늘의 구름이 깜짝 놀라 그 수문을 열어젖힌 것이다.

　풀이 호랑이가 되고, 호랑이의 울음이 천둥 번개가 되는 기적은 임봄 시인의 천하제일의 업적이라고 할 수가 있다.

이 희 은
분청사기추상문편병*

아무렇게나 휘갈겨 그린 듯한 선각 추상문

아무도 없는 얼음판 위에서 제멋대로 썰매 타는 듯, 알
깨고 나온 새가 처음으로 비틀비틀 걸어간 발자취인 듯,
지나가는 바람을 불러 즉흥춤이라도 추는 나뭇가지인 듯,
잘 닦인 유리창이 돌에 맞아 와장창 깨지는 듯, 앞섶 풀어
헤치고 명치 속에 뭉쳐 있던 검은 피 토해내려는 난타인
듯, 광장 한가운데에 서서 어두운 소식으로 도배된 신문지
를 조각조각 찢어 휘날리는 듯, 완벽한 척하는 완성품을
와장창 깨트리려는 손짓인 듯, 누덕누덕 기운 옷차림으로
청자 백자 같던 고고한 이들의 얼굴 앞에서 우하하하 큰
웃음 터트리는 듯,

선으로 새겨진 추상문은 풍선처럼 꽉 찬 내 속을 시원하
게 찔러 주었다

*『무량수전 배흘림기둥에 기대서서』 중에서

조선시대, 높이 20.5cm, 입지름 6.5cm, 밑지름 8cm, 용인 호암미술관
소장

분청사기란 매우 자유분방하고 민예적인 것이 그 특징이며, 모란, 모란잎, 모란당초, 연화, 버들, 국화, 인동, 파초, 물고기, 나비, 매화, 빗방울, 화조무늬 등을 주로 시문으로 사용하고 있다고 한다. 분청사기의 자유분방하고 추상적인 문양은 "청자 백자 같던 고고한 이들의 얼굴"을 일그러뜨리며, 우리 민중들의 삶과 그 정서를 대변하고 있다고 할 수가 있다.

하지만, 그러나 예술이 인간의 삶을 위해 있는 것이지, 인간의 삶이 예술을 위해 있는 것이 아니다. 예술이 인간의 삶에 봉사할 때는 삶 자체가 예술이 되고 행복이 될 수 있지만, 인간의 삶이 예술에 봉사할 때는 삶 자체가 질식하고 모두가 불행할 수밖에 없는 것이다. 사랑의 이데올로기는 사랑을 질식시키고, 도덕의 이데올로기는 도덕을 질식시킨다. 자유의 이데올로기는 자유를 질식시키고, 예술의 이데올로기는 예술을 질식시킨다. 사상과 이론은 대단히 아름답고 소중한 것이기는 하지만, 그러나 그것이 경직되면 인간의 목을 비틀고 그 생명들을 질식시키게 된다. 청자와 백자는 그 사용 목적을 벗어나 귀족들의 사치품이 되고, 이 사치품들은 그 모든 가치들을 전도시키며 축재의 수단이 된다. 순수예술이 상업예술로 전도되고, 이 상업예술가들은 그들의 소득보장을 위하여 순수예술이라는 진입장벽을 세우게 된다.

일찍이 칸트는 그의 비판철학을 완성한 바가 있는데, 왜냐하면 비판은 모든 학문(예술)의 예비학이기 때문이다. 종교는 신성에 의하여, 법률은 권위에 의하여 모든 비판의 자유를 억압해 왔지만, 그러나, 만일 그렇게 된다면 진정한 역사의 발전은 가능하지도 않았을 것이다. 칸트는 그의 비판철학과 함께, 계몽주의의 완성자로 평가받고 있는데, 왜냐하면 그의 비판철학과 함께, 민주주의 시대가 활짝 열렸기 때문이다. 이희은 시인의 「분청사기추상문편병」은 그의 비판철학의 산물이며, 분청사기의 독특한 멋과 그 아름다움을 노래한 시라고 할 수가 있다. "아무렇게나 휘갈겨 그린듯한 선각 추상문"은 삶 자체의 예술을 말하고, "아무도 없는 얼음판 위에서 제멋대로 썰매 타는 듯, 알 깨고 나온 새가 처음으로 비틀비틀 걸어간 발자취인 듯, 지나가는 바람을 불러 즉흥춤이라도 추는 나뭇가지인 듯"이라는 시구는 예술 자체가 된 삶을 말한다. 순수예술도 없고, 상업예술도 없다. 예술은 삶 자체의 예술이지, 관조의 대상이 아니다.

도덕군자가 도덕을 강조하면 도덕이 죽고, 철학자가 철학을 강조하면 철학이 죽는다. 대통령이 정의를 강조하면 정의가 죽고, 목수가 대들보를 강조하면 대들보가 죽는다. 도덕과 도덕이 맞서 싸우고, 지혜와 지혜가 맞서 싸운다. 정의와 정의가 맞서 싸우고, 대들보와 대들보가 맞서 싸운다. 도덕과 부도덕, 지혜와 무지, 정의와 불의, 대들보와 잡목, 순수예술과 상업예술 등, 이 대립 갈등의 균형이 무너지면 이 세상의 그 모든 삶이 끝장이 나게 된다. 이희은 시인은 분청사기, 즉, 민주주의와 생활의 측면에서, 모든 순수예술가들의 이데올로기와 그 위선을 폭로하고 있다고 할 수가 있다. 「분청사기추상문편병」은 "잘 닦인 유리창이 돌에 맞아 와장창 깨지는 듯" 하고, "앞섶 풀어헤치고 명치 속에 뭉쳐 있던 검은 피 토해"내는 듯하다. "완벽한 척하는 완성품을 와장창 깨트리려는 손짓인 듯"하고, "누덕누덕 기운 옷차림으로 청자 백자 같던 고고한 이들의 얼굴"을 짓밟아 주고 있는 듯하다. 요컨대 라블레의 우화, 라 퐁텐의 우화, 이솝의 우화 등이 지배계급의 모든 가치관을 전도시키며, 배꼽이 빠지도록 유쾌한 웃음을 선사해 주는 것도 사실이기는 하지만, 그러나 그 우화들과 함께, 이희은 시인의 시 역시도 비극의 진실, 즉, 순수예술의 정신을 외면한 일면적 진실이라는 사실을 잊어서는 안 된다.

풍자와 해학은 희극의 기법이며, 풍자와 해학은 귀족들을 바보로 만들며, 민중적인 삶과 그 열망을 찬양한다. 벌거벗은 임금님, 주색잡기에 빠진 임금님, 물도, 밥도 담을 수 없는 청자와 백자를 바라보며 돈벌레가 된 귀족들 ―. 이 귀족들의 전체주의와 순수예술이라는 유리창을 와장창 깨트리며 민주주의와 예술자체의 삶, 즉, 생활예술을 강조한 그의 비판철학의 승리가 바로 이「분청사기추상문편병」이라고 할 수가 있다.

비판철학은 삶의 철학이며, 이 삶의 철학에 눈을 뜨게 되면 순수예술의 이름과 그 이데올로기 속에 숨어 있는 예술가들이 단지, 그 우화 속의 바보들이라는 사실을 알게 되는 것이다.

사 공 경 현

(   )의 속성

사냥꾼이다

겉보기에는 빈둥빈둥 어리숙해 보이지만

세상 만물을 허투루 보는 법이 없다

예민한 더듬이 촉수를 세우고

시퍼런 눈을 희번덕거리며

인간사회 이곳저곳을 어슬렁어슬렁

먹잇감 찾기에 몰두하는 야수들이다

능구렁이다

그들은 딱 부러지게 말하는 법이 없다

속내를 숨기고 변죽을 울리고 에둘러대다가

마치 자기만 정답을 알고 있다는 듯

낯가죽 두껍게 이것이 진짜다 억지를 부린다

긴 듯 아닌 듯 연막을 치고

감언이설로 어르고 달래고 종국에는

말이 그렇지 뜻이 그렇냐면서

믿어달라고 떼를 쓰는

겉 다르고 속 다른 부류들이다

협잡꾼이다

그다지 중요하지도 않은 것에 집착하여

집요하게 물고 늘어지는 편집증이 있어

별것도 아닌 것을 과대 포장하고

쉬운 말 놔두고 구태여 알아듣기 힘든

외계어 같은 전문어를 전가의 보도처럼 휘둘러

선량한 사람들을 미혹시키지 못해 안달이다

1+1=2라고 말하는 법이 없고

이로 볼 수도 있지만, 벼룩도 될 수도 있다고

너스레를 떨다가 먹혀들지 않을 것 같으면

니 맘대로 생각하세요

사람들에게 답을 떠넘기는 교활한 영장류다

냉혈한이다

그들은 사실의 진위보다는
세상과 인간의 허점과 아픈 곳을 물어뜯는데
혈안이 된 흡혈귀와 같다

일단 사냥감이 포착되면
그 편견과 독선으로 가득 찬 송곳니로 급소를 물어뜯고
현란한 독설로 아픈 곳을 인정사정없이 찔러댄다
그리하여 마침내는
사람들의 항복을 받아내고는 희열을 느끼는
고독한 족속들이다

괄호( )란 무엇일까? 괄호란 문장부호의 하나이며, 소괄호( )와 중괄호 { }와 대괄호 [ ] 등이 있다. 따라서 숫자와 문자를 괄호로 막아 사용하기도 하고, 문자의 앞뒤를 막아서 다른 문자와 구별할 때 괄호를 사용하기도 한다. 산수와 수학공식에 사용하기도 하고, 한글에다가 한자나 영어를 병기할 때 사용하기도 한다. 어떤 문제를 낼 때 괄호를 사용하여 정답을 풀게 하기도 하고, 어떤 진실을 은폐하거나 반어적으로 사용할 때, 또는 어떤 역사적 사실이나 어떤 의미를 보충설명할 때 괄호를 사용하기도 한다. 이처럼 괄호의 용도는 다종다양하고, 이 괄호의 역사철학적인 의미는 매우 깊고도 심오하다고 할 수가 있다.

사공경현 시인의 「( )의 속성」은 매우 독특하게 괄호의 역사철학적인 의미를 파악하고 그것을 네 가지의 속성으로 정리하고 있다. 첫 번째는 사냥꾼의 속성이고, 두 번째는 능구렁이의 속성이다. 세 번째는 협잡꾼의 속성이고,

네 번째는 냉혈한의 속성이다. 사냥꾼의 속성은 "겉보기에는 빈둥빈둥 어리숙해 보이지만/ 세상 만물을 허투루 보는 법이" 없는데, 왜냐하면 언제, 어느 때나 "예민한 더듬이 촉수를 세우고/ 시퍼런 눈을 희번덕거리며" "먹잇감 찾기에" 여념이 없기 때문이다. 능구렁이 속성은 어떤 문제를 대면하여 "딱 부러지게 말하는 법이" 없는데 왜냐하면 "감언이설로 어르고 달래고 종국에는" "겉 다르고 속 다른 부류들"이기 때문이다. 협잡꾼의 속성은 "1+1=2라고 말하는 법이 없고/ 이로 볼 수도 있지만, 벼룩도 될 수도 있다고/ 너스레를 떨다가" "선량한 사람들을 미혹시키지 못해 안달"이난 부류들을 말하고, 냉혈한의 속성은 타인의 생각이나 입장 따위는 들어보지도 않으며 "세상과 인간의 허점과 아픈 곳을 물어뜯는데/ 혈안이 된 흡혈귀와"도 같은 부류들을 말한다.

괄호( )는 미지수이고 가면이며, 그것은 자기 자신의 정체를 드러내지 않으면서 타인들의 정체를 손바닥처럼 들여다 보려는 전략과 전술의 산물이라고 할 수가 있다. 투쟁은 만물의 아버지이고, 이 투쟁에서 패배를 하면 이 세상의 삶이 없게 된다. 싸우지 않고 이기는 것이 최선의 방법이고, 이겨놓고 싸우는 것이 차선의 방법이다. 임전무퇴의 피투성이 싸움은 그 다음의 방법이고, 패배보다도 못한 승리는 그 다음의 방법이고, 싸움 한번 제대로 해보지도 못하고 지는 것은 가장 나약하고 비참한 방법이다.

하지만, 그러나 이 세상에는 싸워야 할 대상과 싸우지 말아야 할 대상이 있는 것이고, 사냥꾼처럼, 능구렁이처럼, 협잡꾼처럼, 냉혈한처럼 자기 자신의 승진과 이익을 위하여 가면을 쓴 인간들과는 한솥밥을 먹을 수가 없는 것이다. 사냥꾼처럼, 능구렁이처럼, 협잡꾼처럼, 냉혈한처럼 행동하는 자들은 그의 이웃과 친구들마저도 목적이 아닌 수단으로 삼고 있는 자들이며, 언제, 어느 때나 타인들의 목덜미를 물고 피를 빨아먹을 준비가 되어 있는 자들이라고 할 수가 있다. 예민한 더듬이 촉수로 먹잇감을 노리고 있으면서도 늘, 항상 자기 자신을 숨기고 있는 사냥꾼들, 언제, 어느 때나 연막을 치고 겉 다르고 속 다른 능구렁이들, "쉬운 말 놔두고 구태여 알아듣기 힘든/ 외계어 같은 전문어를 전가의 보도처럼" 휘두르는 협잡꾼들, 이 세상의 사실의 진위보다는 타인들의 허점과 아픈 곳을 물어뜯는 냉혈한들이 바로 그들이며, 그들은 모두가 다같이 자본주의 사회의 우등생이라고 할 수가 있다.

사공경현 시인의 「( )의 속성」에 따르면, 괄호는 사냥꾼이고, 능구렁이이다. 또한, 괄호는 협잡꾼이고, 냉혈한이며, 탐욕과 악덕을 최고의 목표로 세우고 있다고 할 수가 있다. 천하의 대로를 걷는 성인군자들과 자기 자신의 이웃에 대한 사랑을 물어뜯으며, 그토록 잔인하고 무서운 반사회적인 행복을 즐긴다. 먹잇감이 많다는 것도 즐겁고 기쁜 일이고, 능구렁이처럼 모든 것을 다 집어 삼킬 수 있다는 것도 즐겁고 기쁜 일이다. 인간과 인간들로 하여금 피투성이가 되도록 싸우게 하는 것도 즐겁고 기쁜 일이고, 타인들의 진실을 물어뜯고 피를 빨아먹는 것도 즐겁고 기쁜 일이다.

괄호는 미지수이고 가면이다. 이 괄호의 정체는 탐욕과 악덕이며, 언제, 어느 때나 우리 사냥꾼들, 우리 능구렁이들, 우리 협잡꾼들, 우리 냉혈한들이 가장 사랑하고 좋아하는 승자의 월계관이라고 할 수가 있다.

사공경현 시인은 '괄호의 시인'이며, '괄호의 시학'의 창시자라고 할 수가 있다.

함 기 석
서해에 와서

1

방파제에 기린이 서 있다

무얼 바라보는 걸까
누굴 생각하는 걸까

날마다 목이 길어지는 키다리 등대 아저씨

2

바다에 심장이 둥둥 떠 있다

누가 던진 걸까
누구 몸에서 떨어진 흰 살점 나비들일까

파도에 이리저리 흔들리는 예쁜 국화꽃들

\>

3

바닷속에서 계속 총소리 울린다

탕!

탕!

탕!

아이들 울음소리 같고 비명소리 같은 찬 물소리

📖

1

이 세상에서 가장 키가 크고 힘이 센 사람은 어떤 사람이라고 할 수가 있을까? 그것은 두말할 것도 없이 전 인류의 스승으로서 꿈과 희망이 가장 큰 사람이라고 할 수가 있을 것이다. 유교사상을 창출해냈던 공자도 키가 크고 힘이 센 사람이었고, 이상국가를 창출해냈던 플라톤도 키가 크고 힘이 센 사람이었다. 전지전능한 신과 맞서서 인간의 삶을 옹호했던 호머도 키가 크고 힘이 센 사람이었고, 영어와 영국인의 영광은 물론, 전 인류의 대서사시를 창출해냈던 셰익스피어도 키가 크고 힘이 센 사람이었다. 남아공의 인종차별을 철폐했던 만델라도 키가 크고 힘이 센 사람이었고, 이 세상에서 가장 아름답고 깨끗한 이상국가를 창출해냈던 이광요 수상도 키가 크고 힘이 센 사람이었다. 꿈과 희망이 있는 사람은 가장 크고 힘이 센 "키다리 등대 아저씨"와도 같은 사람이며, 그는 그 어떤 사납고 험한 파도에도 두 눈 하나 끄덕하지 않는 백절불굴의 용기를 지녔다고 할 수가 있다.

날이면 날마다 목이 길어지는 키다리 등대 아저씨는 기린이 되고, 기린은 전 인류의 이상적인 모델이 된다. 기린은 꿈과 희망으로 날이면 날마다 목이 길어지고 키가 큰다. 키다리 등대 아저씨는 남북통일의 꿈을 가져다가 주고, 한국어의 아름다움으로 고귀하고 위대한 시인의 꿈을 가져다가 준다. 사랑하는 연인들에게는 그들의 사랑이 더욱더 무르익어 달콤해지도록 가르쳐주고, 이 세상의 소년과 소녀들에게는 넓고 넓은 바다로 나아가 더 넓고 아름다운 세계의 주인공이 될 수 있도록 가르쳐 준다.

2

심장은 가슴 왼쪽에 있고, 생명유지에 꼭 필요한 기관으로 1분에 60회에서 100회 정도의 수축으로 온몸에 혈액을 공급해 준다. 심장은 2개의 심방과 2개의 심실로 이루어져 있고, 이 사이에 판막이 있어 피가 역류하지 않도록 도와주는 순환계통의 중추기관이라고 할 수가 있다.

함기석 시인은 서해 바다에 심장이 둥둥 떠 있다고 말하고, 그것은 "누가 던진 걸까"라고 묻는다. 그러나 그 물음에 대한 답변을 생략한 채, "누구의 몸에서 떨어진 흰 살점 나비들일까"라고 물으면서도, 이번에는 또다시 "파도에 이리저리 흔들리는 예쁜 국화꽃들"이라고 말한다. 함기석 시인은 아마도 제주도 수학여행길에 수장된 어린 영혼들을 생각하며, 그 세월호 사건의 어린 영혼들을 추모하고자 이 시를 썼는지도 모른다. 세월호의 어린 영혼들은 예쁜 국화꽃이 되고, 예쁜 국화꽃들은 어린 영혼들의 심장처럼 둥둥 떠 있다가, 너무나도 가엾고 나약한 흰 살점 나비들처럼 떨어져 나간다. 세월호의 어린 영혼들이 예쁜 국화꽃이 되고, 예쁜 국화꽃들은 어린 영혼들의 심장이 되고, 어린 영혼들의 심장은 흰 살점 나비들이 된다. 세월호의 어린 영혼들, 예쁜 국화꽃들, 바다에 둥둥 떠 있는 심장들, 너무나도 가엾고 나약한 흰 살점 나비들 —, 이 일련의 이미지들은 함기석 시인이 자유연상의 대가이자 상징의 대가라는 것을 말해준다. 기호는 사물을 지시하지만, 상징은 인간의 의식을 지시한다.

시는 삶에의 의지의 가장 아름다운 수단이다. 예술은 쓸모없는 것도 아니고, 무관심하게, 아무런 목적도 없이 순수하게 즐길 대상도 아니다. 아름다움은 끊임없이 세월호의 어린 영혼들을 미화하고 찬양하며, 이 세상의 삶의 의

지를 북돋아준다.

3

　바다는 삶의 바다이고, 바다에서는 끊임없이 총소리가 울려퍼진다. 아들이 부모에게 패륜의 방아쇠를 당기고, 부모가 자식에게 비정의 방아쇠를 당긴다. 친구가 친구에게 배신의 방아쇠를 당기고, 이웃이 이웃에게 끊임없이 음모의 방아쇠를 당긴다.

　탕! 탕! 탕!

　삶은 파도이고, 파도는 울음소리이고, 울음소리는 비명소리이다.

　함기석 시인은 「서해에 와서」 깨닫는다.

　이 세상의 삶은 총격전이고, 모든 사건은 비극적이라는 것을…….

김 정 웅

북극 항로

깨뜨려야 해
가려는 마음조차도

배가 다닐 곳은 못돼
빙하는 단단한 벽

방위를 잃고 떠다니는 마음들이 모인
얼음 기둥들로 가득한 바다를
건너가고 싶어

빠른 길 수에즈 운하를 두고
쇄빙선을 찾다가

결국엔
늦는데도

더 늦을 텐데도

바다를 깨뜨려

나아가야 하니까
배가 달려야 하니까

개척한다는 것은
결국은
누구에게는 등을 보여야 하는 일

등을 돌리는 일보다
등을 보는 일이 힘들었던 기억

번져 가는 뜨거운 상념이
빙하 속에 차갑게 갇히는 시간

나침반이 N극을 잃은 낯선 북극에서
S극만이 서성거리는 우리의 좌표는 해빙되고

📖

　안다는 것은 실천한다는 것이고, 실천한다는 것은 용기가 있다는 것이다. 모든 앎의 내용은 기존의 도덕과 풍습을 전복시키는 일이기 때문에 매우 두렵고 떨리는 일일 수도 있지만, 그러나 그것을 실천한다는 것은 자기 자신의 목숨을 걸지 않으면 안 된다. 일엽편주와도 같은 배를 타고 신대륙의 탐험에 나섰던 콜럼버스와 영원한 제국을 위해 세계정복운동에 나섰던 알렉산더 대왕이 바로 그것을 말해준다. 이 세상에서 자기 자신의 목숨보다도 더 소중한 것은 없지만, 그러나 고귀하고 위대한 꿈을 가진 자는 그 꿈을 위해 자기 자신의 단 하나뿐인 목숨을 바친 사람들이라고 할 수가 있다. 명예를 위해 살고 명예를 위해 죽어간 사람들이야말로 진정한 전 인류의 스승들이며, 그들의 '오점 없는 명예'에 의하여 오늘날의 문명과 문화가 발전해 왔다고 해도 과언이 아니다. 고귀하고 위대한 꿈을 가진 자는 최고급의 지식인이며, 그는 눈앞의 이익은커녕, 그 어떤 타협도 하지 않은 사람이라고 할 수가 있다.

천길의 벼랑 끝에서 석청을 채취하는 사람들, 하늘 높이, 그 외줄의 공포를 다스리며 공중곡예를 펼치는 사람들, 호랑이와 사자와 악어 등과 함께 살며 그 맹수들을 다스리는 사람들 역시도 자기 자신의 목숨을 건 사람들이지만, 그러나 진정으로 고귀하고 위대한 스승들은 자기 자신의 목숨을 겖으로써 전체 인류를 구원한 사람들이라고 할 수가 있다. '너 자신을 알라(소크라테스)', '아침에 도를 들으면 저녁에 죽어도 좋다(공자)', '네 마음이 부처다(부처)', '나는 너희에게 초인을 가르친다(니체)'라는 그 스승들은 어느 누구도 가지 않으려는 「북극 항로」를 개척해냈다고 할 수가 있다.

북극 항로는 단단한 빙하로 되어 있고 배가 다닐 곳은 못 되지만, 그러나 그 불가능을 가능으로 바꾸지 않으면 새로운 세상은 열리지도 않는다. 불가능에 대한 믿음도 깨뜨려야 하고, "배가 다닐 곳은 못돼"라는 편견도 깨뜨려야 한다. 쉽고 빠른 길, 즉, '수에즈 운하'로 가려는 마음도 깨뜨려야 하고, "얼음 기둥들로 가득한 바다를" 건너가지 않으면 안 된다. 비록, 쉽고 빠른 길, '수에즈 운하'보다 더 늦은 길이 될지라도 북극항로를 포기할 수는 없다. 북극 항로는 불가능하기 때문에 가능한 길이고, 가능하기 때문에 자기 자신의 목숨을 걸고 "바다를 깨뜨려" 앞으로, 앞으로 달려 나가지 않으면 안 된다.

콜럼버스, 알렉산더 대왕, 소크라테스, 공자, 부처, 니체, 데카르트 등은 전 인류의 스승이기 전에 악마의 탈을 쓴 인간들이었고, 그들의 너무나도 달콤하고 부드러운 유혹 속에 수천 년의 역사와 전통이 무너지고, 수많은 젊은이들이 비명횡사를 하고 말았던 것이다. 「북극 항로」로 가는 길은 지옥으로 포장되어 있고, 이 지옥과의 사투를 벌이지 않으면 그 어떤 새로운 세상도 열리지 않는다. 안다는 것은 꿈을 꾼다는 것이고, 꿈을 꾼다는 것은 그 젊음, 그 용기, 그 앎과 지혜를 다 바친다는 것이다. 나의 말로 사유하고, 나의 사유로 모든 동식물들의 이름을 짓고, 나의 도덕과 법률에 따라 자유롭게 살며, 모든 시민들에게 가장 행복한 삶을 선사하지 않으면 안 된다.

북극 항로, 북극 항로, 이상낙원으로 가는 가장 빠른 길, 불가능하기 때문에 그 불가능과 혈투를 벌이며, 그러나 사나이다운 도전정신과 용기로 개척해 보고 싶은 길―.

우리 인간들은 꿈을 먹고 사는 동물이며, 이 꿈이 있기 때문에, 그 어떤 불명예도, 치욕도 참고 견딘다. 쉽고 빠른 길을 포기하고 어렵고 힘든 길을 간다는 것은 대부분의 사람들에게 등을 보이는 짓이며, 그 바보 같은 짓 때문에 십자가에 못을 박히거나 화형을 당할 염려가 있는 것이다.

쉽고 빠른 길, 즉, '수에즈 운하'로 가는 길은 함께 가는 길이고, 어렵고 힘든 북극 항로로 가는 길은 등을 돌리는 길이다. 만인들의 의사에 반하는 길은 등을 보이는 길이고, 등을 보이는 길은 이 세상에서 가장 어렵고 힘든 길이다.

김정웅 시인의 "나침반이 N극을 잃은 낯선 북극": 가장 고귀하고 위대한 꿈을 꾸는 자는 명예에 살고 명예를 위해 죽는 자이며, 그는 끝끝내 그 북극 항로를 황금노선으로 개척해 내고 만다.

이 세상에서 가장 고귀하고 위대한 싸움은 '만인 대 일인의 싸움'이라고 할 수가 있다.

자, 단 한 번뿐인 인생, 우리 모두 다같이 북극 항로에서 살다가 가는 거요!

권 혁 재

개마중

어미가 빨래를 하는 사이에
월자 남동생은 우물에 빠져 죽었다

돌보지 못한 제 탓이라고
가슴을 치며 울던 어미의 눈 밑에
까만 눈물점이 돋아났다

어미의 눈물을 받아
저승 가는 빛으로 새긴
월자 남동생의 검은 점

그믐밤을 빌려
남모르게 씨앗을 뿌렸는지
우물가마다 개마중이 열렸다

어미를 마중나온 듯 까맣게 맺혔다

이 세상에서 가장 슬픈 일은 자식의 죽음을 보는 것이고, 따라서 자식이 죽으면 부모의 가슴에 묻는다고 한다. 부모의 가슴은 무덤이 되고, 그 무덤 속에서는 다양한 꽃들이 피어난다. 수선화도 피어나고, 장미도 피어나고, 모란도 피어난다. 동백도 피어나고, 불두화도 피어나고, 국화도 피어난다. 이때의 수선화와 장미와 모란과 동백과 불두화와 국화는 저승으로 떠나간 자식의 초상이 되고, 이 꽃들은 사랑하는 자식을 떠나보낸 부모의 마음이 되고 있는 것이다.

　까마중은 가지과에 속하는 한해살이풀이며, 마을의 길가나 밭둑에서 아주 흔히 볼 수가 있다. 어린잎은 식재료로 쓰이기도 하고, 줄기와 잎과 뿌리는 해열과 산후복통과 이뇨제로 사용하기도 한다. 까마중이란 까맣게 익은 열매가 스님의 머리를 닮아서 붙여진 이름이기도 하고, 이 까마중은 오늘날의 백혈병과 신장염과 치질과 습진과 아토

피 피부병에 아주 효능이 있다고 한다.

권혁재 시인의 '개마중'은 사전에 없는 이름이며, 시적 내용이나 그 의미로 볼 때 '까마중'의 방언이 아닌가 싶다. "어미가 빨래를 하는 사이에" "우물에 빠져" 죽은 월자 남동생, 그 월자 남동생이 "우물가마다" "어미를 마중나온 듯 까맣게" 맺혀 있다. 사랑하는 아들을 제대로 돌보지 못한 탓이라고 가슴을 치며 울던 어미의 눈밑에 까만 눈물점이 돋아났을 때, "월자 남동생의 검은 점"은 "그믐밤을 빌려" 남모르게 까마중 씨앗을 뿌렸던 것이다.

어미의 울음은 통곡이 되고, 그 슬픈 통곡의 소리는 망각의 기능을 파괴시킨다. 너무나도 기가 막히게 떠나간 아들의 죽음을 가슴에다가 묻고, 그 사랑의 힘으로 "그믐밤을 빌려" 까마중 씨앗을 뿌린 것이다. 그믐밤은 칠흑의 어둠이고 단절이지만, 그러나 어미의 슬픈 울음은 저승의 아들을 불러내어 우물가마다 까맣게 그 열매를 맺게 했던 것이다. 어미의 사랑은 하늘을 감동시키고, 그 결과, 저승으로 떠나간 아들이 환생하게 되었던 것이다.

대부분의 사랑은 망각 속으로 사라져 가지만, 어머니의 사랑은 그녀의 무덤(가슴) 속에서 그토록 오래되고 영원한 기억의 역사를 기록해나간다. '아들아'하고 부르면 어미의 마음이 까맣게 타들어 가고, '엄마'하고 부르면 아들의 마음이 까맣게 타들어 간다. 사랑은 그리움이 되고, 그리움은 기다림에 지쳐서 마을의 길가에, 우물가에 흔하디 흔한 까마중으로 맺힌다.

까마중, 까마중은 어머니와 아들의 영원한 초상이며, 따라서 권혁재 시인의 「개마중」은 이 어머니와 아들을 위한 찬가라고 할 수가 있다. 모든 시는 삶의 찬가이며, 이 삶의 찬가가 있기 때문에 너와 내가 우리가 되고, 이 세상의 삶을 즐겁고 기쁘게 향유할 수가 있는 것이다.

모든 시는 삶의 찬가이며, 낙천주의를 양식화시킨 것이다.

이 세상에서 가장 아름다운 나르시소스는 수선화 되었고, 아폴로 신의 친구이자 호적수였던 히아신스는 히아신스꽃이 되었고, 아프로디테와 페르세포네가 쟁탈전을 벌였던 아도니스는 짙은 심홍색의 아네모네가 되었다. 인간이 죽어서 수선화, 히아신스, 아네모네, 까마중이 되었다는 것은 그 죽음들을 인간화시킨 것이고, 이 세상을 떠나간 사람들을 영원히 기억하는 일이라고 할 수가 있는 것이다. 수선화 축제, 히아신스 축제, 아네모네 축제, 모란축제, 벚꽃축제, 국화축제 등이 있듯이 모든 축제는 추모제이며, 이 추모제는 죽은 자의 넋을 위로하고 그의 과업을 완수하겠다는 사회적 약속이라고 할 수가 있다.

모든 축제는 삶의 절정이고, 최고급의 격세유전이며, 역사의 발전법칙인 것이다.

김 늘

Surfer

파도와 다음 파도 사이

그 막간의 기다림으로

나는 벅차올라

일렁임을 딛고 울렁임을 딛고

다시 올라서야 하지

호젓한 응시는 다만

해변에 몸을 기댄 자의 몫

변화무쌍한 물때는

오랜 숙명이자 버릴 수 없는 습관

솟아오르고 고꾸라지며

지구의 리듬에 조응하는

나의 오후는

빛나는 파란만장

‘서핑’이란 타원형의 보드를 타고 파도를 따라 즐기는 놀이이고, ‘서퍼’란 이 파도타기의 전문가라고 할 수가 있다. 파도란 바람의 에너지가 물에 전달되어 해면을 변형시키는 것을 말하고, 아주 잔잔하고 부드러운 물결에서부터 매우 사납고 거센 물결까지 이 파도의 종류들은 매우 다양하다고 할 수가 있다.

파도타기는 놀이이고 스포츠이며, 따라서 파랑주의보나 풍랑주의보 같은 사납고 거친 파도를 타는 것은 아니지만, 그 물결의 높낮이에 따라서 인간의 자기 한계를 돌파하는 스릴 만점의 쾌락을 가져다가 주기도 할 것이다. 요컨대 천하제일의 풍경 속에서 그처럼 사납고 거친 파도를 탄다는 것은 한여름의 무더위를 물리치고 백년 묵은 체증을 다 뚫어버리는 스릴 만점의 쾌락을 가져다가 줄 수도 있을 것이다. 삶은 천하제일의 풍경이 되고, 스릴 만점의 쾌락은 삶의 정점이 된다. 시간은 멈춰서고 공간은 무한대로 확대

되고, 나는 이 세계의 주인공이 된다.

파도타기란 모든 외풍과 장애물과의 싸움이자 자기 자신과의 싸움이고, 이 싸움에서 승리를 하려면 파도를 타고 파도를 다스리며, 이 파도를 충견忠犬처럼 데리고 놀 줄을 알아야 한다. 왜냐하면 "변화무쌍한 물때는/ 오랜 숙명이자 버릴 수 없는 습관"이고, "솟아오르고 고꾸라지는" 것은 가장 위험하고 힘든 파도타기를 천직으로 삼았기 때문이다. 파도를 다스릴 줄 안다는 것은 최고급의 상승욕망이며, 이 상승욕망만큼 매력적이고 중독성이 강한 것도 없다. 파도타기란 모든 적대자들을 물리치고 자유와 평화와 행복을 향유하는 방법이며, 궁극적으로는 '천상천하 유아독존'의 존재가 되는 길이라고 할 수가 있다. 세계는 나의 소유가 되고, 나의 발걸음과 함께 세계의 역사는 전진한다.

"나의 오후는/ 빛나는 파란만장"―. 그렇다. 서퍼는 쉽고 편안한 길을 가는 사람이 아니라 파란만장을 지배하는 주인공이며, 불가능을 가능케 하는 자유인의 초상이라고 할 수가 있다. 파도타기는 삶의 기쁨이고 행복이며, 이 스릴 만점의 쾌락을 향유할 줄 모르면 김늘 시인의 「Surfer」가 될 수 없다.

무한히 넓고 넓은 바다에서 파도를 타는 자는 천하제일

의 자아 도취자이자 아름다운 풍경과 하나가 된「Surfer」라고 할 수가 있다.

　오오, 파란만장이여, 이 세계에서 가장 아름다운 삶의 황홀이여!

윤성관
아버지 생각

보름달에 취해 헛발 디뎠나, 세상이 무서워 숨고 싶었
나, 입술 꼭 다문 호박꽃 안에 밤새 나자빠져 있던 풍뎅이
는 내 손에 이끌려 집으로 돌아오고

뒤주 바닥을 긁는 바가지 소리,
호박꽃이 핀 시간은 짧았다

📖

물리학의 근본개념은 에너지이고, 정치학의 근본개념은 권력이다. 경제학의 근본개념은 돈이고, 철학의 근본개념은 지혜이다. 문학예술의 근본개념은 아름다움이고, 도덕의 근본개념은 선이라고 할 수가 있다. 하지만, 그러나, 좀 더 분명하게 따지고 보면, 이 모든 것들의 근본개념은 권력(힘)이고, 이 권력은 그 주체자의 앎의 크기에 따라 결정된다고 할 수가 있다.

많이 아는 자, 즉, 지혜로운 자는 최고의 권력자가 되고, 그는 자기 자신의 말과 사유로 타인들을 지배하고 복종시키는 자가 된다. 이에 반하여 적게 아는 자, 즉, 지혜롭지 못한 자는 타인의 말과 사유에 복종하는 자가 되고, 궁극적으로는 자기 자신의 주체성과 자유를 상실하게 된다. 최고의 권력자는 사디스트가 되고, 최하 천민은 매저키스트가 된다. 최고의 권력자와 최하 천민 사이에는 '새도 매저키스트'적인 자가 있고, 그는 자기 자신의 상관에게는 비굴

할 정도로 충성을 다하지만, 자기 자신의 부하에게는 무서운 야수처럼 군림을 하게 된다. 대부분의 중간 서열의 인간들은 '새도 매저키스트'에 해당되고, 그들은 모두가 다같이 간도 쓸개도 없는 기회주의자의 삶을 살게 된다.

인간과 인간관계는 권력관계이며, 이 권력관계를 혐오하면 그는 윤성관 시인의 아버지처럼 자기 자신의 삶을 포기하고 술과 여자와 오락 속으로 빠져 들게 된다. "보름달에 취해 헛발 디뎠나"와 "세상이 무서워 숨고 싶었나"라는 시구가 바로 그것을 말해주는데, 왜냐하면 이 상호적인 권력투쟁을 회피하게 되면 그가 숨어들 곳은 술과 여자와 오락일 수밖에 없기 때문이다. "입술 꼭 다문 호박꽃"은 흔하디 흔한 술집 작부가 되고, 그 "호박꽃 안에 밤새 나자빠져 있던 풍뎅이"는 이 세상의 인간관계와 그 권력투쟁이 무서워 술과 여자와 오락 속으로 도피를 한 못난 인간이 된다. 자기 자신의 주체성과 자유를 포기하면 한 사람의 가장으로서의 사명과 의무도 포기하게 되고, 그 결과, 그는 호박꽃처럼 그 짧은 삶을 살다가 가게 된다.

타인들을 지배하고 복종시키는 일도 싫고, 타인들의 말과 사유에 복종하는 것도 싫다. 상관에게는 비굴할 정도로 충성을 다하고 부하에게는 무서운 야수처럼 군림을 하

는 것도 싫고, 꿈도, 희망도, 그 모든 것도 다 싫다. 삶에의
의지는 권력에의 의지이며, 이 권력에의 의지에 반하여 그
어떤 사회적 활동도 하지 않는 인간은 궁극적으로는 자기
자신과 타인들에게 위해를 가하는 쓸모없는 인간으로 전
락을 하게 된다. 보름달에 취해 헛발을 디딘 아버지, 세상
이 무서워 호박꽃, 즉, 술집 작부의 품속으로 숨어든 아버
지는 끝끝내는 어린 아들에게 이끌려 오게 되고, 현모양처
와도 같은 아내마저도 악처로 만들어 버린다.

"뒤주 바닥을 긁는 바가지 소리"는 최저 생활에 내몰린
가정의 악다구니 소리이며, 너무나도 어렵고 힘든 아내들
의 처절한 절망과 분노의 소리라고 할 수가 있다. 풍년이
들면 행복이 찾아오고, 흉년이 들면 불행이 찾아온다.

바가지 긁는 소리는 생존과 생식의 비명 소리이며, 그
어떤 짓도 다할 준비가 되어 있는 악다구니 소리라고 할
수가 이다.

바가지 긁는 소리는 된서리와도 같고, 추풍의 낙엽과도
같다.

"호박꽃이 핀 시간은 짧았다."

김 영 진

황태

구워온 황태포 씹다

어금니 깨진다

황태가 날 깨문 것은 아닌지

오래 입은 청바지 주머니에

쪼개진 조각 밀어 넣는다

깨지는 건 그 무엇이든 짠한데

날 삼키고 달아난 황태

내 뱃속 어디 헤엄치는지

아랫배가 자꾸 가렵다

눈보라치는 거리

술 마신 황태도

비틀대며 휘젓고 다니나

볼록한 배가 한쪽으로

실그러지고 가렵다

눈발이 그물처럼 온몸

달라붙는 밤

바다에도 눈 내릴까

망에 잡힌 것은

어포만 씹는 난 아닌지

물고기 헤엄치듯

흔들거리며 걷는다

천하제일의 상승장군이었던 안토니우스마저도 그의 숙적인 옥타비오 시이저(아우구스투스 황제) 앞에서는 그 무엇 하나 제대로 되는 일이 없었다. 제비뽑기를 해도 그에게 졌고, 닭싸움을 해도 그에게 졌다. 따라서 안토니우스는 영원한 숙적인 옥타비오 시이저를 피해 이집트의 클레오파트라의 품으로 달아났지만, 그러나 그는 끝끝내 옥타비오 시이저의 칼날을 피할 수가 없었다. 운수가 사나우면 뒤로 넘어져도 코가 깨지고, 다 이긴 승리마저도 눈앞에서 하나의 환상처럼 사라져 간다.

김영진 시인의 「황태」는 삶의 터전인 바다를 잃어버린 황태이며, 가난뱅이 시인의 술안주로 올라와서도 끝끝내 그의 어금니를 깨 놓고, 가난한 시인의 뱃속을 헤엄치다가 또다른 그물망에 사로잡힌다. 가난한 시인에게는 즐겁고 기쁜 술자리도 분에 겨웁고, 더없이 더럽고 서러운 운명을 타고난 황태에게는 명문대가집의 술자리도 좀처럼 찾아오지 않는다.

　시인이 황태를 씹은 것인지 황태가 시인을 씹은 것인지도 구분이 안 되고, 황태가 그물 속으로 찾아든 것인지 그물이 황태를 잡은 것인지도 구분이 안 된다. 마음은 생명의 노예이고, 생명은 시간의 장난감에 지나지 않는다. 시인이 황태포를 씹다가 어금니를 부러뜨리면 황태포는 시인의 뱃속에서 제멋대로 헤엄을 치고 다닌다. 술 마신 황태는 눈보라 치는 거리를 제멋대로 비틀대며 휘젓고 다니고, "눈발이 그물처럼 온몸에/ 달라붙는 밤", 황태에게 사로잡힌 시인은 "물고기 헤엄치듯/ 흔들리며 걷는다."

　김영진 시인은 황태가 되고, 황태는 김영진 시인이 되어 '가난'이라는 운명의 그물에 사로잡힌다. 꿈도, 희망도 없는 황태, 최저 생계의 밑바닥에서 서러움과 분노를 삭히며 술 마신 황태, 술 마시고 어깨동무하며 시민혁명이나 그 어떤 기적같은 것은 바랄 수도 없는 황태—.

　운명은 천명이 되고, 천명은 금성철벽의 감옥이 된다.

　삶은 물거품과도 같고, 근면과 성실은 구토와도 같다.

강 정 이

개기일식 스캔들

저 궁창에서 흘레라니

대낮이 제 집인 태양과
별밤이 제 집인 달은

따가운 시선 따윈 안중에 없구나

밤이 그렇게 낮을 베어 먹고
온 하늘에 붉은 깃발을 흔드는가

금환일식
둘의 짓거리가 금반지라니

저 빛나는 테두리가 텅 빈 물음의 幻을 품고 있지 않은가

>

저 모든 합체가 수억 년 생명임을 어찌 아는지

'저것 좀 보소 저것 좀 보소'
구관조가 노래한다
궁창이 내린 성전이다

우리가 그렇게 태어났다 한다

당신과 나는 어떤 스캔들의 답인가

만물이 부활하는 봄, 봄꽃 축제가 모든 사람들의 근심과 걱정을 다 씻어준다. 하늘은 맑고 따뜻하고, 너도 나도 손에 손을 잡고 봄꽃 축제를 즐기며 이야기꽃을 피운다. 꽃은 모든 생명의 결정체이며, 암수가 자기 짝을 찾아 종의 번영과 행복을 결정짓는 행위라고 할 수가 있다.

봄꽃 축제는 남녀노소할 것 없이 모두가 이처럼 즐겁고 기쁜 대사건이지만, 그러나 우리 인간들만이 유독 남녀간의 사랑을 '스캔들'이라고 족쇄를 채우고 그것을 억압하게 된다. 왜, 무엇 때문에 남녀간의 사랑을 그토록 찬양하고 미화하면서도 다른 한편으로는 그토록 더럽고 추한 스캔들로 죄악시하고 있는 것일까? 첫 번째로는 상호간의 무차별적인 경쟁심 때문일 수도 있고, 두 번째로는 가문이나 민족간의 적대 감정 때문일 수도 있고, 마지막으로 세 번째로는 종교나 사상 때문일 수도 있다. 이 세계는 사랑이 최고의 가치가 되는 세계이고, 사랑이 최고의 가치가 되는 세계에서는 종의 번영과 행복이 궁극적인 목적이 되는 세계라고 할 수가 있다. 나의 봄꽃은 꽃 중의 꽃이고, 너의 봄꽃은 최하천민의 꽃이다. 우리의 봄꽃은 꽃 중의 꽃이고, 당신들의 봄꽃은 최하천민의 꽃이다. 이 상호적인 경쟁심과 적대감은 어쩔 수가 없는 것이지만, 그러나 사랑은 자연스러운 생명의 봄꽃이지, 부자연스러운 어떤 것이 아니다.

'황진이의 꽃—서경덕의 꽃', '보봐리 부인의 꽃—레옹의 꽃', '춘향이의 꽃—이몽룡의 꽃', '마틸드의 꽃—줄리엥 소렐의 꽃' 등—. 사랑은 봄꽃 축제이고, 봄꽃 축제는 "저 궁창에서의 흘레"와도 같은 축제 중의 축제라고 할 수가 있다. "대낮이 제 집인 태양과/ 별밤이 제 집인 달"이 그렇듯이, "따가운 시선 따위는 안중에"도 없고, "밤이 그렇게 낮을 베어 먹고" "온 하늘에 붉은 깃발을" 흔들고 있는 것이다. "금환일식", 태양과 달의 흘레는 영원한 금반지로 미래를 약속받고, 모든 "물음의 幻을" 대청소해버린다. 강정이 시인의 「개기일식 스캔들」은 매우 충격적이고 부도덕한 스캔들이 아니라 생명의 결정체인 봄꽃 축제와도 같은 것이다. 태양과 달이 하늘에서 낯 뜨거운 정사를 벌이고 있는 것이 아니라 '개기일식'을 '성의 향연'으로 바라보는 우리 인간들의 마음이 태양과 달의 개기일식을 연출해낸 것이다. 개기일식은 봄꽃 축제이고, 봄꽃 축제는 스캔들이고, 스캔들은 자기 자신의 모든 열정과 생명을 다 바치는 대사건이라고 할 수가 있다.

양가의 가문과 수많은 사람들의 축하 속에 이루어지는 전통적인 사랑도 있고, 만인들의 연인인 유명 인사들의 이상적인 사랑도 있다. 미녀와 야수, 혹은 고귀한 신분과 비천한 신분간의 반전통적인 사랑도 있고, 기존의 모든 역사와 전통을 파괴하고 기독교인과 이슬람교인, 또는 사상(영혼)과 사상(영혼)의 결합인 창조적인 사랑도 있다. 전통적인 사랑, 이상적인 사랑, 반전통적인 사랑, 창조적인 사랑 등은 수많은 사례와 그 유형들이 있겠지만, 그러나 이 모든 사랑의 유형들은 너무나도 고귀하고 거룩한 봄꽃 축제라고 할 수가 있다.

금환일식—. 당신도, 당신도, "저 모든 합체가 수억 년 생명임을" 알고 있을 것이다. 우리들의 사랑이 하늘의 축복을 받은 것이듯이, 당신들의 사랑도 하늘의 축복을 받은 것이다. 사랑은 봄꽃 축제이고, 수억 년의 생명의 근본 동력이고, 모든 시대와 인종과 가문과 종교적 편견을 뛰어넘은 「개기일식 스캔들」이라고 할 수가 있다. 강정이 시인의 「개기일식 스캔들」은 하늘 성전에서의 일이고, 남녀노소, 적과 동지, 그 모든 사회적 천민들도 주연배우가 되는 창조적인 사랑이라고 할 수가 있다. "저것 좀 보소 저것 좀 보소"의 합창 소리가 그것이고, 우리들은 모두가 다같이 이 열화와도 같은 축복 속에 태어난 것이다.

강정이 시인의 「개기일식 스캔들」은 매우 충격적이고 부도덕한 사건이 아닌 벌과 나비, 혹은 모두가 다같이 구관조처럼 떼창을 부르는 봄꽃 축제이다. 시인의 언어는 태양이 되고, 달이 되고, 하늘이 된다. 별이 되고, 붉은 깃발이 되고, 금반지가 된다. 풀이 되고, 나무가 되고, 꽃이 된다. 강정이 시인은 언어의 날개를 달고, 이 언어의 힘으로 천하제일의 「개기일식 스캔들」을 '창조적 사랑'으로 연출해 놓는다.

시인의 월계관은 언어의 월계관이다. 시인은 모두가 다같이 언어의 월계관을 쓰고, 이 세상의 모든 봄꽃 축제를 주재主宰한다.

박 영

도란도란

혼밥 먹고 혼술하고

혼자 여행에 잊고 있던

도란도란

코로나19로 병실은 커튼막이 쳐지고

옆 사람이 누군지 모르는데

그 막 너머에서 들리는

도란도란

가만히 들어야 들을 수 있는

둘이어야 들려줄 수 있는

작은 촛불이 노란 나비가

풀꽃이 들려주는 이야기

도란도란

한여름 땅 밑에서 들리는

고구마 알알이 맺히는 소리

한 시대가 여물어가는 소리

도란도란

살짝 건드려 볼래

우리의 모습을 보여줄게

법은 의무이고, 자유는 권리라고 할 수가 있다. 법은 공동체 사회가 그 구성원들의 행복을 위하여 제정한 것이고, 따라서 법치국가의 국민들은 자기 자신의 자유를 공동체 사회에 저당잡혔다고 할 수가 있다. 법률을 준수하고 그 법률이 허용한 만큼만 자유로운 생활을 하겠다는 약속인 것이고, 만일 그 약속을 파기하게 되면 그 어떠한 처벌도 받겠다는 것이 바로 그것이다. 자유는 그 어떤 외적 장애도 없는 완전한 자유를 뜻하지만, 그러나 모두가 다같이 자유롭게 산다면 '만인 대 만인의 싸움'이 일어나고 그 어떤 공동체 사회도 존재할 수가 없게 된다. 자연의 상태에서는 선과 악도 없고, 도덕과 부도덕도 없다. 네 것과 내 것도 없고, 소위 약육강식의 강자의 법칙만이 존재하게 된다. 이러한 '만인 대 만인의 싸움'을 방지하고 최선의 공동체 사회를 마련한 것이 법치국가이며, 오늘날 우리 인간들은 이 법률의 보호 아래 이처럼 자유로운 문화인의 삶을 향유할 수가 있게 된 것이다.

　인간은 무리를 짓는 동물이고, 따라서 공동체 사회로부터 버림을 받은 인간은 더 이상 인간다운 삶을 살 수가 없게 된다. 자유는 무인도 속의 로빈슨 크루소와도 같고, 그는 어떤 평화도, 행복도 얻을 수가 없게 된다. 사회란 물고기의 물과도 같고, 사회란 벌과 나비들의 꽃밭과도 같다. 세계적인 대유행병 코로나가 '사회적 거리두기'라는 미명 아래 모든 인간 관계를 파탄시킨 지도 어느덧 2년이 지났고, 혼자 밥 먹고 혼자 술 먹고 혼자 여행을 하는 관습을 낳았다고 할 수가 있다. 하지만, 그러나 이 모든 것은 사회적 관습이 아닌 하나의 질병이며, 이 질병의 끝에서 '도란도란'의 이야기 소리가 들려오게 되었던 것이다.

　'도란도란'은 나직한 목소리로 서로 정답게 이야기를 주고 받는 소리이며, 너와 내가 다 함께 살고 있다는 구체적인 증거라고 할 수가 있다. 도란도란 이야기 소리는 "코로나19로 병실은 커튼막이 처지고/ 옆 사람이 누군지 모르는데/ 그 막 너머에서 들리는/ 도란도란/ 가만히 들어야 들을 수 있는/ 둘이어야 들려줄 수 있는"이라는 시구에서처럼, 그 얼마나 그립고 정다운 목소리였던 말인가? 자기 자신의 의지와는 무관하게 타인과 타인들로부터 격리되어 혼자 밥 먹고 혼자 술 먹고 혼자 여행하는 것보다 더 크고 고통스러운 질병이 어디에 있었단 말인가? 혼자는 질병이고, 혼자는 암적 종양이고, 혼자는 우울이고, 혼자는 감옥이다. 이 혼자라는 질병과 감옥에서 듣게 되는 도란도란 이야기 소리는, 다만 이야기 소리가 아니라 자유이고 해방이며 구원의 말씀이었던 것이다.

박영 시인의 「도란도란」은 사회적 동물들의 근본 토대이며, 약속의 땅이고, 도란도란은 자유인의 삶의 시작이고, 행복한 사회의 약속이다. 작은 촛불이 들려주는 이야기, 노란 나비가 들려주는 이야기, 풀꽃이 들려주는 이야기, 이 도란도란의 이야기의 힘으로 고구마가 알알이 맺히고, 한 시대가 여물어 가고, 도란도란의 이야기의 힘으로 우리 인간들의 삶이 완성된다.

도란도란으로 아이를 낳고, 도란도란으로 아이를 키운다. 도란도란으로 꽃을 피우고, 도란도란으로 열매를 맺는다. 도란도란으로 언어를 갈고 닦고, 도란도란으로 언어의 꽃인 시를 쓴다.

도란도란은 하늘이고, 땅이고, 도란도란은 바다이고, 우주이다. 도란도란은 이야기의 아버지이고, 도란도란은 이야기의 어머니이며, 이 이야기를 통해서 우리 인간들의 자유와 평화와 행복한 삶이 있게 된다.

남 상 진
면사매듭

적정 높이를 유지해야 바로 선다

너무 높아도

너무 낮아도

그의 식욕을 흔드는

군침에 이르지 못한다

섬세하게 살펴야

유혹에 닿을 수 있다

깊은 바닥까지

마음을 흘려보내

상대의 마음을 훔치는 것은

허공의 깊이를 재는 것만큼이나 설레는 일

첨부터 딱 맞출 수는 없다

여러 번 올렸다 내렸다
수시로 살피고 옮겨 주어야
깊은 뜻을 품은 밤처럼
찌가 반듯하게 선다

깊은 바다 한가운데 서서
저마다
대물을 꿈꾸는 깊이는 달라서
붉고 푸른 세상에
허리띠 매듯
저마다 막막한 심중에
매듭을 묶는다
딱,
맞게

📖

이 세상에서 가장 큰 그릇은 무엇일까? 따지고 보면 이 세상에 가장 크고 작은 그릇은 없는 것이지만, 가만히 생각해보면 이 세상에서 가장 큰 그릇은 시라고 할 수가 있다. 시는 문학이고 역사이며 철학이고, 시는 정치이고 경제이며 문화이다. 시는 심리학이고 신화이며 종교이고, 시는 땅이고 하늘이고 우주이다. 시는 모든 그릇 중에서 가장 작은 그릇이면서도 그 모든 것을 다 담을 수가 있다. 작은 것이 가장 크고, 작은 것이 가장 크기 때문에 모든 것을 다 담을 수가 있다. 시는 하나의 우주이며, 그 어떤 것보다도 더 철학적이고 더 보편적이며 더 영원한 것이다.

지구가 돈다라고 말한 사람도 시인이고, 이 세상의 근본 물질은 원자라고 말한 사람도 시인이다. 나는 승리를 훔치지 않는다고 말한 사람도 시인이고, 불가능은 없다라고 말한 사람도 시인이다. 사람이 만물의 척도라고 말한 사람도 시인이고, 모든 것은 상대적이다라고 말한 사람도 시인이다. 모나리자를 그린 사람도 시인이고, 영웅탄생을 작곡한 사람도 시인이다. 비록, 그들이 종사했던 분야는 다양하고, 시대와 인종과 민족과 문화적 환경을 따라서 너무나도 다른 삶을 살다가 갔을지라도 그들은 단 한 줄의 시구로 영원한 진리를 담아냈던 것이다. 시는 진리를 담는 그릇이며, 진리는 이 세상에서 가장 큰 물건이라고 할 수가 있다. 진리는 잠언과 경구, 즉, 단 한 줄의 시구로 되어 있고, 이 작은 것이 가장 큰 것이다.

남상진 시인의 「면사매듭」은 천하제일의 면사매듭이며, 깊은 바다 한가운데서 대물을 낚는 장인의 「면사매듭」이라고 할 수가 있다. 적정 높이를 유지해야 바로 서고, "너무 높아도/ 너무 낮아도" 대물의 식욕을 유혹하지 못한다. 섬세하게 살펴야 유혹에 닿을 수 있고, 깊은 바닥까지 마음을 흘려보내야 대물의 마음을 훔칠 수가 있다. 처음부터 딱 맞출 수는 없고 "여러 번 올렸다 내렸다" 수시로 살피고 옮겨주어야 "깊은 뜻을 품은 밤처럼/ 찌가 반듯하게 선다."

남상진 시인의 「면사매듭」은 넓고 넓은 바다(우주)에서 '진리'(대물)를 낚는 언어의 낚시라고 할 수가 있다. 진리는 만인들의 행복의 보증수표이며, 진리 앞에서는 만인들이 평등하다. 진리가 진리를 비웃고 진리 앞에서 이전투구가 벌어지지만, 그러나 이 싸움의 최종 승자는 그 진리의 월계관을 쓰고 전 인류의 스승(시인)이 될 수가 있다. 따라서 이 진리라는 대물을 낚기 위해서는 "붉고 푸른 세상에/ 허리띠 매듯" 가장 정교하고 섬세한 언어의 면사매듭을 묶지 않으면 안 된다.

남상진 시인의 「면사매듭」은 우주(시)이며, 수많은 언어의 낚시꾼(시인)들의 삶의 터전이라고 할 수가 있다.

신 혜 진

A and B or doctor or today

A: (보호자용 침대를 밀며) 허리를 일으키세요, 어머니.

　　오늘도 안 드시면 코로 줄 끼워야 해요.

B: (눈을 감은 채) 집 앞 돼지불백집에 가고 싶어.

A: (가만히 이불을 젖히며) 배 안 고프세요? 아 해보세요.

　　물은 얼마나 드셨어요? 기저귀는…?

B: (가늘게 눈을 뜨며) 집 앞 돼지불백집에 가고 싶어

A: (이불을 허리께로 내리며) 눈을 크게 떠 보세요 그럼

　　안 꼬집을게요. 제가 보이긴 하세요?

B: (가만히 며느리와 눈을 맞추며) 하얀 지옥 같구나

　　여긴.

A: 어머니 딸이 아니고 며느리라 그래요.

B: 애야, 내 지갑은 어디 있니?

A: 어머니가 지금 지갑은 뭐하시게요?

B: 내가 가지고 있어야 여기 저기… 또 너도…

　　통장을 갖다 주렴. 돈 들어오는 걸 확인해야 겠어.

내가.

A: 돈이 어디서 들어오는 데요?

B: 있어, 어디 그런 데가.

A: 휠체어 탈 준비나 하세요.

　　허리에 힘을 주고 버티셔야 해요 스스로, 본인이.

　　저는 일으킬 수가 없어요, 어머니를.

의사: 지금이 무슨 계절인가요?

환자1: (벚꽃 흩날리는 창밖을 물끄러미 바라보다가)

　　　　아파.

의사: 여기가 어디죠?

환자2: 콜라텍! (해맑게 웃는다)

의사: 오늘이 몇 월 며칠이지요?

환자3: (수줍어하며) 글쎄요 잘 모르겠어요 저는…

의사는 오늘도 뇌신경과 978호실을 돌며 오늘을 묻다

간다

　몸 속 골목 어느 어귀가 무너진 기억들이

　밤새 침상을 흔들다 채 오늘이 되지 못한 채 끌려나간다

전 세계가 이상기후로 몸살을 앓고 있고, UN을 비롯하여 선진산업국가들은 어떻게 하면 온실가스를 줄이고 지구의 온난화를 방지할 수 있을까로 골머리를 앓고 있다고 할 수가 있다. 석유와 석탄 등의 화석연료를 엄격하게 제한하고 2050년까지 탄소중립을 목표로 하고 있지만, 그러나 이 기후협약은 그야말로 헛된 구호로 그칠 공산이 크다고 할 수가 있다. 원자력이 아닌 태양광이나 풍력발전 등으로 대체 에너지를 얻기도 힘들 뿐만 아니라 그 대체 에너지를 실용화한다고 하더라도 오늘날 이상기후의 주범인 고령화 문제(인구의 증가와 함께)를 해결할 수는 없을 것이기 때문이다.

유럽의 선진산업국가에서는 소들의 방귀세를 징수하고 있다고 하지만, 만일, 그렇다면, 왜 우리 인간들의 방귀세는 징수하지 않는지 모르겠다. 오늘날 자연환경파괴와 이상기온의 주범은 우리 인간들이며, 제때가 아닌 죽음, 즉,

부자연스러운 죽음으로 인한 에너지의 과다 사용을 문제 삼지 않고는 그 어떤 기후협약이나 그 대책도 눈 뜬 장님들의 헛소리에 지나지 않는다. 가령, '인간70의 인간수명제'를 실시한다면 전 세계의 10억 명 정도의 인간들이 사라져 갈 것이고, 그로 인한 에너지 과다 사용 문제도 순식간에 해결될 것이다. 예컨대 10억 명이 먹는 음식물과 그 쓰레기들, 그들의 국민연금과 건강보험, 의약품과 의료비, 요양원과 요양병원 등이 전폭적으로 줄어들 것이고, 이 지구촌은 고령화 이전의 자연으로 회귀하게 될 것이다. 이상 기온과 이상저온, 만년설과 대빙하의 붕괴, 대홍수와 너무나도 무더운 폭염, 해수면의 상승과 해수면 온도의 상승도 없어질 것이고, 지구촌은 더욱더 젊고 푸르러지고, 만물들의 이상낙원이 될 것이다.

사는 의미와 살 권리를 다 잃은 식물인간들은 그야말로 산송장들이며, 이 세상의 우리 젊은이들이 가장 혐오하고 싫어하는 인간들일 뿐인 것이다. 사는 것도 힘들지만, 죽는 것은 더 어렵다. 어느 누구도 대소변도 못 가리고 자식과 손자들도 몰라보는 요양원이나 요양병원의 산송장들의 삶을 원하지는 않을 것이다. '인간70의 인간수명제'를 실시하여 더 이상 자기 자신의 의식을 가지고 정상적인 생활이 불가능한 식물인간들을 천국으로 보내주게 된다면 그것이야 말로 자연환경을 살리는 것은 물론, 가장 아름다운 '인문주의'를 실천하는 일이 될 것이다. 우리들은 모두가 다같이 만인들의 축복 속에 태어났듯이 만인들의 축복 속에 가장 아름답고 행복한 죽음을 죽을 권리가 있는 것이다.

하지만, 그러나 자본주의 사회는 돈이 최고인 사회이며, 최고 이윤의 법칙에 의하여 그 성장동력을 얻어 나간다. 오래 오래 산다는 것은 실버산업의 가장 훌륭한 토대가 되고, 우리 늙은이들, 즉, 우리 산송장들은 이 더럽고 추한 산송장의 짐을 벗어던질 자유도 없다. 생명공학의 선구자인 제약회사와 세계적인 자연과학자들, 의료기기의 생산업체와 수많은 대형병원들, 그리고 요양원과 요양병원의 자본가들에게 우리 늙은이들은 인질로 사로잡혀 더 이상 살고 싶지 않은 자유를 빼앗긴 채 과잉진단과 과잉치료라는 고문을 당하며 전 재산을 다 강탈당하고 있는 것이다.

"오래 오래 산다는 것은 전 인류의 역사적 사명이자 의무입니다. 아들과 손자 따위도 필요없고, 단 한 푼도 남김없이 다 병원비로 쓰고 죽는 겁니다. 오래 오래 장수하고 천국에 갈 때까지 우리 실버사업자들이 천사처럼 어르신들을 돌보아 드릴 것입니다."

이 세상에서 가장 훌륭한 성장산업은 실버산업이며, 실버산업의 자연파괴와 에너지 과다사용은 영원한 천국으로 가기 위한 통행세에 지나지 않는다. 오늘날 지구촌의 이상기온과 온실가스의 주범은 우리 자본가들의 수명연장책인 실버산업 때문이라고 할 수가 있다.

수명연장 ─. 고령화 정책은 반생물학적인 인질극이자 반자연적인 지상 최대의 공해산업이라고 할 수가 있다.

오래 오래 살고 싶다는 욕망이 한계도 없는 것처럼, 돈 앞에서는 선악도, 자연의 대재앙도 없다.

어머니, 어머니─, 돈, 돈, 돈, 그만 하시고 어서 빨리 하늘나라로 돌아가세요!!

의사 선생님, 의사 선생님─, 더 이상 식물인간들을 연명치료하지 말고 하늘나라로 돌아가게 해주세요!!

아아, 그립고 정다운 대자연의 죽음이여!!

유 계 자

밥

젖이 마른 퓨마가 TV에서

정글로 먹을거리를 찾아 나선다

뒤 시간 숨죽여 기다렸다가

과나코 숨통을 향해 달려들지만

한 수 배운 뒷발에 밟혀 허탕의 시간으로 돌아오고

굶주린 새끼들마저

제 그림자를 숨기고 달려들지만

발 빠른 밥한테 저만치 나가떨어지고 만다

며칠을

주위의 반짝이는 눈빛을 제치고

숨죽인 호흡으로 기다리다 한순간 과나코의 숨통을 물

었다

이레 만에 제 몸보다 큰 밥을 번 것이다

우리는 정글의 맹수처럼
다른 이의 목숨을 밥으로 먹고 살아간다

객지로 밥 벌러 나간 친구 남편은
삼 년 만에 다른 여자의 밥이 됐다고 가슴을 치며 오열
했다

밥은 잘못 다루면 오히려 밥이 되기도 한다

최고의 권력이란 자원(밥그릇)을 배분할 수 있는 힘을 말하며, 이 권력 싸움은 밥그릇 싸움의 진수를 뜻하게 된다. 전쟁이란 이 권력의 자리를 두고 총과 칼로 싸우는 것을 말하고, 혁명이란 이 권력의 자리를 두고 지배체제를 뒤집어 엎는 것을 말한다. 십자군 전쟁, 청일전쟁, 제1차 세계대전, 제2차 세계대전, 오늘날의 미국과 중국의 무역 전쟁은 논외로 치더라도, 혁명에도 수많은 혁명들이 있다고 할 수가 있다. 봉건군주에서 자본주의 사회로의 시민혁명, 자본주의 사회에서 공산주의로의 프롤레타리아 혁명, 산업혁명, 문화혁명, 디지털혁명, 과학혁명, 밑으로부터의 혁명, 위로부터의 혁명, 옆으로부터의 혁명 등은 자기 자신과 자기 자신이 속한 집단의 생명을 유지하기 위한 밥그릇 싸움이며, 어느 누구도 이 밥그릇 싸움에서 예외가 될 수 없다.

　젖이 마른 퓨마가 TV에서 정글로 먹이를 찾아 나선다.

정글이란 수많은 동식물들의 삶의 터전이며, "우리는 정글의 맹수처럼/ 다른 이의 목숨을 밥으로 먹고 살아간다." 젖이 마른 퓨마가 "뒤 시간 숨죽여 기다렸다가/ 과나코 숨통을 향해 달려"들었지만, 과나코의 뒷발에 밟혀 허탕을 치고 돌아온다. 더욱더 굶주린 새끼들마저도 제 그림자를 숨기고 달려들지만, 발 빠른 밥한테 저만치 나가 떨어지고, "며칠을/ 주위의 반짝이는 눈빛을 제치고/ 숨죽인 호흡으로 기다리다"가 "한순간 과나코의 숨통을" 물어뜯는다. 금강산 구경도 식후경이라는 말도 있지만, 배가 고프면 그 어떤 풍경도 눈에 들어오지 않는다. 지극히 다행스럽게도 "이레 만에 제 몸보다 큰 밥을 번 것"이지만, 이 세상에서 밥을 먹고 살아간다는 것은 참으로 어렵고 힘든 일이라고 할 수가 있는 것이다.

모든 싸움은 권력 싸움이며, 권력 싸움은 밥그릇을 확보하기 위한 싸움이다. 늑대와 늑대들의 싸움도 한 치의 양보도 없고, 하이에나와 하이에나들의 싸움도 한 치의 양보도 없다. 최고의 선이란 무엇인가? 최고의 선이란 권력이며, 권력을 가진 자만이 자기 자신의 밥그릇을 나누어 줄 수가 있다. 기름이 없으면 자동차가 달릴 수 없듯이, 밥은 에너지이며, 모든 유기체의 생명의 원동력이라고 할 수가 있다. '만인 대 만인의 싸움', 즉, 이 무차별적인 권력투쟁에서 승리한 자만이 모든 밥그릇을 독점하고, 그 밥그릇을 나누어 주며, 그 모든 인간들을 지배할 수가 있는 것이다. 권력이란 무엇인가? 권력이란 힘이며, 이 권력을 가진 자가 전지전능한 신으로 군림을 하게 된다. 종교란 이 권력자에 대한 찬양이 사상의 형태로 정립된 것이고, 모든 종교적 예배란 최고의 권력자에 대한 복종의 형식에 지나지 않는다.

밥그릇 앞에서는 만인이 평등하고, 인류의 역사는 밥그릇 역사에 지나지 않는다. 밥은 피비린내 나는 전쟁의 원인이 되기도 하고, 밥은 힘찬 일터의 즐거움이 되기도 한다. 밥은 놀이문화, 즉, 예술의 기원이 되기도 하고, 밥은 기아와 빈곤의 원인이 되기도 한다. 정치의 근본토대도 밥그릇이고, 경제의 근본토대도 밥그릇이다. 예술의 근본토대도 밥그릇이고, 도덕의 근본토대도 밥그릇이다. 모든 문명과 문화는 밥그릇에 기초해 있고, 이 밥그릇 싸움이 없는 삶은 존재할 수가 없다.

유계자 시인의 「밥」은 "우리는 정글의 맹수처럼/ 다른 이의 목숨을 밥으로 먹고 살아간다"라는 '밥그릇 철학'을 노래한 시이면서도, 그 '밥그릇 철학'의 음화를 노래한 시라고 할 수가 있다. 부모형제지간에도 나눌 수 없는 밥그릇, 사상과 이념도 필요 없고, 사랑과 우정도 필요 없는 밥그릇, 하지만, 그러나 너무나도 소중하고, 또, 소중하기 때문에 배신의 아픔을 밥 먹듯이 당해야만 하는 밥그릇—. 이 세상에서 "객지로 밥 벌러 나간 친구 남편은/ 삼년 만에 다른 여자의 밥이 됐다고 가슴을 치며 오열"하는 사람이 그 어디 한두 사람이란 말인가?

밥은 먹는 일이고, 밥은 먹히는 일이다. 먹히지 않으려면 배신을 때려야 하고, 배신을 때리지 않으면 먹힌다.

밥을 잘못 다루면 오히려 밥이 된다. 삶과 죽음이 공존하는 정글의 법칙—.

백수의 왕인 사자가 죽으면 구더기와 파리들이 그 시체를 뜯어먹듯이, 정글의 법칙은 누구에게나 예외가 없다.

이 병 연

꽃의 말

꽃은 눈이 멀도록 눈부시게 왔다 간다

황홀한 순간,
꽃은 사진 찍듯 저장되지

세상이 텅 빈 공갈빵 같은 날
오래된 기억을 클릭해

내가 삭은 식혜 속 밥알 같은 날
잊고 지내던 나를 불러내

꽃은 빛깔만 고운 게 아니야
화심에 맺은 순정
부르기만 하면 잠근 문을 열고 맨발로 기어 나오지

\>

사는 것 잠깐이라
사랑을 안고 갔다는 꽃의 말

장롱에 오래 넣어둔 옷처럼
접혔던 꽃잎이 허공을 밀어내며 피어나

한 생이 저만치 갔다가 돌아오는 거야

정치인이란 국가와 국민과 인류를 위해 봉사하는 사람이며, '무보수 명예직'으로 '도덕적 선'을 실천하는 사람이다. 정치인이 국가와 국민과 인류를 위해 '무보수 명예직'으로 봉사를 하게 되면 전관예우를 받는 고급관리와 뇌물을 주고 받는 모든 부정부패는 대청소되고, 그 국가는 전인류의 존경을 받는 일등국가가 될 것이다.

우리 정치인들과 우리 재벌들, 우리 학자들과 우리 고급관리들이 도덕적 선으로 무장을 한다면, 독일의 메르켈 수상처럼, 우리 대통령도 자전거를 타고 시장을 다니며 시민들과 순대국밥과 막걸리를 마셔도 그것은 뉴스거리도 안 될 것이다. 성자의 삶은 돈이 전혀 안 드는 삶이고, 불량배의 삶은 돈이 많이 드는 삶이다. 성자는 너무나도 맑고 떳떳한 삶이기 때문에 수많은 경호원들과 의전 따위가 필요 없지만, 정치건달인 불량배는 자기 자신의 더럽고 추한 치부를 은폐해야 하기 때문에 수많은 경호원들과 구중궁궐의 의전비용이 많이 들게 된다.

소크라테스의 꽃, 플라톤의 꽃, 공자의 꽃, 조지 워싱턴의 꽃, 링컨의 꽃, 이광요의 꽃, 빌리 브란트의 꽃, 메르켈의 꽃 ─. 꽃은 그 사람의 마음이고 천성이며, 어느 누구도 자기 자신의 꽃의 표정과 그 말을 숨길 수가 없다. 이 세상에서 가장 아름다운 것은 무엇일까? 아름다운 것은 고귀하고 거룩한 것이고, 고귀하고 거룩한 것은 더없이 순수하고 가장 이상적으로 완성된 것이다. 무보수 명예직으로 철학자가 통치하는 이상국가를 창출해냈던 소크라테스와 플라톤, 군자의 도덕정치를 역설했던 공자와 대영제국과 맞서 싸우며 미국의 독립을 이룩해냈던 조지 워싱, 남북전쟁을 승리로 이끌어 내고 노예해방을 선언했던 링컨과 이 세상에서 가장 맑고 깨끗한 국가를 창출해냈던 이광요, 남아공의 인종차별의 역사를 종식시켰던 만델라와 제2차 세계대전의 전범국가인 독일을 오늘날 유럽의 최정상으로 이끌어 냈던 빌리 브란트와 메르켈 등은 도덕적 선으로 피어난 성인군자의 꽃이라고 할 수가 있다. 끊임없이 자기 갱신과 자기 발전이 가능하지 않은 사람이 파멸하는 것처럼, '무보수 명예직'의 꽃을 피우지 못하는 사람은 파멸하게 된다. 이 세상을 떠날 때 그토록 아름답고 찬란한 꽃처럼 모든 것을 다 주고 떠나가지 않으면 안 된다.

세상이 텅 빈 공갈빵 같은 날도 꽃은 피어나고, 내가 삭은 식혜 속의 밥알 같은 날도 꽃은 피어난다. 꽃은 존재의 결정체이기 때문에, "꽃은 빛깔만 고운 게" 아니라, 그 "화심에 맺은 순정"이 더욱더 고운 것이다. 오천년을 살았거나 천년을 살았거나, 또는 오십년을 살았거나 백년을 살았거나, 더욱더 넓고 크게 바라보면, 산다는 것은 단 한 순간이고, 단 한 순간이기 때문에, 더욱더 뜨거운 열정으로 살고 꽃을 피우지 않으면 안 된다. 비록, "사는 것이 잠깐이라" 할지라도, 꽃은 눈부시게 아름다운 것이고, 이 눈부시게 아름다운 꽃이 그 '황홀한 순간'을 '영원한 종의 역사'로 이어 나가고 있는 것이다.

수많은 꽃들이 피어나고 수많은 꽃들이 진다. 진짜로 아름다운 꽃은 군더더기가 하나도 없는 삶에서 피어나고, '무보수 명예직' 같은 삶을 살다가 간다.

꽃의 역사는 황홀하지만, "꽃은 눈이 멀도록 눈부시게 왔다 간다."

신 대 철

기수역 풍경

만조 때
수중보 넘어온 물길이
버드나무 군락지로 밀려온다.
혈거족 말똥게들이
나무에서 내려와
눅눅한 둔덕 구멍 속으로 들어간다,
집게발을 내민다.

떠다니는 버들잎에 망둥어가 튀어 오른다.

습지 탐방 아이들 뒤편에서는
게들이 주르르 쏟아져 나온다.
길 건너 달맞이꽃 덤불 속으로 사라진다.
참게, 펄콩게, 말똥게, 털말똥게, 붉은발말똥게,
민가도 없는데 도둑게도 끼어 있다.

\>

어린 왜가리가

뒤처진 말똥게를 물었다 놓는다.

서서히 발목까지 잠기는 기수역 습지

갈대밭에 가만히 서 있어도

물은 참지 않고 꿈틀거린다,

미래 어디서 쓸려온 생물인지 안다는 듯

더 이상 서 있지 말고 물소리라도 어루만지라는 듯

기수역汽水域 이란 무엇이고, 습지란 무엇인가? 기수역이란 민물과 바닷물이 섞이는 곳을 말하고, 습지란 늘, 언제나, 물에 잠겨 있는 곳을 말한다. 기수역이란 민물과 바닷물이 만나는 습지이고, 따라서 물과 먹이가 풍부하여 수많은 생명체들이 살아가는 삶의 터전이라고 할 수가 있다.

만조 때 수중보 넘어온 물길이 버드나무 군락지로 밀려오면, 헐거족 말뚱게들이 나무에서 내려와 눅눅한 둔덕 구멍 속으로 들어간다. 헐거족 말뚱게가 집게발을 내밀면 버들잎에 망둥어가 튀어 오르고, 습지 탐방에 나선 아이들의 뒤편에서는 게들이 주르르 쏟아져 나온다. 참게, 펄콩게, 말뚱게도 있고, 털말뚱게, 붉은발말뚱게, 그리고 "민가도 없는데 도둑게도 끼어 있다."

어린 왜가리가 뒤처진 말뚱게를 물었다 놓으면 기수역 습지는 서서히 발목까지 잠긴다. 갈대밭은 가만히 서 있어도 물은 잠시도 참지 않고 꿈틀거린다. "미래 어디서 쓸려온 생물인지 안다는 듯/ 더 이상 서 있지 말고 물소리라도 어루만지라는 듯"—.

신대철 시인의 「기수역 풍경」은 한 폭의 수채화같은 시이며, 생태환경의 보고로서 습지의 아름다움을 보여주고 있다고 할 수가 있다. 신대철 시인은 제1연에서부터 제4연까지, 마치 세밀화가처럼 말뚱게, 망둥어, 습지탐방의 아이들, 달맞이꽃 덤불, 도둑게, 왜가리 등의 모습을 묘사하고, 드디어, 마침내, 마지막 제5연에서는 "물은 참지 않고 꿈틀거린다"라고, 기수역 습지의 역동성을 표현해 낸다.

기수역 습지를 살아 움직이게 하는 것은 가장 중요한 물이고, 물은 잠시도 쉬지 않고 꿈틀거린다. 이 세상의 생명의 기원은 물이고, 습지는 어머니의 자궁과도 같은 만물들의 삶의 터전이라고 할 수가 있다.

모든 생명체는 어디에다가 둥지를 틀어야 하는가? 자기 자신의 의식주와 행복이 보장되고, 종과 종들의 미래가 보장되는 최적의 장소라고 할 수가 있다.

신대철 시인의 「기수역 풍경」은 말의 습지이자 시의 습지라고 할 수가 있다. 시는 만물의 터전이 되고, 우리는 시가 있기 때문에 아름답고 행복한 '미학의 주인공'이 될 수가 있는 것이다.

4부

조순희 현순애 이병국 김외숙

승 한 이순희 천양희 이선희

허이서 이혜숙 윤 경 유영삼

김다솜 이승애 이영식 최윤경

강익수

조 순 희
투명한 비명

평생 물밑 지형을 더듬고 다녔을 꽃게 몇 마리,

개수대에 만발하는 입맛을 부려 놓자
발끝에 울음을 매달고 사는 족속들 일제히 아우성친다
입에서 흰 비명을 꺼내는 녀석도 있다

낯선 침범을 경계하는 단단한 미각을 솔로 닦는다
개펄을 놓친 낭패감이 강할수록 거센 버팀들
다음을 손질하려는데 보라색 집게다리 하나 뚝,
딱딱한 습관을 체념하듯 내게 방금 내려놓은 자신을 던
진다

옆길만 믿어온 종교는 앞뒤를 재는 일에 서툰 것일까

낯선 침입을 건지지 못하고 남은 한쪽마저 버리고 마는,

어떤 성질 사나운 바다는 전부를 포기하고 몸통만
추신처럼 남겨놓기도 한다, 순간 나의 뒤통수가 후끈하다

불편이 서툴러 숱한 만남을 걸어 잠그고
사고처럼 다가온 아픔을 이유 없이 떠나보냈던,
삶의 퇴적층에 멍울처럼 만져지는 내 집요한
최후 같은 다리 허공에 내어준 개수대 속 꽃게처럼

쉽게 포기해 버린 청색의 그들을 생각한다
들녘 어딘가에서, 숲속 어딘가에서, 바닷가 어딘가에서
지금도 귀가하지 못하는 나의 해묵은 조각들

저녁이 방문한 창가에서 철 지난 후회 하나 독백처럼 집
어든다

몸통만 남은 채 최후를 두드리는 기척들을
측은스레 바라보는 봄날,
빛바랜 일기장에서 내 기억 밖으로 밀려났던 숨긴 바다가
누군가를 흉내 내며 속울음을 손질하고 있다

◫

　의태란 어떤 생물이 다른 생물이나 무생물 등과 모양, 색채, 행동을 비슷하게 꾸밈으로써 제3자를 속이는 현상을 말하고, 일반적으로 의태에는 두 가지의 종류가 있는데, 첫 번째는 자기 자신을 상대방에게 보이지 않게 하는 '은폐의 의태'와 자기 자신을 노골적으로 드러내는 '경계의 의태'가 있다. 작은 가지와 비슷한 대벌레와 바닷말과 비슷한 해마와 자기 변신술의 대가인 카멜레온 등은 전자의 예에 해당되고, 당랑거철의 사마귀와 대가리를 꼿꼿하게 세우는 독사 등은 후자의 예에 해당된다. 의태란 자기 보존의 변신술이며, 모든 생명체는 이 변신술을 통해 공격본능과 방어본능을 작동시키며 자기 자신의 생명을 보호하고, 자기 자신의 삶의 영역을 확장해 나간다. 이 의태, 이 변신술의 가장 처절한 형태는 도마뱀이나 가재나 게에게서처럼 자기 자신의 신체의 일부를 떼어내는 자절 행동이며, 이 자절 행동을 통해서 그토록 무섭고 사나운 천적으로부터 자기 자신을 보호하는 것이라고 한다. 사회적 약자인 도마뱀이 꼬리를 잘라주고 달아나듯이, 가재나 게가 다리 등을 잘라낼 수 있는 것은 그 주요 신체의 구조가 '플러그'와 '소켓'의 구조로 되어 있기 때문이라고 한다. 꽃게는 '꽃게과 꽃게속'에 속하는 갑각류이며, 바다 밑 모래에 서식하지만 우리 한국인들이 가장 좋아하는 해산물이라고 할 수가 있다. 시적 화자가 평생 물밑 지형을 더듬고 다녔을 꽃게 몇 마리를 손질하려고 하자, 절대절명의 위기에 몰린 꽃게들이 일제히 아우성을 쳐댄다. 우리 한국인들이 가장 좋아하는 '입맛'인 꽃게는 발끝에 울음을 매달고 다니는 족속들에 불과하며, 또, 어떤 녀석들은 입에서 흰 비명(게거품)을 뿜어내며 몸부림을 치기도 한다. 낯선 침범을 경계하는 단단한 미각을 솔로 닦을 때 개펄을 놓친 낭패감 때문인지 딱딱한 습관을 체념한 듯, 보라색 집게다리를 하나 뚝 떼어놓는다.

옆으로 옆으로 기는 습관만을 지녀온 꽃게에게는 앞뒤를 재는 인간의 생존법칙에 서툴 수도 있고, 그 결과, 낯선 침입을 견디지 못하고, 몸통만을 남겨놓은 채, 그 모든 것을 다 포기해버린다. 산다는 것은 잡아 먹고 잡아 먹히는 일이며, 그 어떤 생명체도 자기 자신이 잡아 먹히는 사회적 약자가 되었을 때는 그 모든 짓을 다하게 된다. 자절 행위는 울음이고 비명이며, 제발 목숨만은 살려 달라는 전쟁 포로의 행위와도 같다고 할 수가 있다.

인간의 존재의 근거는 '무'이고, 우리 인간들의 삶은 자유의 선택이라고 사르트르는 역설한 바가 있다. 아우슈비츠의 수용소에 갇히고 전쟁포로가 되었을 지라도 자기 자신의 자유 의지로 자살을 할 수 있다는 것이 사르트르의 너무나도 과감하고 도발적인 주장이기도 했었지만, 그러나 대부분의 인간들은 그처럼 손쉽게 '자살'을 선택하지 못한다. 너무나도 거대하고 두려운 천적 앞에서 자기 자신의 신체의 일부를 떼어낸다는 것은 따지고 보면 죽음만도 못한 비겁한 행위일 수밖에 없지만, 그러나 이처럼 비겁한 행위는 모든 생명체들의 공통된 속성이라고 할 수가 있다.

조순희 시인의 「투명한 비명」은 이 세상의 먹이사슬의 주조음이자 모든 생존의 법칙의 비명이라고 할 수가 있다. 자연에는 절대 강자도 없고, 영원한 존재도 없다. 자연에는 절대 약자도 없고, 유한한 존재도 없다. 절대적 강자와 절대적 약자도 상대적이고, 영원도 유한도 상대적이며, 이 상대성의 법칙은 순환적인 '먹이사슬의 구조'로 영원히 돌고 도는 것이다. 만물의 영장인 인간도 코로나 바이러스

앞에서는 꼼짝달싹 못하고, 태산같은 코끼리도 늙고 병들면 구더기와 파리떼 앞에서 꼼짝달싹 못한다. 조순희 시인의 「투명한 비명」은 모든 생명체들의 울음이고 비명이며, 너무나도 거대하고 두려운 천적 앞에서 제발 자기 자신의 목숨만은 살려 달라는 더없이 비굴하고 비겁한 하소연이라고 할 수가 있다.

꽃게의 자절 행위는 너무나도 거대한 울음이고 비명이며, 충격, 그 자체라고 할 수가 있다. 충격은 급전이며, 가치의 전복이고, 그러나 이제는 '잡아 먹는 자'로서의 '나'의 위치를 전복시킨다. 시적 화자 역시도 팔과 다리를 다 떼어준 꽃게에 불과한데, 왜냐하면, "불편이 서툴러 숱한 만남을 걸어 잠그고/ 사고처럼 다가온 아픔을 이유 없이 떠나보냈던/ 삶의 퇴적층에 멍울처럼 만져지는 내 집요한/ 최후 같은 다리 허공에 내어준 개수대 속 꽃게"에 지나지 않았기 때문이다.

이 세상에서 가장 아름다운 나라는 반성과 성찰하는 사람이 사는 나라라고 할 수가 있다. 시와 예술의 나라는 성지 중의 성지이며, 이 세상에서 가장 고귀하고 착한 사람들이 사는 나라라고 할 수가 있다. 당신도, 당신도, "몸통만" 남은 "꽃게들"에 지나지 않으며, 우리는 왜, 무엇 때문에 앞으로 앞으로 가지 못하고, 옆으로 옆으로 게걸음질만을 해야 했단 말인가? "들녘 어딘가에서, 숲속 어딘가에서, 바닷가 어딘가에서/ 지금도 귀가하지 못하는 나의 해묵은 조각들"이 울고 있고, 지금, 이 순간에도 "저녁이 방문한 창가에서 철 지난 후회 하나 독백처럼" 게거품을 뿜어대고 있다.

시인은 낙천주의 사상가이며, 그의 좌우명은 지혜와 용기와 성실이라고 할 수가 있다. 지혜로는 미래의 목표를 설정하고, 천하무적의 용기로서 그 어떤 적대자도 물리치고, 하늘도 감동시킬 만큼의 성실함으로 자기 자신의 행복을 연주하기는커녕, 자기 자신의 팔과 다리와 심지어는 꿈과 희망마저도 다 꺾어버리는 자절 행위에는 그 얼마나 크나큰 아픔과 고통이 담겨 있는 것이란 말인가? 조순희 시인의 「투명한 비명」은 하늘의 천둥 번개가 되고, 그의 반성과 성찰은 천리, 만리, 울려 퍼져 나간다.

"몸통만 남은 채 최후를 두드리는 기척들을/ 측은스레 바라보는 봄날," 그러나 "빛바랜 일기장에서" "내 기억 밖으로 밀려났던 숨진 바다"에서 모든 기적이 일어난다. 조순희 시인의 반성과 성찰은 지혜와 용기와 성실함의 소산이 되고, 그의 「투명한 비명」은 그 어떤 교향곡보다도 더

울림이 큰 영웅탄생의 찬가가 된다.

조순희 시인의 「투명한 비명」은 천둥이고 번개이며, 영원한 지혜의 불꽃이 된다.

현 순 애
철새 도래지, 화진포

살맛 잃어 야윈 발목
미시령 넘어 화진포로 서식지 옮기는 철새,
오늘은 고니쯤 되기로 하자

호수와 바다가 만나
간 맞추어 통정하는 화진호에는
연어, 숭어떼 서로 희롱
하고
동해가 달려온 산줄기와 은밀히 내통하다가
바람도 물결도 잠이 들면
전설에 잠긴 마을 잠깐 보여준다는데

고운 모래사장 모래톱으로
부지런히 먼 이야기 퍼 나르는,
파도가 부려놓고 간 물기 스민 첩첩산중에 묻혀

한 사나흘 살아보자

일렁이는 물결에 서리서리 얽힌 세상살이

실마리도 풀어보고

생각 많은 머릿속은 솔바람에 헹귀도 보자

하늘과 바다가 절정이 되는

저 농밀한 세상에서

절묘하게 선경이 되는 화진포 해안가

모래 밟는 소리에 홀려

고니처럼 한 계절 살다 보면

살맛 다시 찾을 수 있을까

화진포는 동해 연안에 형성된 석호潟湖로서 그 경관이 아름다워 김일성 별장과 이승만 별장 등이 있었고, 오늘날에도 강원도 기념물 제10호로 지정되어 관리되고 있다고 한다. 동해안의 호수 가운데 가장 크고, 면적은 2.39㎢이고 호수의 둘레는 16㎞에 달한다고 한다. 화진포는 전형적인 석호潟湖이며, 호수와 바다 사이에는 화진포 해수욕장이 있다고 한다. 화진포 주변에는 다양한 생물들이 서식하고, 담수호에는 수많은 민물고기들과 함께, 도미와 전어같은 바닷 물고기가 많아서 수많은 낚시꾼들이 즐겨 찾는다고 한다.

철새란 무엇인가? 철새란 알을 낳아 기르는 번식지와 추운 겨울을 나는 곳이 따로 정해져 있어 철따라 최적의 장소로 옮겨 다니며 사는 새를 말한다. 봄에 와서 여름을 지내고 가을에는 남쪽으로 돌아가는 여름 철새도 있고, 가을에 와서 겨울을 지내고 봄에는 북쪽으로 돌아가는 겨울 철새도 있으며, 북쪽에서 번식을 하고 겨울에는 따뜻한 남쪽에서 지내는 새로, 지나가는 길에 잠깐씩 들르는 나그네 철새도 있다. 여름 철새로는 제비, 두견이, 뜸부기, 꾀꼬리, 백로, 왜가리 등이 있고, 겨울 철새로는 두루미, 청둥오리, 논병아리, 독수리, 큰고니 등이 있다.

철새란 최적의 장소를 찾아 다니는 떠돌이 새들을 말하지만, 따지고 보면 모든 생명체들 역시도 떠돌이 철새들에 지나지 않는다. 여름철에는 고산지대에서 살다가 겨울철에는 산 아래로 내려가는 유목민들도 있고, 수많은 오아시스와 푸른 초지만을 찾아다니는 유목민들도 있다. 미국과 유럽으로 더욱더 자기 자신의 꿈과 희망을 쫓아 떠돌아 다니는 사람들도 있고, 오직 돈만을 생각하며 중앙 아시아와 아프리카 대륙 등을 떠돌아 다니는 사람들도 있다. 최적의 장소는 유토피아이고, 유토피아는 사시사철 젖과 꿀이 흐르는 극락과 천국의 세계를 말한다. 우리들의 꿈과 희망은 비록, 상상 속에서의 일이기는 하지만, 최적의 장소에서 시작되고, 이 최적의 서식지를 찾지 못하면 그는 존재의 근거를 잃어버리고 끊임없이 유랑민처럼 떠돌아 다니며 살맛을 잃게 된다.

맛이란 음식 따위가 혀에 느껴지는 감각을 말할 때도 있고, 어떤 사물이나 현상에서 느껴지는 느낌이나 분위기를 말할 때도 있고, 맛이란 어떤 일에 대하여 만족스러움이나 그 재미를 말할 때도 있다. 요컨대 살맛이란 세상 살아가는 재미나 느낌을 말하고, 이 살맛을 잃었다는 것은 그의 존재의 토대가 위태롭고 만족스럽지 못하다는 것을 말하게 된다. "살맛 잃어 야윈 발목"은 도로아미타불의 헛수고와도 같은 삶을 말하고, "미시령 넘어 화진포로 서식지 옮기는 철새"는 살맛을 잃은 존재의 떠돌이 신세를 말한다. 산다는 것은 뿌리를 박고 산다는 것을 말하고, 서식지를 옮긴다는 것은 뿌리를 박지 못하고 새로운 곳으로 자리를 옮긴다는 것을 말한다. 이주는 뿌리뽑힘이며, 새로운 곳에 뿌리를 내리고 산다는 것은 기후와 풍토 이외에도 죽을 만큼의 고통과 비애를 감당하지 않으면 안 된다.

하지만, 그러나, 화진포는 호수와 바다가 만나 통정하는 곳이며, "연어와 숭어떼가 서로 희롱하고", "동해가" "산줄기와 은밀히 내통하다가/ 바람도 물결도 잠이 들면/ 전설에 잠긴 마을을 잠깐 보여"주는 곳이라고 할 수가 있다. "고운 모래사장 모래톱으로/ 부지런히 먼 이야기 퍼 나르는/ 파도가 부려놓고 간 물기 스민 첩첩산중에 묻혀/ 한 사나흘 살아보자/ 일렁이는 물결에 서리서리 얽힌 세상살이/ 실마리도 풀어보고/ 생각 많은 머릿속은 솔바람에 헹궈도 보자"라는 시구가 그것을 말해주고, "하늘과 바다가 절정이 되는/ 저 농밀한 세상에서/ 절묘하게 선경이 되는 화진포 해안가/ 모래 밟는 소리에 홀려/ 고니처럼 한 계절 살다 보면/ 살맛 다시 찾을 수 있을까"라는 시구가 그것을 말해준다.

화진포는 옛이야기의 전설의 마을이고, 하늘과 바다가 절정이 되는 선경의 마을이며, 그 모든 꿈과 희망이 다 이루어지는 살맛 나는 마을이다. 현순애 시인의 「철새 도래지, 화진포」는 살맛나는 마을이고 유토피아이며, 내가 '나'로서 나의 행복을 연주할 수 있는 최적의 장소가 된다.

살맛이 난다는 것은 먹고 입고 사는 걱정이 없다는 것을 말하고, 미래에 대한 불안과 공포가 극복되고, 이 세상의 삶에 대한 찬가를 부를 수가 있다는 것을 말한다. 일이 자기 자신의 성장과 세계의 발전에 기여를 하게 되고, 그의 삶 자체가 군더더기가 하나도 없는 예술이 되는 세계가 현순애 시인의 「철새 도래지, 화진포」라고 할 수가 있을 것이다.

「철새 도래지, 화진포」─, 삶의 고통과 지겨움, 즉, 실존의 일상성이 극복되고, 일이 놀이가 되고, 이 놀이가 예술이 되는 현순애 시인의 「철새 도래지, 화진포」─.

모든 시는 꿈이고 희망이며, 이 꿈과 희망이 있기 때문에 이 세상의 영원한 유토피아인 화진포가 존재할 수가 있는 것이다.

이 병 국
함박

스테이크를 떠올린다면 하루가 고픈 일이지

눅진한 몸을 식혀 단단한 생활로 이끄는 함바 말고

겹겹이 쌓인 둥근 잎 안쪽 노란 망울 맺는 미나리아재
비, 함박
폭신폭신하게 안겨 한잠 푹 잘 수 있으리라는, 함박
짙어 해맑게 주름 맺힌, 함박
수줍게, 함박

통나무를 파서 만든 바가지로 함박을 떠
동글납작한 그릇에 담아 내어놓으면
아무래도 넘칠 수밖에

기울여 붙잡은, 함박

\>

자주 비워둔다 해도 가파른 몸을 어쩌지 못해

다보록한 아침을 오래 바라보다
남들처럼 아무렇지 않게

툭툭 털어내도 되겠다

모든 예술은 고통의 꽃이며, 고통의 꽃이란 그가 그 얼마나 어렵고 힘든 일을 견디어 왔는가를 증명해 주고 있다고 할 수가 있다. 진정한 예술가가 되기 위해서는 수많은 가능성들을 희생시키고 단 하나의 목표를 정해야 되는 것이고, 그 목표를 위해서는 줄광대와도 같은 묘기를 완성해내지 않으면 안 된다. 밥을 먹는 것도 힘들고, 늘 배가 고픈 것도 힘든 일이다. 돈을 벌기 위해서 하기 싫은 일을 하는 것도 힘들고, 만인들로부터 소위 '왕따'를 당하며 외롭고 고독하게 자기 자신의 공부만을 하는 것도 힘든 일이다. 모든 욕망을 거절하고 그 어떤 타협도 하지 않는 것이 시인의 길이라면 시인의 길이란 자기 자신에 대한 도전의 형태라고 할 수가 있다. 수많은 시련과 고통을 견디며 보들레르가 『악의 꽃』을 쓰고, 랭보가 『지옥에서 보낸 한철』을 썼듯이, 자기 자신의 피와 땀으로 시를 쓰는 사람만이 진정한 시인의 위치에 올라설 수가 있는 것이다.

이병국 시인의 「함박」은 말놀이의 진수이며, 그는 이 말놀이를 통해서 어렵고 힘든 현실을 극복하며, '꽃 중의 꽃'인 함박꽃을 피웠다고 할 수가 있다. 함박꽃은 작약과 작약속의 관속식물이며, 그 꽃의 아름다움으로 '꽃 중의 꽃'이 된 식물이라고 할 수가 있다. 그의 '함박'은 첫 번째로 서양식 요리인 햄버거스테이크의 비표준어에 맞닿아 있고, 이때의 함박은 "스테이크를 떠올린다면 하루가 고픈 일이지"라는 시구에서처럼 가난하고 배고픈 현실과 맞닿아 있다. 오늘날 햄버거스테이크를 고급요리라고 할 수는 없지만, 언제, 어느 때나 피곤하고 지친 육체노동자들에게는 언감생심焉敢生心, 공연히 군침만을 돌게 하는 그림 속의 떡에 지나지 않는다. 두 번째로 "눅진한 몸을 식혀 단단한 생활로 이끄는 함바 말고"는 함박과의 언어의 유사성에 의거한 건설현장의 식당을 뜻하고, 따라서 그의 생활이 최하 천민인 육체노동자의 막다른 골목에 갇혀 있다는 것을 뜻한다. 세 번째로 "겹겹이 쌓인 둥근 잎 안쪽 노란 망울 맺는 미나리아재비, 함박/ 폭신폭신하게 안겨 한잠 푹 잘 수 있으리라는, 함박/ 짙어 해맑게 주름 맺힌, 함박/ 수줍게, 함박"은 그 아름다운 꽃에 안겨 한잠 푹 잘 수 있는 세계를 뜻하고, 따라서 함박꽃은 모든 근심과 걱정이 없는 지상낙원의 세계를 뜻한다. 네 번째로 "통나무를 파서 만든 바가지로 함박을 떠/ 동글납작한 그릇에 담아 내어놓으면/ 아무래도 넘칠 수밖에// 기울여 붙잡은, 함박"은 통나무로 만든 바가지의 함박과 그 함박에 듬뿍 퍼담은 쌀밥을 뜻하고, 그는 이 시구들을 통해서 비록, 햄버거스테이크는 아니지만, 흰 쌀밥이라도 마음껏 배부르게 먹고 싶다는 욕망을 드러낸 것이라고 할 수가 있다. 그리고, 마지막, 다섯 번째로 "기울여 붙잡은, 함박// 자주 비워둔다 해도 가파른 봄을 어찌지 못해"라는 시구는 하루하루 밥걱정에서 헤어나지 못한다는 것을 뜻하고, "다보록한 아침을 오래 바라보다/ 남들처럼 아무렇지 않게// 툭툭 털어내도 되겠다"는 것은 '꽃 중의 꽃'인 함박꽃처럼 먹고 살 걱정이 없었으면 좋겠다는 것을 뜻한다.

함박은 서양요리인 햄버거스테이크가 되고, 언제, 어느 때나 피곤하고 지친 육체노동자의 함바가 된다. 함박은 '꽃 중의 꽃'인 함박이 되고, 언제, 어느 때나 한잠 푹 잘 수 있는 지상낙원이 된다. 함박은 통나무로 파서 만든 바가지가 되고, 함박은 언제, 어느 때나 탐스럽고 소복한 흰 쌀밥이 된다.

이병국 시인의 「함박」은 최고급의 말놀이이며, 이 말놀이는 언어의 사제로서의 자기 자신에 대한 도전의 형태라고 할 수가 있다. 수많은 진실과 진리와 싸우며, 새로운 진실과 진리를 창출해낸다는 것은 고통의 지옥훈련과정이며, 그 최종 목표인 '말 중의 말'인 '명시'를 창출해내는 것이라고 할 수가 있다.

시인의 크기는 고통의 크기이며, 고통의 크기는 그의 도전정신의 크기라고 할 수가 있다.

언어의 꽃, 함박꽃, 고통의 꽃—,

어느 누구도 감히 함부로 말하고 비교할 수 없는 천하제일의 절경의 꽃—.

김 외 숙

압화

책을 펼친다

구르는 것만 봐도

웃음 터지던 열다섯 살

효선이 미순이

꽃잎 같은 소녀들

책장 속에 납작 짓눌려져 있다

풋내는 기억을 따라간다

어린 꽃잎은 힘이 없었다

납작해진 웃음소리들

까르르 새어 나온다

숨을 불어넣자

꽃잎이 바스라진다

천천히 책을 덮는다

과거는 기억하고 미래는 이상적인 목적지로 삼으며, 현재는 미래의 꿈을 실현할 수 있는 호기로 삼는다. 인간이 만물의 영장이 된 것은 이처럼 과거와 현재와 미래와의 대화를 통하여 새로운 지상낙원을 건설해왔기 때문이다. 불가능에의 도전이 모든 고귀하고 위대한 인간들의 삶의 방법이었는데, 왜냐하면 불가능에 도전하지 않으면 그 어떠한 일도 가능하지 않았을 것이기 때문이다. 유럽의 변방인 로마가 천년 왕국을 건설할 수 있었던 것도 그것을 말해주고, 중화민국의 변방이었던 청나라가 천하를 통일할 수 있었던 것도 그것을 말해준다. 과거와 현재와 미래와의 대화는 역사발전의 법칙이며, 모든 불가능에의 장벽을 무너뜨리고 지상낙원을 건설할 수 있는 지름길이라고 할 수가 있다.

　'효선이 미순이 사건'은 2002년 6월 13일, 주한미군의 장갑차에 의하여 '열다섯 살' 나이 어린 소녀들이 깔려죽은 사건을 말하며, 그 사건으로 인하여 '반미감정'이 극단적으

로 폭발했던 사건을 말한다. 한미동맹은 대표적인 불평등
조약이며, 주한미군이 수많은 범죄를 저질러도 그 어떠한
처벌도 할 수가 없게 되어 있는 것이다. '효선이 미순이를
살려내라!', '한미 SOFA협정을 개정하라!', '살인미군 처벌
하라!'고 수많은 사람들이 길거리로 나와 외쳐댔지만 오히
려, 거꾸로 대한민국의 주권은 미국에게 더욱더 예속화되
어가고 있는 실정이기도 한 것이다. 미국의 대중국 봉쇄전
략과 남북분단의 고착화 전략, 주한미군 주둔비용 인상과
미국산 무기구입의 강요 등은 해마다 더욱더 가중되었고,
대한민국은 미제국주의의 동북아 전초기지로서 군사주권,
영토주권, 통화주권, 외교주권 등, 그 모든 주권들을 사실
상 이미 다 빼앗기고 말았던 것이다.

압화란 꽃이나 잎을 납작하게 눌러 만든 장식품을 말하
며, 조형예술의 한 장르로서 널리 사용되고 있다고 할 수
가 있다. 김외숙 시인의 「압화」는 "구르는 것만 봐도/ 웃음
터지던 열다섯 살/ 효선이 미순이/ 꽃잎 같은 소녀들/ 책
장 속에 납작 짓눌려져 있다"라는 시구에서처럼, 주한미군
의 횡포에 의한 피식민지 소녀들의 희생을 그 주제로 삼은
시라고 할 수가 있다. 효선이와 미순이는 「압화」의 소재이
자 주제이며, 그 비극의 주인공들이라고 할 수가 있다. 왜,

"구르는 것만 봐도/ 웃음 터지던 열다섯 살" "꽃잎 같은 소녀들"이 미군의 장갑차에 깔려죽은 것이고, 왜, 우리 대한민국은 전투체제로 편성된 서양의 강도집단에게 모든 주권을 다 빼앗기고 지난 80여 년 동안 대한민국의 국토와 생명들을 유린당하고 있었던 것일까? 그것은 두말할 것도 없이 우리 한국인들이 힘이 없었고, 미국과의 전투에서 승리할 수가 없었기 때문이다.

이 세계는 약육강식의 법칙으로 되어 있으며, 강한 자만이 모든 권리를 독점할 수가 있게 되어 있다. 전쟁에서의 패배는 되돌릴 수 없으며, 이미 수많은 총과 칼에 의해 희생된 생명들을 살려낼 수는 없는 것이다. 과거는 압화와도 같고, 납작해진 웃음 소리와 꽃잎들에게 숨을 불어넣으면 부스러지고 만다. 하지만, 그러나 한 번의 패배는 병가의 상사이며, 어느 국가이든지 이민족에 의하여 식민지배를 받지 않은 나라가 없다. 중국은 원나라의 식민지배를 받았고, 대영제국은 로마의 식민지배를 받았고, 오늘날의 미국은 영국의 식민지배를 받았다. 이처럼 뼈 아픈 과거의 역사를 되돌아 보고, 미제국주의를 몰아낼 대한제국의 꿈을 위하여, 지금, 이 순간에도 공부를 하고, 또, 공부를 하지 않으면 안 된다.

책은 과거와 미래와 현재와의 대화를 가능하게 해주는 최적의 장소이자 모든 꿈이 이루어지는 플랫폼이라고 할 수가 있다.

시인은 기적의 연출자이며, 김외숙 시인의 「압화」에서 대한제국의 꿈이 되살아나고 있다고 해도 과언이 아니다. 압화는 아픈 상처이고, 너무나도 나약하고 무기력한 꽃잎이지만, 그러나 이 압화의 역사적 교훈에 의하여 대한제국의 꿈이 무궁무진하게 피어난다.

과거와 미래와 현재와의 대화의 장소인 책, 우리는 이 책을 통하여 사시사철 꽃잎같은 소녀들의 웃음 소리를 되살려 내지 않으면 안 된다.

승한

173 폐쇄병동 — 상처

상처도 없이 아픈 사람들이 있다
상처도 없이 아픈 발걸음으로 아프게 걷는 사람들이 있다
상처도 없이 아픈 병동을 아프게 걷는 사람들이 있다

해가 없어도 집은 환하다
달이 없어도 방은 항상 밝다
별이 없어도 빛은 항상 빛난다

달력이 있어도
날짜가 가지 않는 집
시계가 있어도
시간이 가지 않는 것
눈이 와도
춥지 않은 집

상처가 무심으로 바뀌는 집

밤이 낮으로 바뀌는 집
낮이 밤으로 바뀌는 집
상처 없는 몸을
상처 있는 몸으로 치료받고 있는 집

하나뿐인 공중전화기로
엄마에게
아빠에게
남친에게
여친에게
상처가 상처의 안부를 묻고 있다
상처가 상처의 무게를 전하고 있다

밤이 없는 25시,

꺼지지 않는 형광 불빛 아래

상처만이 꽃이다

환한, 꽃이다

정신분열증(조현병)이란 무엇일까? 정신분열증이란 뇌 신경질환이며, 환청, 환각, 피해망상, 과대망상, 이상행동, 횡설수설 등으로 나타난다고 할 수가 있다(질병백과사전 참조). 누군가가 말하는 목소리가 들린다거나 실제로 존재하지 않는 대상을 보기도 하고, 다른 사람과 대화를 하듯이 끊임없이 혼잣말을 중얼거리기도 한다. 타인들과 그의 친구들이 끊임없이 자기 자신을 괴롭힌다는 생각에 사로잡히기도 하고, 자기 자신이 명문귀족 출신이거나 곧 대재벌이나 최고의 권력자가 될 것이라는 허황된 과대망상에 빠지기도 한다. 자기 자신이 하나님의 아들이고 전 인류를 구원할 것이라는 종교적 망상에 빠지거나, 다른 한편, 자기 자신의 말과 행동을 전혀 일치시키지도 못한다. 슬퍼해야 할 때에도 큰소리로 웃고, 기뻐해야 할 때에도 큰소리로 울며, 자기 자신의 감정 표현을 제대로 하지 못한다. 대부분이 다른 사람의 말에 귀 기울이지 못하고, 대화를 나누면서도 적절한 것과 적절하지 못한 것을 구분하지 못하고, 시시때때로 무서운 발작증세를 보이기도 한다. 자기 자신에 대한 자해와 타인들에 대한 증오와 폭력, 그리고 전혀 이해할 수 없는 재물을 파괴하거나 무차별적인 인명살상 등이 그것을 말해준다.

정신분열증은 예전에는 심리적 질병으로, 오늘날에는 뇌신경질환으로 보고 있지만, 그러나 정신분열증은 외부충격에 의한 심리적 질병으로 보는 것이 더 맞다고 나는 생각한다. 고시원의 쪽방에서 생활하던 사람이 어느 날 노숙자가 되었을 때의 충격, 명문대가집의 자제였다가 하루 아침에 모든 것을 다 잃고 고아가 된 학생의 충격, 사랑하는 아들과 딸들을 미군의 기습 공격에서 잃어버린 사람의 충격, 사랑하는 아내와 자식을 비행기 추락사고로 잃어버린 사람의 충격, 만인의 연인이었다가 하룻밤 사이에 음주운전 뺑소니 사고의 범죄자가 되었을 때의 충격 등, 이 세상은 무서운 잔혹극의 세상이고, 이처럼 정신분열증의 원인인 외부충격은 언제, 어느 때나 느닷없이 들이닥치게 된다. 연출—정신분열증 환자, 감독—정신분열증 환자, 주연배우—정신분열증 환자, 극본—정신분열증 환자, 주제는 무서운 잔혹극이고, 이 세상 자체가 거대한 '폐쇄병동의 감옥'이라고 할 수가 있는 것이다.

이성의 언어는 신사(정상)의 언어이고, 신사의 언어는 사랑의 언어이다. 사랑의 언어는 믿음의 언어이고, 믿음의 언어는 희망의 언어이다. 이에 반하여, 광기의 언어는 미치광이(비정상)의 언어이고, 미치광이의 언어는 횡설수설의 언어이다. 횡설수설의 언어는 불신의 언어이고, 불신의 언어는 절망의 언어이다. 하지만, 그러나 우리 인간들을 더욱더 무섭고 두렵게 하는 것은 우리 인간들 중, 어느 누구도 이 광기의 언어에서 예외적인 인물이 될 수가 없다는 것이다. 광기의 언어는 존재하지만, 그러나 그 언어의 기원은 어느 누구도 알 수가 없다. 혼자서 울고 혼자서 웃고, 수많은 재물들을 파괴하고, 수많은 사람들을 살상하지만, 그러나 그 사람의 심리적 근거와 행동양식을 알 수가 없는 것이다.

어린 아기는 태어날 때 왜 웃지 않고 그토록 사납게 우는 것일까? 그것은 두말할 것도 없이 '만인 대 만인들의 싸움터'인 생존경쟁의 바다에 내던져진 무서움 때문일는지도 모른다. "이 세상이 무섭고 두렵다고, 부디 도와주고, 제발 살려달라고" 그토록 사납게 우는 것인지도 모른다. 따라서 부모형제들의 보살핌을 잘 받고 삶의 상승곡선을 그럴 때에는 모든 것을 발밑으로 내려다 보며 천하제일의 행복을 연주할 수도 있었겠지만, 그러나 느닷없이 들이닥 치는 재앙처럼 삶의 하강곡선을 그릴 때에는 그토록 혐오 하고 싫어하던 무서운 잔혹극의 주인공이 되어 미치광이 의 삶을 살아가게 된다. "당신은 공동체 사회의 부적응자 이며, 위험한 불량시민입니다"가 폐쇄병동의 입원사유와 감금의 근거가 될 것이다.

승한 시인의 「173 폐쇄병동―상처」는 폐쇄병동의 실상 을 통해, 그 환자들의 영혼을 위로하고 있는 시라고 할 수 가 있다. 눈에 보이는 상처는 원인과 결과가 있지만, 눈에 보이지 않는 상처는 원인과 결과가 없다. 눈에 보이는 상 처는 치료가 가능하지만, 눈에 보이지 않는 상처는 치료가 가능하지 않다. "상처도 없이 아픈 사람들이" 있고, "상처 도 없이 아픈 발걸음으로 아프게 걷는 사람들"이 있고, "상 처도 없이 아픈 병동을 아프게 걷는 사람들이 있다." 상처 없이 아픈 상처가 가장 아프고, 그보다도 더욱더 아픈 것 은 아픈 지도 모르고 아픈 병이라고 할 수가 있다. 상처 없 이 아픈 사람, 아니, 아픈 지도 모르고 아픈 사람은 우리 인 간들의 폐쇄병동에 산다. 해가 없어도 환하고, 달이 없어 도 항상 밝고, 별이 없어도 항상 빛난다. 달력이 있어도 날짜가 가지 않고, 시계가 있어도 시간이 가지 않고, 눈이 와도 춥지 않다. 상처도 무심으로 바뀌고, 밤이 낮으로 바뀐다. 낮이 밤으로 바뀌고, 상처없는 몸이 상처있는 몸으로 치료받는다. 일년내내, 사시사철 '제레미 벤담의 원형감옥'(판옵티콘)에서처럼, 감시를 받고 있으면서도 어쩌다가 제정신이 돌아오면, "하나뿐인 공중전화기로/ 엄마에게/ 아빠에게/ 남친에게/ 여친에게/ 상처가 상처의 안부를" 묻게 된다.

밤이 없는 25시는 어떤 구원의 말씀도, 어떤 구세주의 손길도 없는 무간지옥이며, 무서운 잔혹극의 시간이라고 할 수가 있다. 25시는 시간대가 없는 시간이며, 가지도 오지도 않는 정지된 시간이며, "꺼지지 않는 형광 불빛 아래// 상처만이" "환한, 꽃이" 되는 무간지옥의 시간이라고 할 수가 있다.

상처와 상처가 만나 꽃이 되는 이 세상에서 가장 무서운 정신분열증의 꽃—. 승한 시인의 「173 폐쇄병동—상처」는 "당신도, 당신도 폐쇄병동의 무서운 잔혹극의 주인공이 될 수 있습니다"라는 경고와 함께, 그 '상처만이 환한 꽃'들의 영혼을 어루만지며 대자대비의 불심으로 하루바삐 쾌유를 기원하는 시라고 할 수가 있다.

이 순 희

그래

다그치지 않고

들어주는 말

세상한테 맞고 들어와 쓰러졌어도 안아주고 일으켜 세
우는 말

오월의 숲엔 이 말씀

더 푸르고 짙다

저 세상가신 아버지

생시처럼 숲에서 그윽하시다

희끗한 나를 아이같이

감싸 안아주신다

울음 참은 내 얘기 다 들어주신다

그래 그래

길이 열린다

눈앞이 환해진다

아버지는 하늘과 땅과 바다를 창조한 아버지이며, 아버지가 우리를 낳고 기른 집은 언제, 어느 때나 행복이 자라나는 지상낙원과도 같았다. 푸르고 푸른 들판에서는 우리들의 꿈과 희망이 자라나고, 산짐승과 새들이 노래를 부르면 오월의 봄꽃들이 꽃다발을 가져다가 준다.

아버지는 모든 고통을 기쁨으로 만들었고, 아버지는 모든 불행을 행복으로 만들었다. 근면 성실함으로 가난을 물리치고, 천하무적의 용기로서 모든 장애를 다 돌파하고, 모든 질투와 시기와 재난들을 다 쫓아내 버렸다.

조국과 가정과 사회는 아버지의 지혜와 용기와 성실함의 토대 위에 세워진 것이며, 천지창조주이자 스승이자 최후의 심판관인 아버지에 대한 숭배사상이 모든 종교의 기원이라고 할 수가 있다.

'그래'는 무슨 일을 잘못했어도 다그치지 않고 들어주는 말이고, 세상한테 맞고 들어와 쓰러졌어도 안아주고 일으

커 세워주는 말이다. '그래'는 오월의 숲과도 같은 말이고, "저 세상가신 아버지"의 그윽한 말씀이다. 희끗한 나를 아이같이 감싸 안아주는 말이고, 울음 참은 내 얘기 다 들어주는 말이다. '그래'는 지혜와 용기와 성실함의 말이고, '그래'는 무한한 긍정과 감탄의 말이고, 아버지의 인자함과 따뜻함이 배어 있는 말이다.

'그래'는 최초의 말이자 고향의 말이고, '그래'는 아버지의 철학이자 한 가정과 한 나라의 건국이념이다. '그래 그래의 철학'으로 철의 장벽이 무너지고, '그래 그래의 철학'으로 눈앞이 환해진다.

이순희 시인은 '그래 그래의 철학'의 주창자이며, 이순희 시인의 '그래 그래의 철학'에 의해서 모든 싹이 트고 꽃이 핀다. '그래 그래의 철학'에서 백전백승의 승전보가 울려퍼지고, '그래 그래의 철학'에서 젖과 꿀이 흐르는 지상낙원의 역사가 시작된다.

'그래 그래의 철학', 즉, 많이 아는 자는 전 인류의 스승이며, 전 인류의 스승 앞에서 경의를 표하지 않을 자는 없다.

'그래 그래의 철학'은 시의 열매이며, 시는 '그래 그래의 철학'의 '꽃'이다. 시와 사상은 둘이 아닌 하나이며, 우리 인간들은 이 완전무결하고 아름다운 오월(언어)의 숲에서 살아간다. '그래 그래의 철학'에 바탕을 둔 시는 오늘도, 지금이 순간에도, 지혜를 사랑하며, 전 인류의 사상(경전)으로 꽃을 피운다.

오래 오래 살수록 더욱더 젊어지고, 오래 오래 살수록 더욱더 아름다운 꽃을 피운다.

'그래 그래의 철학'의 기적이자, '그래 그래의 철학'의 '영원한 생명력'이다.

천 양 희

수상한 시절

바람이 없는데도
지진 맞은 듯 흔들린다
꽃을 보던 마음이
다른 길을 옮긴다

길 건너 공원에는 안개가
최루탄 연기처럼 자욱하다
더듬거리며 연인들이
오리무중이야 앞이 보이지 않아
안개 속으로 스며든다
설레야 할 심장이 마스크를 썼다
감동 없는 날을 베고 싶은 시간이다

신이 코로나를 이용해
천국 한가운데 지옥을 숨겨놓았다
오늘은 가까스로

\>

"눈밭에서 길을 잃을 때
뒤를 돌아보아야 하는 거야" 여자가 말한다
"어둠보다 더 두려운 건 권태인 거야" 남자가 말한다

두 사람의 쓴소리가 가까워진다
쐐기풀에 베인 듯 살갗이 따갑다

쓴소리하는 그들을 보다가
나도 한때 쓴소리꾼이었지, 중얼거린다
중얼거리다 세상 다 보낸 건 아닐까

우두커니 서서
환한 거리를 내려다본다
달려가고 달려오는 불빛들
저것이 일상일까

우리에게도 일상이 있었나

수상한 시절이 계속된다

세계적인 대유행병 코로나가 지난 2년 반 동안 전 세계를 초토화시켰고, 아직도 중국이나 북한에서는 '엔데믹'이 아닌 '팬데믹'으로 그 위용을 유감없이 발휘하고 있다. 나가사키나 히로시마를 초토화시켰던 원자폭탄보다도 더 피해가 크고, 모든 세계인들이 지난 2년 반 동안 마스크를 쓰고 격리 생활을 하다보니까 만성적인 우울증과 함께 인간성의 상실을 경험하게 되었다. 우리는 인간이 아니고 천양희 시인처럼 「수상한 시절」을 살아가는 지옥 속의 원주민들일 뿐이었던 것이다. 부모형제와의 혈연관계도 끊어졌고, 존경하는 스승이나 사제들도 사라진 지 오래되었고, 오직 그토록 사악하고 날카로운 이빨과 발톱을 들이대는 동료들과 상사들과 이웃들만이 있을 뿐이었던 것이다. 요컨대 "신이 코로나를 이용해/ 천국 한가운데 지옥을 숨겨 놓았"던 것이다.

만일, 그렇다면 신은 왜, 그토록 화가 났고, 왜, 또한 코로나를 이용해 천국 한가운데 지옥을 숨겨놓았던 것일까? 지옥이란 무시무시한 죄를 지은 사람들이 최후의 심판에 따라 처벌을 받는 곳을 말하고, 그 고통의 형벌이 영원히 끝나지 않는 곳을 말한다. 인간은 그토록 자비롭고 친절한 신의 명령을 거역했고, 따라서 코로나는 그 형벌이고, 이 지구촌은 지옥으로 변모하게 된 것이다. 만일, 그렇다면 인간은 어떠한 죄를 지었고, 그 죄를 짓게 된 근본원인은 무엇 때문이었던 것일까? 그것은 두말할 것도 없이 만악의 근원인 탐욕 때문이었고, 오래 살고 싶다는 욕망, 즉, '불로장생의 꿈'이 오늘날의 세계적인 대유행병 코로나를 만연시키게 된 것이다.

'철학의 시대'는 가고 '과학의 시대'가 왔다는 스티븐 호킹의 말은 '악마의 말'이자 이 세상에서 '지옥의 역사'가 시작되었다는 최초의 말이었다고 해도 과언이 아니다. 철학자는 전 인류의 스승이고, 이 세상의 삶과 죽음을 논하며, 우리 인간들의 삶의 행복을 가르쳐 준다. 이에 반하여, 자연과학자는 더욱더 돈을 많이 벌고 그 부유함 속에서 '불로장생의 꿈'을 현실화시켜 준다. 돈이 있어야 행복하고, 돈이 있어야 병을 물리치고, 돈이 있어야 오래 살기 때문에, 자연과학자들은 그 모든 도덕과 윤리와 심지어는 모든 종교들마저도 대청소해 버렸던 것이다. 돈을 벌고 오래 살고 싶다는 꿈이 오늘날의 고령화 사회를 탄생시켰고, 너무나도 뻔뻔스럽고 파렴치한 수명연장 행위 때문에 세계적인 대유행병 코로나가 발병하게 된 것이다.

자연과학은 너무나도 외설적이고 거침이 없으며, 그 어떤 반인륜적인 행위마저도 거침없이 저지르고 본다. 그토록 성스러운 신체를 해부하여 상업용(의학용)으로 분류해 놓았고, 불로장생의 꿈을 위하여 이종교배와 동물복제마저도 마다하지 않으며, 이 세상이 만물의 터전이라는 사실은 아예 생각조차도 하지 않는다. 그 결과, 지난 100여 년 동안 인간의 인구는 60억 명이 늘어났으며, 모든 만년설과 극북지방의 빙하들이 다 녹아내리게 되었다. 호랑이가, 코끼리가, 개미가, 나무와 풀이, 새와 개와 고양이가 불로장생의 꿈을 위하여 더욱더 탐욕스럽게 자연과학을 발전시키고 이종교배와 동물복제를 자행해왔단 말인가? 오래오래 살고 싶다는 불로장생의 꿈이 온갖 산업공해와 자연의 재앙을 불러온 것은 물론, 온갖 의약품을 오, 남용하고 과잉생산해오지 않았단 말인가? 모든 것은 가고 모든 것은 되돌아 온다. 천하는 만물의 터전이고, 어느 누구도 천하를 소유할 수는 없다. 이 윤회사상과 자연의 법칙을 정면으로 거역한 우리 인간들의 죄는 그야말로 '코로나 팬데믹'으로 너무나도 가혹하고 혹독한 처벌을 받고 있는 것 같지만, 그러나 아직도 '지옥 속의 형벌'은 시작되지도 않았다. 왜냐하면 하나의 병이 치료되었다고 하는 순간 더 큰 질병이 나타나고, 이 질병들이 우리 인간들의 '불로장생의 꿈'을 초토화시킬 것이기 때문이다.

바람이 없는데도 지진 맞은 듯 흔들리고, 꽃을 보던 마음이 다른 길로 옮겨간다. 길 건너 공원에는 최루탄 연기처럼 안개가 자욱하고, 모든 연인들이 더듬거리며 오리무중의 안개 속으로 사라진다. 모두들 두근거리는 마음과 설레어야 할 심장도 없이 마스크를 썼고, 그 감동 없는 날들 속에서 방황하고 있는 것이다. 눈밭에서 길을 잃으면 뒤돌아가 다시 시작할 수도 있지만, 어둠보다도 더 두려운 권태 속에서는 그 어느 것도 시작할 수가 없다. 권태—, 상대방에 대한 애정과 믿음이 다 무너진 권태—. 사랑은 솜사탕처럼 부드럽고 감미롭지만, 권태는 쐐기풀처럼 따갑고 아프기만 하다. 오리무중의 안개 속의 권태—, 한때는 쓴소리가 그토록 싫고 역겨울 때도 있었지만, 그러나 이제는 애정과 믿음이 담긴 쓴소리조차도 할 수가 없다.

코로나 팬데믹—. 모든 인간과 인간들의 관계가 파탄나

고, 날이면 날마다 복면을 쓴 낯선 인간들과 유령들과 함께 살아가야 하는 자연과학의 시대, 이 세상에 태어날 때부터 우리들은 자연과학자와 자본가들에게 살아야 할 권리와 죽어야 할 권리를 다 빼앗긴 채 요양병원의 상품으로 진열되어가야 할 유령들이 되어 있었던 것이다. 제아무리 우두커니 서서 환한 거리를 내려다 보지만, 그 모든 것이 낯설고 부질없다. 너도 없고, 나도 없고, 우리 인간들도 없다. 모두들 다같이 정상적인 일상생활을 잃어버리고 마스크와 복면을 쓴 채, 오리무중의 안개 속에서 부들부들 떨고 있다. 수상한 시절이 수상한 시절을 부르고, 수상한 시절이 수상한 시절을 부른다.

자연과학이 만악의 근원인 탐욕을 극대화시켰고, 우리 인간들의 '불로장생의 꿈'을 현실화시켜 나가고 있다. 자연의 법칙과 윤회사상을 너무나도 완벽하게 전복시킨 자연과학은 그러나 이 세상의 「수상한 시절」의 연출자가 되었다. 이상낙원은 지옥이 되었고, 오리무중의 안개 속의 권태에 사로잡힌 인간들은 모두가 다같이 일상생활을 잃어버리고 부들부들 떨며 코로나 팬데믹, 즉, 「수상한 세월」을 살아가게 되었다. 너와 나는 사회적 동물로서의 어떤 유대감이나 연결고리도 없고, 우리는 모두가 다같이 마스크를 쓴 채 '코로나 팬데믹'의 주연배우로서 살아가게 된다.

　전지전능한 신의 영원한 천벌을 받은 것이다.

이 선 희

환생하는 꿈

저승에는 문이 두 개 있었다

일반으로 들어가는 문과 시인으로 들어가는 문이었다

죽어서도 시인인 것을 기뻐하며 시인의 문으로 들어갔다

문 안에는 화려하지는 않지만 부유해 보이는 세상이 있

었다

사람들은 천천히 산책하고 먼 곳을 보며

움직임도 이야기도 조용조용했다

익숙한 모습의 사람들이 더러 보였다

기형도 시인이 잠시 바라보았지만 인사를 못 했다

서정주 시인도 저쪽에서 누구와 이야기를 나누는 모습

이 보였고

천상병 시인의 웃는 모습도 보였다

머뭇거리는데 윤동주 시인이 다가왔다

주변을 둘러보며 여기는 시인들의 세상이라고 했다

전생에서 쓴 시가 이곳에서는 재산이라고 했다

꿈인지 망상인지 문득 깨어나니 아침 햇살에 눈이 부신다

아직 나는 이 세상에 있었다

써 놓은 시가 부족해서 뒤돌아온 것만 같았다

이생에서 슬프고 외롭게 시를 쓰는 일이 복을 쌓는 일

같았다.

이 세상에서 가장 소중한 것은 돈과 명예와 권력이라고 할 수가 있다. 돈은 자기 자신만의 영지에서 어느 것 하나 부족한 것 없이 살아갈 수 있게 해줄 수도 있고, 권력은 가장 고귀하고 찬란한 황금의자에 앉아서 만인들을 복종시킬 수도 있으며, 명예는 사회적 동물로서의 만인들의 존경과 찬양을 받을 수도 있게 해준다. 돈은 타인들과 나누어 가지거나 교환될 수도 있고, 권력도 타인들과 나누어 가지거나 교활될 수 있지만, 그러나 명예는 그 어느 누구에게도 나누어 주거나 사고 팔 수가 없다. 돈과 권력은 지극히 세속적이고 일시적인 것이지만, 명예와 생명은 하나이며, 명예는 예술적인 아름다움의 극치라고 할 수가 있다.

오점 없는 명예는 예술적인 아름다움이고, 모든 시인들의 최고의 목표이자 그 모든 것이라고 할 수가 있다. 시인도 돈을 가질 수가 있지만, 필요 이상으로 소유하지 않고, 또한, 권력을 가질 수가 있지만, 더없이 공명정대하게 권력을 행사하며 만인들의 존경과 찬양을 받으면서 떠나간다. 우리 시인들이 자기 자신의 마음과 몸을 청결하게 하고 그토록 시를 쓰고자 하는 것은 이 세상을 더없이 아름답고 깨끗한 세상으로 만들고 싶어 하기 때문이다. 너무나도 때 이르게 시인의 꿈과 소망을 이루지 못하고 요절한 기형도 시인, 온몸으로 온몸으로 한 송이 국화꽃을 피우며 살다가 갔던 서정주 시인, 이 세상에서의 아름다운 소풍을 끝내고 하늘나라로 돌아간 천상병 시인, 하늘을 우러러 한 점도 부끄러움 없이 살다가 갔던 윤동주 시인 등이 바로 그것을 말해주며, 기형도 시인과 서정주 시인과 천상병 시인과 윤동주 시인은 이선희 시인이 가장 사랑하고 존경하는 이상적인 시인들이라고 할 수가 있다.

　이선희 시인의 「환생하는 꿈」은 고귀하고 거룩한 시인들에게 바치는 '송시頌詩'이며, 그 고귀하고 거룩한 뜻을 이어받아 더없이 고귀하고 거룩한 시인으로 탄생하려는 '존재론적 전환의 시'라고 할 수가 있다. 하루 하루가 새로운 나날이듯이, 모든 고귀하고 거룩한 시인은 매 단계마다 기존의 낡은 사고방식과 껍질을 벗고 새로운 시인, 즉, 전 인류의 스승으로 탄생하기 위하여 그토록 처절하고 힘든 '고통의 지옥훈련과정'을 거치지 않으면 안 된다. 끊임없이 옛

것을 배우고 새것을 익히며, 시인이 시인으로서 태어나 고귀하고 위대한 시인으로 살아가려면 수없이 죽었다가 다시 태어나지 않으면 안 된다. 자연의 아름다움은 우연일 수도 있지만, 예술의 아름다움은 결코 우연일 수가 없다. 자연의 아름다움은 숭고하지 않지만, 예술의 아름다움은 더없이 고귀하고 숭고한 것이다.

이선희 시인의 말에 따르면, 저승에는 두 개의 문이 있었고, 일반인들이 들어가는 문과 시인이 들어가는 문이 있었다고 한다. 이선희 시인은 죽어서도 시인인 것을 기뻐하며 시인의 문으로 들어갔고, 그곳에는 화려하지는 않지만 부유해 보이는 세상이 있었다고 한다. 사람들은 천천히 산책을 하고 먼 곳을 보며, 움직임도, 이야기도, 늘, 항상 사유하며 생각하는 사람들답게 조용조용했던 것이다. 기형도 시인이 잠시 바라보았지만 인사를 못했고, 서정주 시인도 저쪽에서 누군가와 이야기를 나누는 모습이 보였다. 천상병 시인의 웃는 모습도 보였고, 주변을 둘러보며 머뭇거리는데 윤동주 시인이 다가와 여기는 시인들의 세상이라고 했다고 한다. 전생에서 쓴 시가 이곳에서는 재산이 된다고 했는데, 꿈인지 망상인지 문득 깨어나 보니 아침 햇살에 눈이 부셨고, 나는 아직도 이 세상에서 살고 있었던 것이다. 이선희 시인의 「환생하는 꿈」은 오매불망, 꿈에도 그리던 '시인의 천국'으로 들어갔지만, 전생에서 쓴 시가 부족해 되돌아 온 안타까움이 배어 있는 시이며, 이제는 더욱더 온몸으로, 온몸으로 고귀하고 거룩한 시를 쓰겠다는 '자유 의지'가 돋보이는 '명시'라고 할 수가 있다. 왜냐하면 이 세상에서 가장 훌륭하고 복된 직업이 시인이고, 이 세상에서 더없이 슬프고 외롭게 시를 쓰는 일이 가장 복된 일이기 때문이다.

시는 열정이고, 열정은 에너지이고, 에너지는 불꽃이다. 어제도, 오늘도 수많은 시인들의 몸과 마음이 불타오르고, 이 예술적인 아름다움이 전 인류의 마음을 사로잡으며 대대로 이어진다. 기형도 시인에게로 이어지고, 서정주 시인에게로 이어진다. 천상병 시인에게로 이어지고, 윤동주 시인에게로 이어지고, 그 다음에, 이선희 시인에게로 이어진다.

시와 생명은 하나이고, 시와 생명의 불꽃은 이 세상에서 가장 아름다운 명예의 불꽃으로 타오른다. 이선희 시인의 「환생하는 꿈」은 낡디 낡은 시인의 탈을 벗고 고귀하고 거룩한 시인으로 탄생하는 기적의 순간이자, 그 고귀하고 거룩한 시인들에게 '하늘의 축복'이 쏟아지는 너무나도 아름답고 멋진 명시라고 할 수가 있다.

저승은 지옥이 아닌 축복의 땅이 되고, 고귀하고 거룩한 시인들의 열정으로 전 인류의 지상낙원인 '시인의 천국'이 펼쳐진다.

오딧세우스와 호머가 살고 있고, 오르페우스와 단테가 살고 있다.

괴테와 셰익스피어가 살고 있고, 보들레르와 랭보가 살고 있다.

기형도 시인과 서정주 시인이 살고 있고, 천상병 시인과 윤동주 시인과 이선희 시인이 살고 있다.

허 이 서

욕 한 마리

내 안엔 욕 한 마리가 산다
어린 강아지처럼 귀엽던 그 녀석
내 나이만큼 자라서는
언제 물어뜯을지 모를 사나운 짐승이 되었다

조용히 잠자는 듯하다가
누구라도 침범하면
으르렁 컹컹 짖어댄다
버릴까 몇 번을 망설이다가도
여전히 녀석을 데리고 산다

내가 힘들 때 누구보다 먼저 달려와
나를 핥아주는 욕 한 마리
위험에 닥쳤을 때만 짖으라고
오늘 나는 그 녀석을 길들이고 있다

인간은 선한 것을 욕망하지 않고, 자기 자신의 욕망을 선한 것이라고 말한다. 이 세상에 대한 가치판단이 이처럼 다르기 때문에, 동일한 욕망을 추구하면서도 '만인 대 만인의 싸움'이 그치지를 않게 된다. '나는 선하고 너는 나쁘다'라는 주관적인 선입견과 편견은 타자의 주체성을 인정하지 않는 극단적인 이기주의가 되고, 이 '극단적인 이기주의'라는 광기는 대량살생의 전쟁으로 이어지거나 그 반대 방향에서 자기 자신의 욕망을 실현시키지 못하고 정신병자의 삶을 살아가게 된다. 모든 성인군자나 전 인류의 스승들은 모두가 다 한결같이 마음을 비우고 '무소유의 삶'을 살라고 가르치지만, 돈과 명예와 권력이라는 재화의 양은 한정되어 있기 때문에, 수많은 사람들이 정당을 만들어 작당을 하거나 패거리를 만들어 사생결단식의 싸움을 하게 된다.

마르크스의 말대로 전쟁은 약탈이고 상업은 사기라고

할 수가 있다. 전쟁은 필요한 것은 빼앗고 착취하는 약육강식의 법칙이고, 상업은 최소의 비용으로 최고의 이익을 창출해 내는 합법적인 수단이라고 할 수가 있다. 전쟁과 상업에는 최고급의 전략과 전술이 필요하고, 따라서 어머니의 뱃속에서부터 전략과 전술을 배우며, 그것의 궁극적인 결과는 세계적인 명문대학교의 졸업장과 학위로 나타나게 된다. 모든 고등교육은 최고급의 사기 치는 기술이며, 이 최고급의 사기 치는 기술을 지니고 있는 자만이 전인류의 스승으로서 만인들 위에 군림하며, 모든 존경과 찬양을 독점할 수가 있다.

욕이란 타인들을 헐뜯고 공격하는 말이며, 소위 점잖고 참다운 사람이 입에 담을 수 없는 말이라고 할 수가 있다. 하지만, 그러나 욕이 없으면 점잖고 참다운 말도 없게 되는데, 왜냐하면 욕과 참다운 말은 일심동체와도 같기 때문이다. 대가리(머리), 주둥이(입), 자지, 보지, 개, 돼지, 쌍놈, 죽일 놈, 병신 새끼, 수전노 등의 다양한 욕들이 있고, 때로는 이 욕들이 매우 재미 있고 유익한 인간관계와 흉허물 없는 친근한 우정을 나타낼 수도 있다. 서로가 서로를 신뢰하며 욕을 욕으로 듣지 않을 때도 있고, 전쟁영화와 폭력영화를 보면서 그 주연배우들의 온갖 쌍욕을 다 들으며 대리만족이나 쾌감을 느낄 수도 있다. 욕과 참다운 말은 그 경계가 매우 애매모호하고, 그 사용하는 장소와 위치와 입장에 따라서 그 의미가 뒤바뀔 수도 있는 것이다. '이 망할 자식아'가 사랑과 애정이 담긴 말일 수도 있고, 자지와 보지가 더없이 거룩하고 성스러운 말일 수도 있고, 온갖 쌍욕과 막말이 난무하는 영화예술이 만인들이 참여하는 축제의 장일 수도 있다. 이제는 '욕설의 사회학'이나 '욕설의 정치철학', 또는 '욕설의 문학'이나 '욕설의 영화학'을 새로운 학문연구와 문학예술의 장르로 개척해볼 수도 있을 것이다.

허이서 시인은 '욕설의 철학자'로서 그 욕에 강아지의 지위를 부여하고 그 강아지와 함께 살며, 이제는 그 강아지에게 천하무적의 충견의 지위를 부여하게 되었다. "내 안엔 욕 한 마리가 산다/ 어린 강아지처럼 귀엽던 그 녀석/ 내 나이만큼 자라서는/ 언제 물어뜯을지 모를 사나운 짐승이 되었다"라는 시구가 그것이고, 따라서 그의 「욕 한 마리」는 "조용히 잠자는 듯하다가/ 누구라도 침범하면/ 으르렁 컹컹 짖어"대게 되었던 것이다. 하지만, 그러나 욕은 더럽고 추한 말이며, 그 말들을 함부로 사용했다가는 소위 '왕따'를 당하거나 모욕이나 명예훼손죄로 처벌받을 수도

있다. 허이서 시인의 욕은 타인들을 향한 날것 그대로의
공격성이 아니라, 자기 자신만이 알고 자기 자신에게만 내
뱉는 입속말에 불과하지만, 그러나 그는 그것의 부도덕성
을 깨닫고 언어의 순화차원에서 몇 번씩이나 버릴까하고
고민도 하게 되었다고 한다. 하지만, 그러나 어릴 적부터
강아지처럼 데리고 살며 천하무적의 충견으로 키워온 욕
을 버릴 수는 없었고, 그는 「욕 한 마리」의 호위무사 덕에
그 어떤 외부의 적이나 위험도 다 물리칠 수가 있었던 것
이다.

　허이서 시인의 '욕설의 철학'은 극사실적이면서도 심리
학적이고, 그 '욕설의 사회학'은 선악을 초월하여 '욕설의
철학'으로 그 존재의 토대를 마련하게 된다. 욕은 강아지
이고, 욕은 충견이며, 욕은 천하무적의 주연배우이며, 욕
은 최고급의 전략과 전술로 무장되어 있는 시인이다. 시인
과 욕이 하나가 되고, 욕과 충견이 하나가 되는 이 삼위일
체의 드라마 속에서 "누구라도 침범하면" 더욱더 사납고
무섭게 물어뜯으며 그 어떤 외부의 적이나 위험도 다 물리
칠 수가 있게 된 것이다.

　"내가 힘들 때 누구보다 먼저 달려와/ 나를 핥아주는 욕
한 마리/ 위험에 닥쳤을 때만 짖으라고/ 오늘 나는 그 녀석

을 길들이고 있다." 나의 욕은 선한 것이고, 너의 욕은 나쁜 것이다. 왜냐하면 나의 욕은 도덕 위에 기초해 있고, 너의 욕은 부도덕 위에 기초해 있기 때문이다. 이 '욕설의 철학', 이 불문헌법과 성문헌법의 영역을 침범하는 자는 그 어떤 자도, 심지어는, 부모형제와 남편과 자식들까지도 결코 용서하지 않을 것이다. 허이서 시인의 「욕 한 마리」의 행복은 지극히 유아론적이고 자기중심적이지만, 그러나 모든 싸움은 승자독식구조로 되어 있는 것이다.

나는, 우리는, 결코 '욕 한 마리'의 기쁨과 그 행복을 포기할 수가 없는 것이다.

이 혜 숙

석양

내 그럴 줄 알았어.

몇 날 며칠을 서성대더니

그럴 줄 알았어.

네가 바닷속으로

몸을 던진 후

와르르 산자락이 네 뒤를 따르고

새들도 따라

들어가고

하늘은

서둘러 조문의 검은 휘장을 펼친다

홀로 남은 찌르레기가

뽑아내는

조가 한 마당만

낭창낭창 깊어가던

그 저녁

지구는, 이 우주는 자연의 법칙으로 구성되어 있는 풍선과도 같다. 낮이 길어지면 밤이 짧아지고, 밤이 길어지면 낮이 짧아진다. 인간의 수명이 연장되면 젊은이들이 줄어들고, 젊은이들이 줄어들면 늙은이들이 늘어난다. 초식동물이 늘어나면 육식동물이 늘어나고, 육식동물이 늘어나면 초식동물이 줄어든다. 음과 양, 선과 악, 남과 여, 진리와 허위, 삶과 죽음 등은 둘이 아닌 하나이며, 이 자연의 법칙의 균형은 절대로 무너지지 않는다.

'박수칠 때 떠나라'라는 말이 있듯이, 만인들이 아쉬워할 때 죽는 것이 가장 아름답고 행복한 삶일 것이다. 아들과 딸들을 다 키우고 손자와 손녀들을 볼 때쯤 죽는 것, 잠시잠깐 동안 신열을 앓듯이 너무나도 지나친 약과 병원에 의지하지 않고 떠난다면 모든 자식들을 다 효자로 만들 것이다. 죽는다는 것은 모든 것을 다 내려놓는다는 것이고, 모든 것을 다 내려놓는다는 것은 새로운 후손들에게 길을 열어 준다는 것이다. 붉디 붉은 석양이 아름다우면 기나긴 밤을 지나 더욱더 찬란한 아침 해가 떠오를 것이고, 이 아침 해는 더없이 따뜻하고 부드러운 손길로 모든 만물들을 다 품어 기를 것이다. "내 그럴 줄 알았어/ 몇 날 며칠을 서성대더니/ 그럴 줄 알았어/ 네가 바닷속으로/ 몸을 던진 후/ 와르르 산자락이 네 뒤를 따르고/ 새들도 따라/ 들어가고/ 하늘은/ 서둘러 조문의 검은 휘장을 펼친다"라는 시구가 그것이 아니라면 무엇이고, "홀로 남은 찌르레기가/ 뽑아내는/ 조가 한 마당만/ 낭창낭창 깊어가던/ 그 저녁"이라는 시구가 그것이 아니라면 무엇이란 말인가?

이혜숙 시인의 「석양」은 '조가弔歌'이며, 이 세상에서 가장 아름다운 '삶의 찬가'이다. 천년, 만년 꽃만 핀다면 어떻게 열매를 맺고, 천년, 만년 아침 해만 떠오른다면 어떻게 잠을 자고 새로운 생명들이 태어날 수가 있단 말인가? 석양의 아름다움은 하늘을 감동시키는 삶이고, 하늘을 감동시키는 삶은 자연스러운 죽음이고, 자연스러운 죽음은 또 다른 생명을 탄생시키는 꽃이다. 석양도 꽃이고, 아침 해도 꽃이고, 삶도 꽃이고, 죽음도 꽃이다. 이혜숙 시인의 「석양」은 아름답고 장엄한 죽음의 꽃이고, 더없이 즐겁고 기쁜 삶의 꽃이라고 할 수가 있다.

붉디 붉은 저녁 노을을 보면 더없이 엄숙하고 경건해진다. 홀로 남은 찌르레기의 노래가 낭창낭창 깊어가듯, 우리 인간들의 삶의 찬가도 낭창낭창 깊어가지 않으면 안 된다.

윤 경

첫사랑

멀리 있어도 가슴 따뜻한 이름

마음속에 너라는 주머니 하나를 달고 다닌다.

오늘은 그 주머니를 종일 매만진다.

첫은 시원이고, 순수이며, 첫은 꿈이고, 사랑이다. 첫사랑은 멀리 있어도 가슴 따뜻한 이름이고, 우리들의 삶의 이상을 지켜주는 수호신이다. "마음속에 너라는 주머니 하나를 달고" 다니는 사람은 더없이 순수하고 때묻지 않은 사람이고, 약속을 하지 않아도 약속을 지키고, 법이 없어도 자기 자신의 양심에 따라 법을 지킨다.

첫사랑은 나의 순수이고, 너의 순수이며, 우리 모두의 행복이다.

윤경 시인의 「첫사랑」은 종교이며, 첫사랑의 주머니에서 이 세상의 삶의 기쁨과 행복이 쏟아진다.

유 영 삼

마렵다는 거

마려운데 어떡해

세 번째 아내와 사별 후 삼복더위에도 엄동설한에도
돈을 벌기 위해 산을 오르고 돈을 쓰기 위해
읍내로 내려오는 약초 할배
그렇게 힘들게 벌어 왜 그곳에 가냐면 입버릇처럼

어떻게 해 마려운데, 마려운데 어떡해

당신 뒤 마려우면 어떻게 하나
나도 감정이 마려워서 싸는 거야
다들 안달이 났으면서 안 그런 척 감출 뿐이지
외로움이라는 감정이 넘치면 방법은 없어
세상에서 제일 좋은 게 뭔데
온몸으로 수다를 떠는 거야

함께 수다 떨 상대를 찾아가는 거지

감정이 마려우면 어쩔 수 없어

분 냄새가 뽀얀 살결이 뜨거운 숨소리가 두려움도

외로움도 다 날려 보내지, 삶의 허기까지 달래준다니까

내겐 마려움의 조절능력이 없어

아니 마려움증이란 병에 걸린 게지

외로움을 이겨내는 무섬증이지

우리 인간들이 가장 좋아하고 찬양하는 것은 고귀하고 순결한 사랑이지만, 그러나 이 고귀하고 순결한 사랑은 더럽고 추한 사랑의 겉모습에 지나지 않는다. 모든 동물들 중에서 우리 인간들만이 고귀하고 순결한 사랑과 더럽고 추한 사랑을 구분하고 전자는 미풍양속의 전범으로 장려를 하고, 후자는 미풍양속의 살해범으로 단죄를 한다. 물을 마셔도 배설을 하지 않으면 안 되고, 밥을 먹어도 배설을 하지 않으면 안 된다. 먹는 것과 배설하는 것이 둘이 아닌 하나인 것처럼 고귀하고 순결한 사랑과 더럽고 추한 사랑도 둘이 아닌 하나인 것이다. 원수집안의 금기를 깨뜨린 로미오와 줄리에트의 사랑도 불륜이고, 양반과 천민의 금기를 깨뜨린 이몽룡과 춘향이의 사랑도 불륜이다. 이아손과 메디아의 사랑도 불륜이고, 서경덕과 황진이의 사랑도 불륜이다. 모든 시와 소설과 연극과 영화의 주인공들은 대부분이 이루어질 수 없는 불륜의 주인공들이며, 그들이 그 불륜 속에서 그 불륜과 함께 살아감으로써 더욱더 고귀하고 순결한 사랑의 주인공이 되어갔던 것이다. 클레오파트라와 돈주앙의 엽색행각은 신들마저도 용서를 했던 것이며, 다른 한편, 제우스신이나 오딧세우스의 엽색행각이 없었더라면 오늘날의 인간이라는 종의 건강이 어떻게 이루어졌을 것인가를 묻고 싶은 것이다. 고귀하고 순결한 사랑 못지 않게 더럽고 추한 사랑도 소중한 것이며, 그것은 인류의 역사와 함께 번성하고 있는 사창가와 술집과 포르노 영화(춘화) 등이 그것을 증명해준다.

우리 인간들, 아니, 모든 생명체들의 욕망은 성적 욕망이며, 모든 생명체들의 최대의 관심사는 자기 짝을 찾아서 씨앗을 뿌리는 것이다. 우리 한국인들이 가장 좋아하는 소나무는 정욕의 화신인데, 왜냐하면 송화꽃이 피는 봄철이면 온 천하를 노란 송화가루로 덮어버리기 때문이다. 사시사철 늘 푸르고 목재가 가장 좋은 소나무의 기상 때문인지는 모르겠지만, 소나무는 천하의 바람둥이라고 하지 않을 수가 없다. 소나무 바람둥이—, 하지만, 그러나 이 소나무는 근친상간을 방지하기 위하여 암술은 소나무의 꼭대기에서 피고, 따라서 그 아래 송화꽃은 바람에 의해 암술을 찾아가는 풍매화風媒花라고 한다. 일부일처제와 여필종부라는 도덕적 엄숙주의는 소나무에게, 연어에게, 모든 암컷과 수컷에게 함부로 연애를 하고 사랑을 하지 말라고 하는 팔푼이들의 바보짓과도 같은 것이다. 옛이야기와 노래와 춘화도 그렇지만, 우리 인간들의 최대의 관심사는 이팔청춘의 남녀, 또는 대통령과 장관과 재벌, 또는 영화배우와 오페라의 가수와 운동선수들의 불륜이라고 할 수가 있다. 모든 사랑은 불륜이고, 이 불륜이 없었다면 남녀 사이의 달콤한 키스나 정사의 드라마는 물론, 우리 인간들의 미래의 주인공인 선남선녀들이 탄생하지 않게 되었을 것이다. 오늘도, 내일도 소문난 맛집에서 번호표를 뽑고 줄을 서듯이, 아니, 방탄소년단의 음악을 듣기 위해서 전 세계의 젊은이들이 몰려오듯이, 모든 인간들은 그 '불륜의 드라마'를 보고 열광을 하게 되는 것이다.

유영삼 시인의 「마렵다는 거」는 정욕의 화신인 '약초 할배'를 통해 우리 인간들의 욕망이 성적 욕망이라는 것을 너무나도 솔직하고 정직하게 노래한 시라고 할 수가 있다. "세 번째 아내와 사별 후 삼복더위에도 엄동설한에도/ 돈을 벌기 위해 산을 오르고 돈을 쓰기 위해/ 읍내로 내려오는 약초 할배"는 천하의 바람둥이 소나무와도 같으며, 온갖 좋은 약초들을 다 먹고 일년 삼백육십오일 산을 오르고 있으니, 그의 정력은 미래의 인간의 씨앗이 되고 있는 것이다. "마려운데 어떡해"—, 이 성욕의 불길이 근친상간자와 동성연애자와 혼외성교와 온갖 성추행과 강간범죄자들을 낳을 수도 있지만, 그러나 그것은 '미래의 인간육성'이라는 과업에 비하면 새발의 피에 지나지 않는다.

천하제일의 바람둥이 소나무가 '풍매화'라는 병에 걸린 것처럼, 약초 할배 역시도 '마려움증'이라는 병에 걸린 것이고, 따라서 "분 냄새 뿌얀 살결"과 "온몸으로 수다를" 떨어야만 낫는 병이라고 할 수가 있다. 바람이 불면 송화가루가 날리고, 비가 오면 강물이 불어난다. 봄이 오면 설산의 눈이 녹고, 성적 욕망이 부풀어 오르면 싸야 한다. 마려우면 싸야 하고, 이 욕망의 배설만이 모든 근심과 걱정을 다 씻어준다.

약초 할배의 성적 욕망은 건강함의 징조이고, 이 건강함이 있는 한, 유영삼 시인의 능청스럽고도 구수한 입담과 함께, 우리 인간들의 미래의 태양이 떠오르게 된다.

유영삼 시인의 「마렵다는 거」는 춘화도 아니고 음화도 아니며, 너무나도 고귀하고 거룩한 사랑이라고 할 수가 있다.

김 다 솜

저 우주적인 도둑을 잡다

그는 어디에서 왔을까

바라지창으로 생쥐처럼 들어와
사그작사그작 뭔가 갉아 먹으며 간다

봄여름가을겨울 맞이하고 보내는 전령사를 미워하다 사
랑하다 벌주다 용서하다 다시 사박사박 걸어갔지

정보과 형사도 잡지 못하는 저 위대하고 자상한 우주적
인 도둑을 내가 한 때 올가미로 순간 잡았다 놓쳤지

때론, 망각의 수면제이자 비타민, 나무와 꽃도 그 물소
리에 피고지고 변화무쌍한 구름과 바람들을 바다 건너게
했지

버스와 기차, 비행기와 배를 기다리게 하면서 넘어지게
했지 저마다 꿈을 가방마다 채우더니 비우게 했지

누군가 잡으려 해도 잡히지 않은 그는 뭔가 서로 나누어
보관하다 결국 그 자리 놓고 아늑한 집으로

푸른 낮달과 초승달 깨우는 알람소리
쉼 없이 셈을 세며 걸어가는

그는 어디에서 왔을까.

꿈이란 무엇일까? 꿈이란 잠자는 동안 일어나는 심리적인 현상일 수도 있고, 자기 자신이 반드시 이루고 싶은 이상(희망)일 수도 있다. 꿈이란 전혀 실현 가능성이 없는 헛된 생각(망상)일 수도 있고, 이 세상의 현실을 떠나 무한한 상상의 나래를 펼칠 수 있는 몽상일 수도 있다. 이 꿈과 꿈들은 그 무늬와 결이 다르면서도 상호 긴밀하게 연결되어 있는데, 왜냐하면 모든 꿈들은 반드시 그가 이루고 싶은 이상과 연결되어 있기 때문이다. 따라서 그 이상에 대한 강박관념 때문에 나쁜 꿈으로 이어질 수도 있고, 그 반대 방향에서 무한한 희망과 용기를 주는 길몽으로 이어질 수도 있다. 영원한 제국의 황제가 되고 싶은 꿈과 전 인류의 스승이 되고 싶은 꿈, 세계적인 대서사시인이 되고 싶은 꿈과 세계적인 부자가 되고 싶은 꿈, 이 세상에서 가장 큰 날개옷을 입고 자유자재롭게 우주여행을 다니고 싶은 꿈 등—, 이 모든 꿈들은 전혀 터무니 없고 허무맹랑할지라도 그러나 그 꿈들이 있다는 것만으로도 너무나도 즐겁고 기쁜 망상과 몽상의 주인공으로 살아갈 수가 있는 것이다.

이 세상에서 꿈처럼 키가 크고 장대한 것도 없고, 이 세상에서 꿈처럼 힘이 세고 무병장수하는 것도 없다. 꿈은 수천 개의 날개를 지녔고, 빛보다 더 빠른 속도로 과거에서 현재로, 또는 미래에서 과거로의 시간여행을 다닌다. 꿈은 이 세상의 금은보화를 다 지녔고, 꿈은 비너스보다도, 에로스보다도 더 아름답고, 꿈은 언제, 어느 때나 남녀노소, 아니, 전 인류의 마음을 다 훔쳐낼 수가 있다. 꿈은 "정보과 형사도" 잡을 수가 없지만, 그러나 김다솜 시인은 어느 한순간, "저 위대하고 자상한 우주적인 도둑"을 "올가미"로 잡은 적이 있었다. 꿈은 "바라지창으로 생쥐처럼 들어와/ 사그작사그작" 나를 갉아 먹었고, "봄, 여름, 가을, 겨울"의 전령사처럼 찾아와 나의 몸과 마음을 흔들어 놓고 사라져 가버렸다. 꿈은 모든 현실을 잊게 하는 "망각의 수면제"였고, "나무와 꽃도 그 물소리에 피고"졌고, 모든 변화무쌍한 바람과 구름들마저도 저 넓고 넓은 바다를 건너가게 만들었다. 꿈은 "버스와 기차, 비행기와 배를 기다리게 하면서도 넘어지게" 만들었고, 모두들 다같이 전혀 터무니없고 허무맹랑한 망상과 몽상들을 가방 가득 채우게도 만들었지만, 그러나 그 꿈은 누구나 잡으려고 해도 잡히지 않는 우주적인 대도둑일 뿐이었던 것이다. 요컨대 꿈은 우리 인간들의 모든 소망을 다 들어줄 것처럼 언제, 어느 때나 호언장담을 했지만, 그러나 대부분이 봄, 여름, 가을, 겨울의 사계처럼 소리 소문없이 도망을 가는 대도둑에 지나지 않았던 것이다.

이 세상의 모든 근심과 걱정으로부터 벗어나고 싶었던 부처의 꿈도 과대망상의 산물이었고, 이 세상의 모든 인간들을 이상적인 천국으로 인도하겠다던 예수의 꿈도 과대망상의 산물이었다. 알렉산더 대왕의 영원한 제국의 꿈도 과대망상의 산물이었고, 부의 공정한 분배와 만인평등을 꿈꾸었던 마르크스의 공산주의도 과대망상의 산물이었다. 요람에서 무덤까지의 복지국가의 꿈도 과대망상의 산물이었고, 120세의 노인이 올림픽 경기에서 우승을 하겠다는 꿈도 과대망상의 산물이었다. 아날로그 시대도, 디지털 시대도 과대망상의 시대이고, 우리 인간들은 '저 우주적인 대도둑'의 마수에서 결코 벗어날 수가 없다.

만일, 왜, 그렇다면 우리 인간들은 꿈이 없으면 못 살고, 왜, '저 우주적인 대도둑'을 잡지 못한단 말인가? 왜냐하면 언제, 어느 때나 자기 자신의 한계를 돌파하고 전지전능한 신들을 호위무사로 거느리며 영원불멸의 삶을 살고 싶어 하기 때문이다. 기독교도, 불교도, 힌두교도, 이슬람교도 꿈의 산물이고, 야훼도, 부처도, 시바도, 알라도 우리 인간들의 꿈이 창출해낸 호위무사들일 뿐이다. "푸른 낮달과 초승달 깨우는 알람소리"는 날이면 날마다 새롭게 시작하는 첫날의 새벽 종소리와도 같고, "쉼 없이 셈을 세며 걸어가는/ 그" 역시도 우리 인간들의 꿈에서 태어났을 뿐이었던 것이다. 꿈은 술이고, 마약이며, 전혀 터무니없고 허무맹랑한 과대망상의 진원지일 뿐이다. 디지털 시대에서 인공지능으로 우주를 정복하고 백억 광년 후에도 클레오파트라와 잠자리를 같이 하고, 천억 광년 이후에도 '저 우주적인 대도둑'이 되어 모든 것을 다 훔치고 싶은 것이다.

「저 우주적인 도둑을 잡다.」

김다솜 시인이여, 꿈을 꾸면 천하는 다 내 것이 되고, 모든 신들, 즉, 저 우주적인 대도둑들은 모두가 다같이 나의 호위무사가 된다.

이 승 애
둥근 방

애초에 한 방울의 물이었다
둥둥 몸을 감싸는 물과 섞이지 않고
홀로 자라는 물이었다

꽉 막힌 방,
어둡지만 환한 그곳에서
나는 파랗게 움이 트고 있었다

밀물과 썰물이 찍힌 서해와
달의 숨소리가 높은 동해와
조릿대 사분대는 대관령을
보지 않아도 볼 수 있었다
바다와 바람의 호흡만으로

눈 대신 귀가 환하게 열렸다

나를 부르는 소리에 말랑한 뼈가 하나씩 돋았다

부드러운 손이 바깥에서 나를 어루만질 때
온몸이 따뜻해졌다
그때마다 한 번도 본 적 없는 얼굴을
어디선가 만난 것만 같았다

아늑하지만 안개 속 같은 방
발길질을 해도 문은 열리지 않았다
나는 꾹 참고 기다리고 있었다
꼭 만나야 했다

통통 부은 발을 어루만지며
태명을 불러주던 다정한 그 사람을

이 세상의 근본물질은 무엇일까? 탈레스에게는 이 세상의 근본물질이 물이었을 것이고, 헤라클레이토스에게는 이 세상의 근본물질이 불이었을 것이다. 어떤 사람에게는 이 세상의 근본물질이 공기였을 것이고, 어떤 사람에게는 이 세상의 근본물질이 흙이었을 것이다. 모든 생명체는 물 속에서 태어나 물 속에서 살다가 물 속에서 죽어갈 수도 있고, 모든 생명체는 불 속에서 태어나 불 속에서 살다가 불 속에서 죽어 갈 수도 있다. 모든 생명체는 공기 속에서 태어나 공기 속에서 살다가 공기 속에서 죽어 갈 수도 있고, 모든 생명체는 흙에서 태어나 흙 속에서 살다가 흙으로 돌아갈 수도 있다. 오늘날 이 세상의 근본물질은 원자로 밝혀졌고, 이 원자는 만물의 근본물질인 에너지(불)라고 할 수가 있다. 왜냐하면 물질은 에너지이고, 에너지는 물질이기 때문이다. 에너지 보존법칙에 따르면, 에너지는 형체만 바뀔 뿐, 이 에너지가 소멸되는 법은 있을 수가 없다. 물도 에너지이고, 불도 에너지이다. 공기도 에너지이고, 흙도 에너지이다. 원자와 원자가 결합하면 새로운 생명체가 태어나고, 원자와 원자가 분리되면 그 생명체는 물과 불과 공기와 흙으로 돌아가게 된다. 모든 유기체와 무기체는 생물학적으로, 또는 화학적으로 한 가족이며, 어떤 생명체도 이 자연의 법칙에서 벗어날 수가 없다. 우주도 둥글고, 지구도 둥글고, 달도 둥글고, 태양도 둥글다. 물이 불이 되고, 불이 공기가 된다. 공기가 흙이 되고, 흙이 물이 된다. 모든 것이 가고 모든 것이 되돌아오는 이 윤회의 법칙도 둥글고, 요컨대 자연의 법칙은 둥글게 원을 그리며, 끊임없이 자전과 공전을 되풀이 하게 하고 있는 것이다.

이승애 시인의 「둥근 방」은 '나'를 '나'로서 존재하게 한 '둥근 방'이며, 엄마 뱃속의 '태아의 꿈'을 매우 아름답고 뛰어나게 노래한 시라고 할 수가 있다. 시인은 "애초에 한 방울의 물이었"고, "둥둥 몸을 감싸는 물과 섞이지 않고/ 홀로 자라는 물이었다." 양수 속의 물방울이었고, "꽉 막힌 방/ 어둡지만 환한 그곳에서 나는 파랗게 움이 트고 있었"던 것이다. 이 물 속에는 철과 염분과 인과 칼슘과 단백질 등의 모든 물질들이 다 들어 있었고, 나는 이 「둥근 방」에서 "밀물과 썰물이 찍힌 서해와/ 달의 숨소리가 높은 동해와/ 조릿대 사분대는 대관령을/ 보지 않아도 볼 수 있었"던 것이다. "바다와 바람의 호흡만으로"도 "눈 대신 귀가 환하게 열렸"고, "나를 부르는 소리에 말랑한 뼈가 하나씩 돋았"던 것이다. 요컨대 엄마 뱃속의 「둥근 방」은 모든 생명체의 기원이자 삶의 터전이었고, 산과 바다와 하늘과 땅과 모든 생명체들이 살아 움직이는 대우주였다고 해도 지나친 말이 아니다. 애초에 한 방울의 물이었지만 홀로 자라는 물이었던 나, 꽉 막힌 방, 어둡지만 환환 그곳에서 파랗게 움이 트고 있었던 나, "밀물과 썰물이 찍힌 서해와/ 달의 숨소리가 높은 동해와/ 조릿대 사분대는 대관령을/ 보지 않아도 볼 수 있었던 나", "바다와 바람의 호흡만으로/ 눈 대신 귀가 환하게 열"리고, "나를 부르는 소리에 말랑한 뼈가 하나씩 돋았"던 나 —. 하늘 기둥은 떡잎부터 다르듯이, 시인의 꿈을 꾸고 있는 태아는 이처럼 눈에 보이지 않는 것과 그 어떤 소리도 들을 수 없는 '둥근 방' 밖을 무한히 살펴보고 성찰할 수 있는 역사 철학적인 능력을 지니고 있었던 것이다.

태아의 꿈은 시인의 꿈이고, 시인의 꿈은 새로운 세계를 상징과 은유로 연출해낼 수 있는 「둥근 방」의 꿈이라고 할 수가 있다. 꿈은 꿈을 허위가 아닌 진리라고 믿어 의심

하지 않을 때 모든 기적이 일어나는 것처럼, "부드러운 손이 바깥에서 나를 어루만질 때/ 온몸이 따뜻해"졌고, "그때마다 한 번도 본 적 없는 얼굴을/ 어디선가 만난 것만" 같았던 것이다. 모든 생명체는 우연이 아닌 필연의 쳇바퀴를 굴리며 태어나듯이, 엄마와 나는 이처럼 생물학적이고도 화학적인 끈으로 이어졌던 것이고, 그 결과,

> 아늑하지만 안개 속 같은 방
>
> 발길질을 해도 문은 열리지 않았다
>
> 나는 꾹 참고 기다리고 있었다
>
> 꼭 만나야 했다

라는, 참음과 그 의지 하나로, "퉁퉁 부은 발을 어루만지며/ 태명을 불러주던 다정한 그 사람을" 만날 수가 있었던 것이다.

이승애 시인의 「둥근 방」은 언어로 씌어진 존재의 집이고, 이성애 시인의 '상상력과 상상력'으로 쓴 시이며, 나와 당신과 우리 인간들 모두에게 이 세상에서 가장 아름답고 멋진 '태아의 꿈'을 들려주기 위한 노래라고 할 수가 있다. 둥근 방 ─, "해의 시간을 걸러 내린/ 만장일치의 발효"(「술

익는 소리」)와도 같은 둥근 방 —, 이승애 시인의 「둥근 방」
은 사적인 '나'와 '나의 꿈'을 '우리'와 '우리들의 공적이고도
신화적인 꿈'으로 승화시키며, '둥근 방'의 기원과 그 역사를
오랜 시간에 걸쳐 '만장일치의 기적'으로 발효시킨 것이다.

　이 세상의 근본물질은 물이고, 물 속에는 불과 공기와
흙 등, 그 모든 원자들이 다 들어 있다. 너와 나, 남과 여,
진리와 허위, 적과 동지, 물과 불, 공기와 흙 등의 이분법은
상대적이지만, 그러나 이 상대성마저도 '만물일여萬物一如'
의 둥근 방, 둥근 우주 속의 아주 작은 현상들에 지나지 않
는다. 이승애 시인의 「둥근 방」은 모든 생명의 기원이자 첫
시작이고, 우리 인간들의 영원한 삶이자 죽음인 '윤회의 쳇
바퀴'라고 할 수가 있다.

이 영 식

꽃을 줄까 시를 줄까

꽃나무가 물었다

꽃을 줄까 시를 줄까

시인이 대답했다

꽃 보고 거둔 자리

네가 품은 꽃씨를 주렴

싹 내고 꽃 피워서

시를 받아 적을 게

꽃은 아름다움의 이상적인 원형이고, 이 세상에 꽃보다 더 아름다운 것은 없다. 꽃은 지혜의 꽃이자 용기의 꽃이고, 그리고 꽃은 성실함의 꽃이라고 할 수가 있다. 꽃의 공화국과 꽃의 삶은 지혜의 산물이고, 수많은 비바람과 중상모략과의 싸움은 용기가 담당하고, 피와 땀과 눈물로 꽃을 피우는 것은 성실함이 담당한다.

나무의 결정체도, 풀의 결정체도 꽃이고, 소녀의 결정체도, 소년의 결정체도 꽃이다. 엄마와 아빠의 결정체도 꽃이고, 어린 아기와 어린 왕자의 결정체도 꽃이다. 말과 웃음의 결정체도 꽃이고, 시인과 가수의 결정체도 꽃이다. 꽃은 그의 마음이고 천성이고, 꽃은 그의 삶이고 그의 모든 역사이다. 이영식 시인은 '꽃의 시인'이며,

시를 읽거나 문장을 갖는다는 것은 초목에 꽃 피는 일과 다름이 아니지요. 햇빛 비타민처럼 활력을 더하여 인

생을 무지갯빛으로 만들 수도 있습니다. 가슴에서 뛰노는 시 한 수 읽으면 한 주일이 흐뭇하고 순금 같은 시 한 편 쓰고 나면 한 달이 행복하니까요. 좋은 시집은 곁에 두고 만 있어도 향기가 묻어나는 법이랍니다.

라는 「시인의 말」에서처럼, 그 꽃의 향기로 만인들을 초대하고 있는 시인이라고 할 수가 있다.

　시는 시인이 피우는 꽃이고, 시인은 시가 맺는 열매이다. 시인은 꽃나무가 되고, 꽃나무는 시인이 된다. "꽃을 줄까 시를 줄까"라고 꽃나무가 물으면, "네가 품은 꽃씨를 주렴/ 싹 내고 꽃 피워서/ 시를 받아 적을게"라고 이영식 시인은 대답한다. 꽃 앞에는 만물이 하나가 되고, 이 세계는 만물이 참여하는 꽃의 축제가 된다. 이영식 시인의 「꽃을 줄까 시를 줄까」는 시인과 꽃나무가 손을 잡고 만인들을 초대한다. 시인과 꽃은 아름다움의 최정점이고, 「꽃을 줄까 시를 줄까」는 새로운 세계의 열림이자 새로운 세계로의 초대라고 할 수가 있다.

　　하나님은 나무에게 무릎을 주지 않으셨다

꽃과 향기로 세상을 아름답게 수놓고

그가 맺어놓은 열매 또한 유익하니

누구에게도 무릎 꿇을 일이 없기 때문이리라
　　― 「무릎」 전문

　이영식 시인은 제아무리 어렵고 고통스럽다고 하더라도 절대로 절망을 하거나 무릎을 꿇지 않는 사람이며, 그는 자기 자신의 '꽃마음'을 위하여 최선의 노력을 다하게 된다. 왜냐하면 하나님은 나무에게, 시인에게 "무릎을 주지" 않으셨고, "꽃과 향기로 이 세상을 아름답게 수놓게" 했기 때문이다. 이 세상이 아름다운 것은 우리 인간들이 꽃을 피우고 있기 때문이고, 이 세상이 더욱더 아름답고 행복한 것은 수많은 시의 열매들이 너무나도 맛있고 영양가가 풍부하기 때문이다.

최 윤 경
가시

자식이란

매번 가시 같아서

박혀 있어도 아프고

빼내도 아프다

기뻐도

슬퍼도

눈물이 나는 것처럼

그

렇

게

가시란 무엇인가? 가시의 종류는 무척이나 많고, 단순한 식물의 가시에서부터 물고기의 잔뼈, 또는 인간의 가시 돋친 말들까지 그 의미는 무척이나 넓고도 깊다고 할 수가 있다. 식물의 줄기나 잎의 표면, 또는 열매의 표면에 뾰족하게 돋친 것을 말할 때도 있고, 타인들을 비방하거나 자기 자신의 불편한 심기를 드러낼 때의 가시돋친 말일 수도 있다. 조기나 갈치와도 같은 물고기의 잔뼈를 말할 때도 있고, 고슴도치와 성게와도 같이 동물의 몸에 바늘처럼 뾰족하게 돋아난 것을 말할 때도 있다. 마루와 대나무와 돗자리 등을 만지다가 가시가 손에 박힌 것을 말할 때도 있고, 철조망과도 같은 쇳조각을 말할 때도 있다. 가시란 타인이나 외부의 적을 물리치기 위한 공격본능의 산물일 수도 있고, 이에 반하여, 타인이나 외부의 적으로부터 자기 자신을 보호하기 위한 방어본능의 산물일 수도 있다.

가시란 날카롭고 예리하고, 가시란 두렵고 무섭다. 가

시란 상처이고 아픔이며, 가시란 적대 감정이고, 공격수단이고, 방어수단이다. 가시란 시뻘건 피를 흘리게 하고, 가시란 무차별적인 싸움이며, 그 모든 사람들을 다 떠나가게 만든다. 하지만, 그러나 가시는 우리 인간들의 삶과 그 존재를 떠받쳐주는 기둥이며, 이 가시가 없다면 우리 인간들은 결코 이 세상을 살아갈 수가 없다. 가시 없는 장미와 아카시아를 생각할 수가 없듯이, 또는 가시 없는 밤송이와 성게를 생각할 수가 없듯이, 모든 존재는 자기 자신의 몸과 마음에 가시를 지니고 있는 것이다. 가시의 두뇌, 가시의 얼굴, 가시의 팔과 다리, 가시의 항문과 성기, 가시뿐인 돈과 가시뿐인 음식, 가시뿐인 상품과 가시뿐인 친구, 가시뿐인 이웃과 가시뿐인 대출금, 가시뿐인 정치와 가시뿐인 학문, 가시뿐인 문학과 가시뿐인 예술 등이 바로 그것을 말해준다. 가시, 가시— 가까이 할 수도 없고 멀리할 수도 없지만, 그러나 자기 자신을 존재하고 지탱하게 해주는 가시—. 우리는 가시밭에서 만나 가시같은 말과 꽃을 피우며, 이 가시들을 미워하고 증오하다가 그 가시들을 남기고 죽어간다.

최윤경 시인의 「가시」처럼, "자식이란/ 매번 가시 같아서/ 박혀 있어도 아프고/ 빼내도 아프다// 기뻐도/ 슬퍼도/

눈물이 나는 것처럼// 그/ 렇/ 게" 아프고, 또 아픈 것이 우리 인간들, 아니, 모든 만물들의 삶인 것이다.

소위 일류대학을 졸업하고 박사학위가 있어도 일자리가 없는 자식, 소위 금수저 출신이면서도 결혼은 생각조차도 하지 않는 자식, 늘, 항상, 내 집을 마련하지 못해 쩔쩔 매는 자식, 이제까지 가진 것을 다 내어주고도 더 주지 못해 마음이 아픈 어머니—. 부모자식 간의 인연을 맺은 것도 가시이고, 자식을 위해, 아버지와 어머니를 위해 더없이 맛있고 달콤한 과일이 되어주지 못한 것도 가시이고, 어렵고 힘들 때일수록 세계적인 대유행병과도 같은 가시가 돋아난다.

눈물이 맺히고 험담이나 한탄이 늘어가고, 이 세상에서 불평과 불만 없이 살아가지 못한다. 가시, 가시, 가시—, 자연과학이 발달하고 인간 수명이 늘어날수록 상표권, 특허권, 저작권 등처럼, 더욱더 사납고 무서운 가시울타리가 늘어난다.

태양도 가시처럼 떠오르고, 밤 하늘의 달과 별들도 가시처럼 떠오른다. 소나무도, 대나무도 '돈'이라는 가시처럼 자라나고, 아들과 딸들도 '돈'이라는 가시처럼 자라난다.

강 익 수
호수의 책

맑고 물큰한 호수는 오늘도 제본 중이다

부치지 못할 편지를 쓰고 싶거나 새와 구름의 말을 읽고
싶은 날

지나온 발자국만큼 긴 편지를 써도 좋을 여백과

새와 구름의 말이 있는 호수로 간다

운동장이자 학교이자 도서관이기도 한 그곳엔

청둥오리가 새끼들에게 한가로이 책을 읽고 쓰기를 가
르치고 있다

햇살이 아침의 빗장을 열자

갈대는 호수의 이야기 하늘에 써 내려간다

구름은 그림자 놀이하듯 상형문자로 화답하지만

막 도착한 철새 몇 마리

하얀 설원과 늑대의 이야기 펼쳐 놓기 바쁘다

먼 데 산은 바위와 소나무와 옹달샘이 호수의 뿌리가 아

니냐며

제 그림자로 조곤조곤 서툴게 쓴다

호수의 독서광은 물고기인 것을 호수를 보면 안다

자면서도 책을 읽고 책에 빠져 밖으로 나올 생각이 없으
니 다리조차 없다

제아무리 위대한 사람도 스스로 책이 되지는 못하지만

왕버들은 호수로 들어가 단단한 책이 되어 중심을 잡고
있다

부치지 못할 편지는 오늘도 출렁이는 물결로 지우고 돌
아선다

넘치면 흘려보내고 부족하면 채워가는 호수엔

날렵한 소금쟁이가 먼지를 털며 새로운 여백의 공포를
즐기고 있다

우리는 언어로 말하고, 언어로 글을 쓴다. 말을 한다는 것은 상호 간에 의사소통을 한다는 것이고, 상호 간에 의사소통을 한다는 것은 너와 내가 '우리'로서 이 세상의 행복한 삶을 창출해 내겠다는 것을 뜻한다. 글을 쓴다는 것은 어떤 사건과 현상들을 관찰하고 기록하며, 그것의 이치를 사상과 이론으로 정립한다는 것을 뜻한다. 어떤 사건과 현상을 인식하는 것은 감성(직관)이고, 그것을 사유하며 그것에 이름을 부여하는 것은 이성이다. 감성과 이성은 우리 인간들의 사유의 두 기능이며, 이 감성과 이성이 없었다면 우리 인간들은 만물의 영장이기는커녕, 가장 보잘것없고 평범한 동물에 지나지 않았을 것이다.

책이란 무엇인가? 책이란 왜, 그처럼 중요하며, 왜, 우리는 이 책읽기를 유치원에서부터 대학교까지, 또는 신입사원에서부터 은퇴 이후, 자연으로 돌아가기까지 그토록 입에 침이 마르도록 강조하고, 또 강조하고 있는 것일까? 책이란 인간 사유의 기록이자 모든 사유의 기원이라고 할 수가 있다. 인간은 홀로 살 수가 없고, 따라서 사회로부터 고립되면 그 어느 누구도 판단력의 어릿광대가 될 수밖에 없다. 끊임없이 책을 읽으며 타인의 사유와 그 뿌리를 더듬어 보고, 이 독서체험을 토대로 하여 자기 자신만의 사상을 완성해나가지 않으면 안 된다.

이 세상에서 어느 누가 가장 부자이며, 가장 고귀하고 위대한 사람이란 말인가? 플라톤의 『국가』는 무엇을 가르쳐 주고 있는 것이고, 데카르트의 『성찰』은 무엇을 가르쳐 주고 있는 것일까? 칸트의 비판철학은 무엇을 가르쳐 주고 있는 것이고, 마르크스의 공산주의는 무엇을 가르쳐 주고 있는 것일까? 공자와 맹자의 유교사상은 무엇을 가르쳐 주고 있는 것이고, 노자와 장자의 도덕철학은 무엇을 가르쳐 주고 있는 것일까? 이 세상에서 가장 부유한 자는 많이 아는 자이며, 이 전 인류의 스승들은 영원불멸의 삶을 살며, 모든 촌뜨기 부자들과 직업교사들의 앎과 사상의 자유를 빼앗고, 자기 자신들의 사상과 이론들만을 끊임없이 우러러 보고 찬양하게 만든다.

기호(언어)에는 두 가지가 있는 데, 기표와 기의가 바로 그것이다. 기표는 어떤 사건과 현상들을 지시하고, 기의는 그 사건과 현상들에 대한 우리 인간들이 부여한 가치를 지시한다. 가령, 예컨대 돈은 그 자체로 어떤 가치도 없지만, 그러나 이 돈에 부여한 가치는 이루 다 표현할 수가 없는 것이다. 돈이 말하고, 돈이 명령하고, 우리 인간들은 이 돈의 명령에 따라 정치와 경제와 역사의 수레바퀴를 움직여 나간다고 해도 과언이 아니다. 이 기표와 기의의 관계는 매우 자의적이고, 따라서 하나의 말에 하나의 사물이 정확하게 대응할 수가 없는 것이다. 요컨대 '일물일어설一物一語說'에 대한 믿음이 무너진 만큼 하나의 말이 다양한 말로 울려퍼지고, 이 말의 해석을 둘러싸고 사상과 이론을 꽃 피우며, 우리 인간들의 독서시장은 더욱더 크고 넓게 그 영역을 넓혀가고 있는 것이다.

강익수 시인의 「호수의 책」은 내가 읽은 책 중에서 가장 아름답고 훌륭한 책이라고 할 수가 있다. 「호수의 책」은 자연의 학교가 소장하고 있으며, 그 책에는 다양한 동식물들과 함께 강익수 시인도 저자로서 참여하고 있는 것이다. "맑고 물큰한 호수는 오늘도" 책을 제본 중이고, 시인은 "부치지 못할 편지를 쓰고 싶거나 새와 구름의 말을 읽고 싶은 날/ 지나온 발자국만큼 긴 편지를 써도 좋을 여백과/ 새와 구름의 말이 있는 호수로" 가게 된다. 왜냐하면 "운동장이자 학교이자 도서관이기도 한 그곳엔/ 청둥오리가 새끼들에게 한가로이 책을 읽고 쓰기를 가르치고" 있기 때문이다. 햇살이 아침의 빗장을 열면 갈대는 호수의 이야기를 하늘에 써내려 가고, 구름은 그림자 놀이하듯 상형문자로 화답한다. 지금 "막 도착한 철새 몇 마리는/ 하얀 설원과 늑대의 이야기를 펼쳐 놓기에 바쁘"고, "먼 데 산은 바위와 소나무와 옹달샘이 호수의 뿌리가 아니냐며/ 제 그림자로 조곤조곤 서툴게" 글을 쓴다

아는 것이 힘이고, 강익수 시인은 아는 것만큼 모든 것을 다 본다. 「호수의 책」의 독서광은 물고기일 수밖에 없는데, 왜냐하면 "자면서도 책을 읽고 책에 빠져" 책 밖으로 나올 생각이 없기 때문이다. 「호수의 책」은 거대한 우주이며 자연의 학교이고, 이 「호수의 책」에서는 모든 사물과 동식물들이 다 살아서 움직인다. 어제도, 오늘도, 내일도 제본 중인 호수도 살아 움직이고, 부치지 못할 편지를 쓰고 싶거나 새와 구름의 말을 읽고 싶은 시인도 살아 움직인다. 청둥오리와 새끼들도 살아 움직이고, 그림자 놀이하듯 상형문자로 화답하는 구름문자도 살아 움직인다. 지금 막 도착한 철새들과 산과 바위와 소나무도 살아 움직이고, 독서광인 물고기와 왕버들도 살아 움직인다.

강익수 시인의「호수의 책」의 주인공은 독서광인 물고기가 아니라, "제아무리 위대한 사람도 스스로 책이 되지는 못하지만" 자기 스스로 "호수로 들어가 단단한 책이" 되는 왕버들이라고 할 수가 있다. 왕버들은「호수의 책」의 주인공이고, 물고기는 왕버들을 도와주는 조연배우이며, 그 밖의 등장인물들은 이 세상의 단역배우들이라고 할 수가 있다. 많이 아는 자는 사상가이자 창조하는 자이고, 독서와 무관한 자는 타인의 말과 사유를 베끼고, 조작하고, 훔친다. 강익수 시인은 이 세상에서 가장 아름답고 훌륭한「호수의 책」의 저자이며, 이 자연의 학교를 통해서 독서의 중요성을 역설하고 있다고 하지 않을 수가 없다.

　호수는 크고 넓은 물웅덩이에 지나지 않지만, 강익수 시인의「호수의 책」은 이 세상 그 어디에도 존재하지 않는 기호(「호수의 책」)라고 할 수가 있다. 이 호수의 책은 다양한 등장인물들과 그 기의(의미)를 지니고 있지만, 이 세상을 더욱더 아름답고 행복하게 살기 위해서는 끊임없이 책을 읽고 글을 쓰는 것뿐이라고 할 수가 있다. 「호수의 책」은 호수의 책을 가정한 '은유 중의 은유'이며, 이 '은유 중의 은유'인「호수의 책」은 다양한 동식물들이 책을 읽고 글을 쓰는 도서관이자 자연의 학교라고 할 수가 있다.

이 세상은 「호수의 책」이고, 「호수의 책」은 가장 아름답고 멋진 자연의 학교에 소장되어 있다.

많이 아는 자, 끊임없이 책을 읽고 공부를 하며 글을 쓰는 자, 즉, 전 인류의 스승들만이 그 고귀하고 위대한 이름(기호)으로 영원불멸의 삶을 산다.

반 경 환

1954년 충북 청주에서 태어났으며, 1988년 『한국문학』 신인상과 1989년 《중앙일보》 신춘문예로 등단했다. 반경환의 저서로는 『시와 시인』, 『행복의 깊이』 1, 2, 3, 4권, 『비판, 비판, 그리고 또 비판』 1, 2권, 『반경환 명시감상』 1, 2, 3, 4권, 『이 세상에서 가장 아름다운 명문장들』 1, 2권, 『반경환 명구산책』 1, 2, 3권이 있고, 『반경환 명언집』 1, 2권, 『쇼펜하우어』 『니체』 『사상의 꽃들』 1, 2, 3, 4, 5, 6, 7, 8, 9, 10, 11, 12, 13권 등이 있다.

이 『사상의 꽃들』은 '반경환 명시감상'으로 기획된 것이지만, 보다 새롭고 좀 더 쉽게 수많은 독자들에게 다가가기 위한 포켓북이라고 할 수가 있다. 사상은 시의 씨앗이고, 시는 사상의 꽃이다. 그는 시를 철학의 관점에서 이해하고, 철학을 예술(시)의 관점에서 이해한다. 그의 글쓰기의 목표는 시와 철학의 행복한 만남을 통해서, 문학비평을 예술의 차원으로 끌어올리는 것이다. 따라서 반경환의 문학비평은 다만 문학비평이 아니라 철학예술이라고 할 수가 있는 것이다.

시는 행복한 꿈의 한 양식이며, 낙천주의를 양식화시킨 것이다.

이메일 : bankhw@hanmail.net

사상의 꽃들 13
반경환 명시감상 17

초판 1쇄	2023년 8월 15일
지은이	반경환
펴낸이	반송림
펴낸곳	도서출판 지혜
주 소	34624 대전광역시 동구 대전로 57, 2층 도서출판 지혜
전 화	042-625-1140
팩 스	042-627-1140
전자우편	eji@ji-hye.com
	ejisarang@hanmail.net
애지카페	cafe.daum.net/ejiliterature

ISBN	979-11-5728-512-9 02810
값	12,000원